WALDESTOD

Robert Preis wurde 1972 in Graz geboren. Nach dem Publizistik- und Ethnologiestudium in Wien lebt er heute mit seiner Familie wieder in der Nähe seiner Heimatstadt. Er ist Journalist, Autor zahlreicher Romane und Sachbücher und Initiator des FINE CRIME-Krimifestivals™ in Graz.

ROBERT PREIS

WALDES TOD

KRIMINALROMAN

emons:

FSC
www.fsc.org
MIX
Papier | Fördert
gute Waldnutzung
FSC® C014496

Cäcilienstraße 48, 50667 Köln
info@emons-verlag.de
www.emons-verlag.de

Umschlaggestaltung: Nina Schäfer
Gestaltung Innenteil: DÜDE Satz und Grafik, Odenthal
Lektorat: Julia Lorenzer
Druck und Bindung: GGP Media GmbH, Pößneck
Printed in Germany 2025
ISBN 978-3-7408-2447-1
Originalausgabe

Für meine großartige Familie

Achte auf deine Gedanken, denn sie werden Worte.
Achte auf deine Worte, denn sie werden zur Tat.
Achte auf deine Taten, denn sie werden dein Schicksal.
Was in Zukunft wächst, ist deine Saat …

»Das Leben bist du«, Udo Jürgens

Ohne Tod und Aussterben praktisch aller Lebewesen,
die bisher gelebt haben, gäbe es uns nicht.

»Waldwissen«, Peter Wohlleben und Pierre L. Ibisch

PROLOG

Der Tag hatte sich wie Kaugummi angefühlt. Außerdem lag ein Knistern in der Luft, das Eva körperliches Unwohlsein verursachte. Sie war ausgelaugt und leer, hörte ihr eigenes Blut im Ohr rauschen und spürte, dass sich Kopfschmerzen anbahnten, die nur durch stundenlangen Schlaf zu verhindern waren.

Das war ihre Ausrede, die Kinder diesmal einfach vor den Fernseher zu setzen, anstatt gemeinsam zu Abend zu essen. Die Schwiegermutter hatte die beiden mittags vom Kindergarten abgeholt und den Nachmittag mit ihnen verbracht. Bei der Übergabe war Eva dann wortkarg gewesen. In Eile. Der Himmel war in düsterer Stimmung, baute kilometerhohe Wolkentürme und grummelte zornig vor sich hin. Eva hatte noch vor Ausbruch des Gewitters zu Hause sein wollen.

Sie gestaltete das Abendbrot für die Kleinen liebevoll. Die Streichwurstbrote unterteilte sie in mundgerechte Häppchen und verzierte sie mit Paprikastückchen und Essiggurken. Dazwischen lagen Gummibärchen als buntes Beiwerk auf den Tellern. Dazu gab's je ein Glas kalten Kakao.

Ein freudig gedehntes »Ja-a« begrüßte sie im Wohnzimmer. Sie lächelte müde, setzte sich neben die beiden auf die Couch. Auf dem Bildschirm blökte »Shaun das Schaf«, und Eva fielen bald darauf die Augen zu.

Sie hatte nur kurz geschlafen, eine Minute vielleicht. Als sie die Augen wieder öffnete, hatte sich etwas verändert. Sie wusste nicht, was es war, aber das Gefühl nagte an ihr. Die Kinder glotzten selbstvergessen auf den Bildschirm und hatten kaum etwas von ihren Broten gegessen. Das Rauschen im Kopf war verschwunden. Nur der Fernseher und das leise Lachen der Kleinen durchdrangen die Stille.

Etwas stimmte nicht.

Eva stand auf, ging ans Fenster und legte die Handflächen an die kühle Scheibe. Sie suchte in der Dunkelheit einen Hinweis. Vergeblich. Nur Schatten. Aber da war doch noch etwas. Sie schloss die Augen und lauschte. Jetzt hörte sie es. Das Sirenengeheul der Feuerwehr drang an ihr Ohr.

Das war nichts Ungewöhnliches. Ein Fehlalarm oder ein harmloser Unfall, dachte sie zunächst, doch das Gefühl, dass etwas nicht in Ordnung war, ließ sie nicht los. Die Kopfschmerzen kehrten wieder zurück.

Sie wollte ins Badezimmer gehen, um sich eine Tablette zu holen, hielt aber im Flur abrupt inne und fluchte. Sie spürte etwas Kaltes unter ihrem Fuß. Ihre Socken waren nass.

»Geh bitte, habt ihr schon wieder in der Badewanne geplanscht und alles überflutet?«

»Nei-in«, riefen die beiden fast unisono.

Eva runzelte die Stirn, denn sie bemerkte nun, dass die Wasserlache gar nicht aus dem Badezimmer kam. Sie folgte der Spur bis zur Haustür. Öffnete sie. Und erstarrte.

Gerade noch war »Shaun das Schaf« groß zu sehen, da fiel das Bild aus. Alles wurde von einem schwarzen Nichts verschluckt. Statt des Blökens war nur ein Grundrauschen aus dem Fernsehapparat zu vernehmen. Irgendwo in der Nähe rumpelte es, als wäre einer der riesigen Harvester, die hier manchmal auf dem Forstweg entlangfuhren, auf dem Weg in den Wald. Aber es war doch schon finster, da arbeiteten die normalerweise nicht mehr.

»Ma-ma. Das ist gemein. Der blöde Fernseher ist kaputt!«, rief der Junge, und seine zwei Jahre ältere Schwester stimmte ein. »Ja. Bitte mach, dass er wieder angeht.«

Durchs Fenster zuckte plötzlich ein greller Lichtschein, dem unmittelbar darauf ein lautes Krachen folgte. In diesem Moment stürmte Eva in den Raum. Sie brüllte die Kinder an, sie sollten aufstehen. Sofort. Eva lief zur Kommode, riss die Läden auf, hatte noch das surreale Bedürfnis, etwas einzupacken. Etwas, das Wert hatte. Reisepässe. Geld.

Ihr Herzrasen befeuerte ihre Kopfschmerzen. Ein seltsam lang gezogener Laut entkam ihr. Ausdruck unaussprechlicher Panik. Sie gab die Suche auf und stürmte, die beiden Kinder im Arm, durchs Haus. Im Vorzimmer rutschte sie aus und stürzte.

Sie rappelte sich hoch. Den Kindern war nichts passiert, aber sie weinten. Eva weinte jetzt auch. Sie stand an der offenen Haustür. Die Sirenen heulten ohrenbetäubend. Die ganze Welt schien zu brüllen. Nur Eva schwieg augenblicklich. Fassungslos starrte sie in die Schrecken dieser Nacht.

1
DER AUFTRAG

DUNKELHEIT

Das Unheil zog sie an wie die schwarze Magie eines Dämons. Denn was, wenn nicht Magie, hatte sie ausgerechnet in diesem Moment hierhergeführt? Und wer, wenn nicht ein Dämon, hätte einen derart perfiden Plan aushecken können?

Emmi Beinhart war eine Silhouette, die am Fenster des dreizehnten Stockwerks eines Büroturms stand und gebannt auf das nächtliche Wien starrte. Das Wochenende war zum Vergessen gewesen, vor allem nach Yvettes Ausbruch. Ihre Freundin hatte sich bei ihr ausgeweint, weil sie wieder einmal der Weltschmerz geplagt hatte. Ohne Alkohol ging das nicht, die Folgen spürte Emmi jetzt noch. Die abendlichen Lichter der Stadt schimmerten feierlich, und aus dem Flur waberte Udo Jürgens' »Ich weiß, was ich will« zu ihr ins Halbdunkel. Die Redaktion feierte den Geburtstag ihres Starjournalisten August Schwarz, doch Emmi war alles andere als zum Feiern zumute. In ihr war es so dunkel wie die schweigenden Strömungen des Donaukanals, der jetzt schwarz wie Öl zu ihren Füßen lag.

Sie wollte nach Hause, doch es war immer irgendetwas. Entweder sie arbeitete bis spät in die Nacht, oder einer der Kollegen organisierte einen Umtrunk. Dabei wusste doch jedes Kind, dass die Medien gar nichts zu feiern hatten. In dem Chaos an Nachrichten, das ständig über Displays flitzte, waren recherchierte Artikel von hysterisch hinausgeplärrten Gerüchten kaum noch zu unterscheiden. August Schwarz war im Grunde nur eine gut gemischte Variante von beidem. In seinen Leitartikeln drehte er sich nach dem Wind, seine Berichte glichen allzu oft Kommentaren und waren einseitig. Mal forderte er die Politiker auf, endlich härter für den Klimaschutz einzustehen, dann wieder brach er eine Lanze für die Häuslbauer, die trotz aller Förderungen nicht das Geld hatten, um von heute auf morgen ihre Ölheizungen ausbauen zu lassen. In Wahrheit ging es ihm nie um Lösungen, er wollte als Berichterstatter keinen Beitrag leisten, um alles wieder ins Lot zu bringen. Im Gegenteil, er profitierte von einer Welt, die aus den Fugen geriet. Sie alle würden davon profitieren, schwadronierte er manchmal. Emmi konnte sich die Tiraden nicht anhören, denn es endete immer damit, dass August ihnen die Welt erklärte.

Außerdem hatte er eine regelrechte Marketingmaschinerie an seiner Seite. Willfährige Eiferer, die in ihm den Heilsbringer gegen den Untergang des Medienhauses sahen. Seine Visage steigerte die Quoten, und noch schrecklicher, als ständig mit ihr konfrontiert zu werden, fand Emmi seinen Spitznamen »Zack-Zack«. Er hatte ihn verpasst bekommen, weil alles immer so schnell gehen musste, wenn er das Ruder in die Hand nahm. Und tatsächlich riefen ihn die Leute im Haus genau so: August »Zack-Zack« Schwarz. Kein Scherz.

Der Punkt war, dass natürlich kaum jemand das Recht hatte, schlecht über »Zack-Zack« zu denken, geschweige denn zu sprechen, außer Emmi. Immerhin war sie nun schon seit einigen Monaten mit diesem Mann liiert. Ein Umstand, der ihr Ansehen bei manchen Kollegen nicht gerade gehoben hatte, denn sie wusste natürlich, dass sie sich das Maul über die junge, hübsche Aspirantin zerrissen, die sich den Star geangelt hatte, um selbst die Karriereleiter hochzuklettern. Die Wahrheit jedoch war, dass Emmi seinem Charme genauso erlegen war wie die meisten anderen. Sein überwältigendes Lachen, seine Klugheit und seine überragende Eloquenz hatten sie schlichtweg überrollt. Es war nicht so, dass sie von Anfang an in ihn verliebt gewesen wäre, sie hatte nur einfach seine Nähe genossen. Nein, falsch, sie war stolz darauf gewesen, in seiner Nähe sein zu dürfen. Und jetzt? Sie hörte seine Stimme durch die Wände der Redaktionsräume hindurch. Jetzt fand sie ihn einfach nur noch langweilig. Einen überheblichen Egozentriker, der sie zu einer Art Marionette gemacht hatte. Zu einem subalternen Anhängsel, das jeden Augenblick damit rechnen musste, fallen gelassen zu werden.

Sie rieb sich die Schläfen. Was für dumme Gedanken sie doch hatte. Was war nur los mit ihr? Und was machte sie hier noch?

Sie sollte sich irgendwo dort draußen in der Stadt vergnügen oder wenigstens mit einem Buch in ihrer Maisonettewohnung verkriechen. Sie musste wieder an Yvette denken. Vielleicht sollte sie zu ihr nach Hause fahren und nach dem Rechten sehen. Man konnte in Zeiten wie diesen doch nie wissen, wozu die Leute fähig waren.

Sie nahm einen langen Atemzug und presste die Luft geräuschvoll wieder hinaus. Im nächsten Moment wurde es stockfinster. Vor ihren Augen gingen die Lichter der Stadt aus. Völlige Dunkelheit umgab sie. Wien war verschwunden. Einfach weg.

Emmi klappte der Mund auf. Sie machte einen Schritt auf das Fenster zu. Zog die Augenbrauen zusammen. Blinzelte. Doch es blieb finster. Sie glaubte, das Hupen der Autos zu hören, obwohl das unmöglich war, weil die Fenster alle Geräusche der Außenwelt abschirmten. Dann erkannte sie, dass das Hupen aus ihr selbst kam. Es war das Blut, das in ihr rauschte und die Ohren zum Dröhnen brachte.

Die plötzliche Dunkelheit der Stadt war verwirrend und beängstigend zugleich.

»Emmi? Was machst du hier?«

Erschrocken fuhr sie herum. Sie erkannte die Silhouette von Simon Sandberg, der draußen auf dem Gang stand und vom Licht seines Handys theatralisch beleuchtet wurde. Von den anderen Redaktionsräumen drangen Johlen und aufgeregte Rufe zu ihnen herüber, und wer weiß, ob nicht die einen oder anderen Bürokollegen den Moment der plötzlichen Dunkelheit nutzten, um einander näherzukommen. Emmi selbst befand sich in einem der Büros, in die zehn Arbeitsplätze in zwei Fünferreihen gequetscht worden waren. Die Monitore wirkten wie glotzende schwarze Augen, Headsets lagen auf den Tastaturen. Es schwebte zudem ein seltsam süßlicher Klimaanlagenduft in der Luft, der die mannigfachen Körpergerüche des Tages noch nicht ganz absorbiert hatte.

Mit einem Mal wurde Emmi bewusst, wie merkwürdig das aussehen musste: sie allein in einem dunklen Raum, aus dem Fenster starrend, während anderswo gefeiert wurde. Fast unheimlich. Wenn jetzt ein Fenster offen stünde – wenn das überhaupt möglich gewesen wäre –, dann hätte man denken können, sie sei im Begriff, sich hinabzustürzen auf den asphaltierten Boden der Stadt.

»Das könnte ich dich auch fragen«, versetzte sie und zauberte damit einen amüsierten Ausdruck in Simons Gesicht. Wobei das nicht sonderlich schwer war, wenn man dessen Lachfalten und die stets zum Ansatz eines Schmunzelns geformten Lippen betrachtete. Simon Sandberg hatte die sechzig längst hinter sich, und man sah ihm an, dass er die Welt um sich herum nicht mehr ganz ernst nahm. Er hatte die Gelassenheit eines Pensionisten, und im Grunde war er das auch fast schon. Erst vor ein paar Tagen hatte der Redaktionsmanager der Zeitung – er schrieb seit Jahren keine Artikel mehr selbst, sondern teilte die Mannschaft ein, kümmerte sich um Organisatorisches und dergleichen mehr – zu seiner »Ausstand«-Feier geladen, und Emmi und die anderen waren bedrückt gewesen, da kaum vorstellbar war, wie es ohne Sandberg, das Gedächtnis der Redaktion, weitergehen sollte. Aber wie immer hatte Sandberg die kurz aufkeimende Melancholie mit seiner guten Laune weggewischt. Jeder sei schließlich ersetzbar. Alles fließe weiter. Mit solchen Sätzen überspielte er stets trübe Gedanken. Glas heben, zuprosten, weiter geht's. Seinen stillen Nachsatz hatte nur Emmi hören können. »Je weniger Zukunft einem bleibt, desto weniger sollten wir die Zeit damit verplempern, zurückzuschauen.«

Sandberg neigte jetzt den Kopf, ließ seine Hände in den Hosentaschen verschwinden und kam näher. Die Gummisohlen seiner Schuhe raunzten auf dem Laminatboden.

»Sag schon, was hast du?«, blieb er beharrlich, und Emmi wunderte sich, dass er fragte.

»Sieh doch selbst«, erwiderte sie und machte eine ausladende Handbewegung. »Die Stadt. Sie ist völlig dunkel. Kein Licht, nichts. Auf einmal …«

Sandberg blickte sie besorgt an.

»Emmi …« Im Halbdunkel war die Freundlichkeit in seinem Gesicht nicht mehr zu erkennen, und in seiner Stimme schwang unüberhörbar Besorgnis mit. »Du solltest dich wirklich ausruhen.«

»Was? Aber sieh doch, das ist nicht …«, sie fuhr herum und schaute aus dem Fenster, »… normal.«

Das nächtliche Wien leuchtete wie eh und je. Ein pulsierendes Schimmern.

»Aber gerade eben war es doch noch stockdunkel gewesen«, hörte sie sich sagen. Sie merkte selbst, wie weinerlich das klang.

»Na und?«, sagte Sandberg. »Jetzt ist es ja wieder hell.«

Einen grotesken Atemzug lang fragte sich Emmi, wie es sich wohl anfühlte, den Verstand zu verlieren.

DAS FLÜSTERN DER BÄUME

Wenig später saßen sie etwas abseits der Geburtstagsparty und nippten an viel zu starken Gin Tonics ohne Eis. Der Alkohol lähmte ihren Gaumen, und Emmi konnte nicht fassen, dass sie Sandberg soeben ihr Herz ausgeschüttet hatte. Sie hatte sich über ihre Rolle in der Redaktion beklagt, die eher darin bestand, Aussendungen zu kleinen Artikeln zu verarbeiten. Manchmal durfte sie auch Pressekonferenzen besuchen, die sonst niemanden in der Redaktion interessierten.

Sandberg hatte wieder sein typisches Lächeln aufgesetzt, das so wirkte, als könnte ihm niemand etwas vormachen. Aber es war nicht etwa so, als würden ihn die Beschwerden einer jungen Aspirantin amüsieren. Nein, im Gegenteil, er strahlte eine Freundlichkeit aus, eine Güte, die Emmi das Gefühl gab, gut aufgehoben zu sein. Ja, sie fühlte sich *gut aufgehoben* bei Sandberg. Er hatte etwas Väterliches an sich.

Sandberg hatte das mit dem angeblichen Stromausfall offenbar als eine leichte Verwirrung Emmis abgetan und war nicht weiter darauf eingegangen. Er lächelte immer noch, als er sagte: »Weißt du, manchmal denke ich, es wäre einfacher, wenn wir weniger wären.«

Emmi blinzelte. Was sollte das jetzt heißen?

»Na, ich meine, auf der Welt.« Und nach einer Pause fuhr er fort: »Dann bräuchten wir uns nicht zu fürchten vor solchen Stromausfällen. Dann würde der Strom ja in jedem Fall ausreichen.«

Jetzt verstand Emmi. Oder doch nicht. Egal. Sie zwang sich, ein freundliches Gesicht zu machen, und Sandberg tat es ihr gleich.

Mehrere Tische waren auf die Seite gerückt worden, und der freie Platz diente nun als Tanzfläche. Schwarz spielte Luftgitarre und wurde von zwei Kolleginnen angehimmelt und umtanzt wie ein Pfau. Die eine arbeitete in der Anzeigen- oder Werbeabteilung. Eine stets nach Douglas-Filiale duftende Rothaarige, die auf Schmuck stand. Die andere war Steffi, die Chefsekretärin, eine graue Maus, die bei Schlagermusik offenbar keine Hemmungen kannte. Oder es lag an August, denn sie versuchte sich immer wieder an dessen Hals zu hängen, was der durch geschickte Drehungen seiner Tanzeinlage jedoch stets abwehrte. Gut zwei Dutzend weitere Mitglieder der Redaktion standen um Stehtische und Computer herum, lachten, schwitzten und tratschten.

»Und was ist mit euch beiden? Kommt ihr klar?«

Emmi schaute zwischen Schwarz und Sandberg hin und her.

Sandberg schmunzelte. »Komm schon. Jeder weiß, dass er ein unmöglicher Kerl ist. Bist du glücklich mit ihm?«

Emmi starrte wieder in ihr Gin-Tonic-Glas und zuckte mit den Schultern. Eigentlich empfand sie Sandbergs Frage als ungebührlich, ja geradezu unverschämt. Warum sollte sie mit ihm über ihre Beziehung sprechen? Sie kannten einander viel zu wenig, um sich über solche Dinge auszutauschen. Andererseits hatte sie bei dem älteren Kollegen plötzlich ein verwirrendes Gefühl der Geborgenheit. Seine Nähe fühlte sich in diesem Augenblick an, als wäre er ein guter alter Freund. Dennoch wollte sie ihm nicht erzählen, wie gemein August oft sein konnte. Erst gestern hatte er am Telefon das vereinbarte Treffen am Abend abgesagt. Als sie sich darüber beklagt hatte, hatte er ihr vorgeworfen, naiv zu sein. Er war aufbrausend geworden und hatte ins Telefon gemault: »Es gibt Wichtigeres, siehst du das nicht? Die Welt brennt, und du denkst nur ans Fortgehen.«

Sie hatte den Fehler gemacht, sich auf die Debatte einzulassen. »Ach, wo denn?«, rief sie. »Wo geht sie denn unter? Das ist doch alles nur aufgebauscht.«

Sie konnte hören, wie er tief einatmete, um dann seinen Ärger wegzupusten. Aber es gelang ihm nicht ganz. »Also gut, dann hör jetzt genau zu: Hast du schon einmal etwas von der 2019 veröffentlichten Studie des Breakthrough National Centre for Climate Restoration gehört? Offenbar nicht. Also, diese Leute – und ich kann dir sagen, das sind nicht *irgendwelche* Typen, sondern solche, die sich wissenschaftlich mit dem Thema auseinandersetzen –, diese Leute sagen, dass die Welt – und ich hoffe, das geht jetzt in dein kleines Hirn –, dass die Welt ab 2050 *untergeht*. Bis 2050 steigt die globale Erwärmung um drei Grad Celsius. Bis 2100 steigt der Meeresspiegel um zwei bis drei Meter. Fünfunddreißig Prozent der globalen Landfläche und fünfundfünfzig Prozent der Weltbevölkerung sind mehr als zwanzig Tage im Jahr tödlicher Hitze ausgesetzt. Mehr als eine Milliarde Menschen müssen aus der tropischen Zone umgesiedelt werden. Weltweit sind zwei Milliarden Menschen von Wasserknappheit bedroht. Landwirtschaft wird in den trockenen Subtropen unmöglich. Lebensmittel reichen nicht mehr für die gesamte Menschheit aus, und die Preise explodieren. Und du willst ausgehen? Du bist manchmal wirklich wie ein dummes Kind.«

Natürlich wusste er, dass er manchmal übers Ziel hinausschoss. Und natürlich wusste Emmi, dass er sich irgendwann dafür entschuldigen würde. Mit einer teuren Flasche Wein. Oder einem Surprise-Dinner in einem schicken Innenstadtlokal. Aber abgesehen davon, dass er diese Wiedergutmachungsessen ohnehin meist aus der Redaktionskasse finanzierte, hatte sie diesmal die Nase gestrichen voll.

Von wegen »dummes Kind«. Was glaubte er, wer er war? Seit

Wochen tat August nichts anderes, als sich auf Katastrophen zu konzentrieren und schlechte Nachrichten zu verbreiten. Er bauschte alles auf, die »zunehmend besorgniserregende Wirtschaftslage«, das »mieseste Wetter seit Beginn der Aufzeichnungen«, drohende Pandemien, dazu Mord und Totschlag, Krisenherde auf der ganzen Welt, und betonte immer wieder: »Die Zahlen geben mir doch recht. Das wird gelesen. Die Leute brauchen das. Sie *wollen* das«, dabei wurde er selbst immer unausstehlicher. Als färbte all das Schlechte dieser Welt auf ihn ab.

»Ich weiß nicht«, sagte Emmi und merkte, wie sich ihr Blick trübte. Sie versuchte, die Tränen wegzublinzeln, und stellte den Gin Tonic beiseite. »Fragst du dich nie, ob es die richtige Entscheidung gewesen war, hier zu arbeiten?«

Über Sandbergs Gesicht huschte Erstaunen. Er blähte die Backen, runzelte die Stirn und blickte dann aus schmalen Augen auf einen unbestimmten Punkt in der Ferne. »Du kannst Fragen stellen.«

»Du musst nicht antworten, wenn du nicht –«

»Nein, schon gut. Ich wurde gewissermaßen überrumpelt. Ich habe Chemie studiert. War eigentlich schon ziemlich weit, und nebenbei, in den Ferien und an den Wochenenden, habe ich mir etwas Geld bei der Zeitung dazuverdient. Dann kam plötzlich aus heiterem Himmel das Angebot einer Anstellung. Du weißt ja, wie schwer es ist, heutzutage in einem Medienhaus einen fixen Job zu bekommen. Da ist Geduld gefragt. Das war damals nicht anders. Das ist meine Geschichte. Das Studium hab ich schnell vergessen und lieber die Scheine gezählt.«

Sie lachten beide, und Emmi zog eine Schnute. »Chemie? Ernsthaft?«

Sandbergs Lächeln verschwand. »Ja. Und was ist mit dir? Wirst du bleiben, oder reißt dir bald der Geduldsfaden?«

Als wäre das ihr Stichwort, erhob sie sich. Sie merkte selbst, dass das viel zu abrupt kam. »Ich geh dann mal – auf die Toilette.«

Sandberg nickte. »Ich verstehe, du verziehst dich. Aber hoffentlich nur für heute.«

Natürlich war ihr klar, wie unhöflich sie in diesem Moment war. Da nahm sich ein Kollege Zeit, ihr zuzuhören und mit ihr über alte Zeiten zu reden, und sie brach das Gespräch einfach ab und lief davon. Aber es gab Dinge, für die sie keine Erklärung hatte. Momente, in denen sie sich selbst fremd war.

Emmi lief geduckt aus dem Raum und war erleichtert, dass niemand sie ansprach. Mit einer schnellen Handbewegung wischte sie sich eine Träne von der Wange. Sie glaubte, Schwarz zu hören, wie er ihr halbherzig etwas nachrief, aber da war sie schon um die Ecke verschwunden.

Eine Minute später rannte sie aus dem Büroturm in eine laue Nacht hinaus. Der Wind strich ihr zart durch die Haare. Plötzlich überkam sie eine unendliche Müdigkeit, die sie beinahe über einen losen Pflasterstein stolpern ließ. Einen Moment lang glaubte sie, ein Wispern aufzuschnappen, das ihr die Brise von irgendwoher zugetragen hatte. Es erinnerte sie an das Flüstern von Bäumen, was seltsam war, denn hier gab es gar keine Bäume. Weit und breit nicht. Schon lange nicht mehr. In der Stadt gab's nur Ampeln, Häuser und Verkehrsschilder. Doch das Flüstern blieb.

DIE WELT GEHT UNTER

Am nächsten Tag saß Emmi in einem Lokal im vierten Wiener Gemeindebezirk ganz in der Nähe des Belvederes und tippte mit den Fingern den Takt einer unhörbaren Melodie auf die Tischplatte. Da ihr in der Früh der Kopf gebrummt hatte, hatte sie sich krankgemeldet. Sie hatte sich jedoch rasch besser gefühlt, und so hatte sie beschlossen, mit ihrem Hund Raul, einem stets lustig hoppelnden Rauhaardackel, einen Spaziergang zu machen und bei dieser Gelegenheit ihre Mutter zu treffen. Das kurze Hochgefühl, dem täglichen Einerlei ein Schnippchen geschlagen zu haben, geriet aber bald in Vergessenheit, denn Emmis Mutter war am Telefon einsilbig und machte ihr klar, dass sie derzeit keine Kontakte zur Außenwelt haben wolle, aus Angst, sich mit einem der zahlreichen Viren anzustecken, die wie jedes Jahr um diese Zeit kursierten.

Die Ausreden ihrer Mutter wurden immer schlechter. Emmi stellte bedrückt fest, dass sie offenbar kein Bedürfnis hatte, ihre Tochter zu sehen.

»Oh, mein Kind«, gab ihre Mutter zurück, und die Schärfe in dieser Ansprache war nicht zu überhören, »ganz so ist es nicht. Aber ich habe das unbestimmte Gefühl, dass du mir wieder einmal dein Leid klagen willst. Über den Job bei der Zeitung und über deinen sogenannten *Freund*.«

»Mama …«

»Ist es nicht so? Weißt du, Emmi, in letzter Zeit nimmt das zu. Und ehrlich gesagt belastet es mich. Ich bin gern für dich da, aber ich finde, ich sollte auch da sein, um dir einmal die Meinung zu sagen. Dieser Schwarz …«

Die Tirade führte dazu, dass Emmi gar nicht mehr richtig zuhörte. Sie betrachtete ihre Umgebung, schweifte mit ihren Gedanken ab. Sie saß mit Raul zu ihren Füßen im Schanigarten, der im Grunde nur aus einigen schmucklosen Tischen am Gehsteig bestand, zog an ihrem gläsernen Trinkhalm und sah zu, wie der Bellini im Glas weniger wurde.

Außerdem dachte sie daran, dass sie August heute Morgen zweimal angerufen hatte, doch er hatte nicht abgehoben. Jetzt ärgerte sie sich über sich selbst. Wieso hatte sie das gemacht? Sie hatte es doch nicht nötig, einem Mann hinterherzurennen. Und schon gar nicht einem, der sich lieber selbst im Spiegel sah als seine Freundin.

»… das war schon immer so bei deinen Liebschaften. Sie zehren dich aus, und du merkst es gar nicht. Das ist auch bei diesem Schwarz so. Es geht mich ja nichts an, aber …«

Die Stimme ihrer Mutter im Hintergrund, schlürfte sie den Bellini aus. Ihr Blick fiel auf die Straße. Sie beobachtete ein seltsames Paar, das mit einem Einkaufswagen über den Parkplatz zum Auto rannte. Der Einkaufswagen war schwer beladen mit Klopapier, Mineralwasserkisten und irgendwelchen Konservendosen. Die beiden warfen die Sachen ins Auto, als raste ein Tsunami auf die Stadt zu. Emmi betrachtete die Fassaden ringsherum, deren gewaltige Fensterreihen Himmelsflecken widerspiegelten. Sie konnte keine Unwettervorboten in den Himmelsteilen entdecken, die die umliegenden Häuser freigaben. Als sie wieder zurückschaute, war das Auto mit den beiden weg. Nur der Einkaufswagen stand noch einsam auf dem Parkplatz und rollte ein paar Meter, bis er von selbst zum Stehen kam.

»Mama ... wo bist du jetzt?«, unterbrach sie den Redeschwall ihrer Mutter.

»Zu Hause, wo denn sonst?«

»Ich meine, ist alles in Ordnung bei dir?«

Es dauerte eine Weile, bis ihre Mutter antwortete. Emmi glaubte zu hören, wie sie den Vorhang zur Seite schob und aus dem Fenster blickte.

»So in Ordnung, wie eine Welt, die bald vorüber ist, nur sein kann, Liebes«, antwortete ihre Mutter in einem plötzlich fast liebevollen Tonfall, der aber den mitschwingenden Zynismus nicht verbarg.

Emmi fand, dass sie wieder einmal einen Pessimismus an den Tag legte, der nicht angebracht war. Dass die Welt unterging, war eine Binsenweisheit. Natürlich würde sie das eines Tages tun. Sie wollte ihrer Mutter sagen, dass die Welt kanadischen Forschern zufolge frühestens 2290 unterging – mit fünfprozentiger Wahrscheinlichkeit. Andere Studien belegten, dass es fünfhundert Jahre später passieren würde. Aber Emmi hütete sich, ihrer Mutter jetzt mit Statistiken zu kommen. Zumal sie genau wusste, worauf sie anspielte: auf die Panikmache der Medien, die seit Monaten von nichts anderem mehr berichteten als von Wetterkapriolen, Ernteausfällen und Schäden in Milliardenhöhe, dazu Kriegen, politischen Krisen, Wirtschaftsdefiziten und kontinuierlich steigender Kriminalität auf den Straßen.

Und das Schlimme war, dass Emmi wusste, was das mit ihrer Mutter machte. Obwohl sie stets die Starke spielte, Lieder trällernd durch den Tag hopste, wusste Emmi, dass die Fassade nichts als dünne Haut war. Ihre Mutter weinte manchmal, wenn die Sonne unterging, und meist hatte sie dann schon so viel getrunken, dass sie sich in den Schlaf wimmerte. Emmi wusste, dass sie damit nicht allein war. Die ganze Siedlung, in der ihre Mutter wohnte, besoff sich beinahe täglich, während sich die Leute die neuesten Meldungen aus dem Netz vorlasen: Kriege, die immer näher zu rücken schienen, Krankheiten, die plötzlich aus dem Nichts auftauchten, dazu Sturmfluten, Dürren, Unwetter, Hagel, Orkane …

Kein Wunder, dass Emmi irgendwann das Weite gesucht hatte. Als junger Mensch mit einer so geballten Ladung negativer Energie belastet zu werden, konnte nur zum Rückzug führen. Sie hatte sich vorgenommen, ihre Mutter eines Besseren zu belehren. Und heuerte in einem Medienhaus an. Ausgerechnet.

Damals, vor zwei Jahren, als sie ausgezogen war, hatte sie fast alles in ihrem Kinderzimmer zurückgelassen. Ja, es war noch immer ein Kinderzimmer. Nur den Hund ihrer Mutter hatte sie mitgenommen, denn der Rauhaardackel hatte ihr leidgetan. An der ständigen Weltuntergangsstimmung musste ja sogar das treueste Wesen zugrunde gehen.

»Ich hab dich auch lieb, Mama.«

Ihre Mutter gluckste in den Hörer. »Na, das will ich doch hoffen, Süße! Das ist doch wohl das Mindeste, was man von dieser beschissenen Welt erwarten kann. Dass man lieb zueinander ist, nicht wahr? Obwohl, vom eigenen Kind hört man so etwas ja nur noch selten, aber das ist wohl normal heutzutage.«

Emmi seufzte tief. Wieder kam die zynische Seite ihrer Mutter zum Vorschein. Und die mochte sie am allerwenigsten.

»Ja, da hast du recht, Mama. Sag, willst du Raul eigentlich wieder einmal sehen?«

»Wen?« Und nach einer Pause fügte sie hinzu: »Tut mir leid, Liebes. Ich wollte dich nur ärgern.«

»Ach, die Welt geht unter, und du willst deine Tochter *ärgern*?«

»Sie geht sowieso unter. Egal, was wir tun oder lassen.«

DIE STADT DER GEISTER

Emmi ging so gebeugt zurück in ihre Wohnung, als bestünde die Gefahr, die grauen Betonwände der Stadt könnten jeden Moment auf sie einstürzen. Kalter Lärm drang auf sie ein, und die Einsamkeit umklammerte ihr Herz wie eine dürre Hexenhand. Als sie völlig erschöpft zu Hause ankam, beschloss sie, den restlichen Tag zu nutzen und genau das zu tun, was ihr in den letzten Tagen abgegangen war: auf der Couch liegen und ein Buch lesen, und zwar einen Roman, eine Geschichte, die von einer unbeschwerten Liebe handelte und in einer unbeschwerten Gegend in einer unbeschwerten Zeit spielte. Für dieses Vorhaben machte sie sich eine Tasse Thymiantee, denn wider Erwarten schien sich nun tatsächlich so etwas wie eine Erkältung einzustellen. Außerdem legte sie sich einen Krimi bereit, denn es konnte ja sein, dass ihr die unbeschwerte Liebesromanze irgendwann doch zu langweilig wurde.

Den Tee trank sie schnell, denn sie mochte ihn nur heiß, danach war die Konzentration plötzlich verschwunden. Sie klappte das Buch zu. Was war das gestern nur für ein merkwürdiger Tag gewesen? Und erst der Abend mit den verschwundenen Lichtern Wiens und diesem widerlichen Brunfttanz von August.

Emmi gab das Lesen schließlich auf und stellte sich stattdessen unter die Dusche. Manchmal half es gegen die innere Unruhe, sich einfach heißes Wasser auf den Kopf klatschen zu lassen. Sie legte den Kopf in den Nacken, strich sich das lange Haar aus dem Gesicht und schloss die Augen. Das warme Wasser fühlte sich gut an. Ein paar Sekunden lang. Dann versiegte der Strahl. Sie öffnete die Augen, und im selben Moment fiel ihr ein letzter Tropfen auf die Stirn.

Als sie sich abgetrocknet hatte, öffnete sie den Wasserhahn in der Küche und betätigte die Klospülung. In der Küche tat sich nichts, und nachdem das im Spülkasten gespeicherte Wasser verbraucht war, blieb auch die Toilette ohne Wasser.

Sie griff zum Handy und wählte einige Nummern. Ohne Erfolg. Das Netz war tot. Dann schaltete sie den Fernsehapparat ein. Vergeblich. Auch im Radio war nur ein Störgeräusch zu hören.

Was war denn hier los? Seit wann ging in Wien das Licht aus? Und seit wann brach das Handynetz zusammen, ach was, das gesamte Kommunikationsnetz? Und das Wassernetz?

Emmi öffnete die Balkontür und trat hinaus, obwohl ihr Haar noch nicht ganz trocken und die Luft schon kühl war. Sie hörte, wie die Leute auf der Straße fluchten. Irgendwo ging eine Alarmanlage an. Sie fühlte sich wie in einem Endzeitfilm. Sie zitterte, aber es war nicht wegen der Kälte.

Wenn einen Tausende Fragen marterten, war es am besten, an die frische Luft zu gehen. Das mochte in einer Großstadt zwar wie ein Widerspruch klingen, doch im Park waren wenigstens die Autos kaum noch zu hören. Emmi saß auf einer Bank, Raul ihr zu Füßen, als sich die Augenlider der alten Frau öffneten, die mit dicken Strümpfen, einem Walkrock und einer Strickweste bekleidet ebenfalls auf der Bank ruhte.

»Na, ist das schön, dass die jungen Leute einmal kein Handynetz haben. Da sitzen sie dann auch im Park und genießen die letzten Reste der Natur, solange sie noch da ist. Nicht wahr?«

Emmi wusste nicht, was sie darauf antworten sollte, doch es hatte den Anschein, als erwartete die Frau gar keine Antwort von ihr. Bevor Emmi ihrem Impuls, aufzustehen, nachkommen konnte, sprach sie weiter.

»Meine Liebe, uns Alten hört ja keiner mehr zu. Aber wissen Sie was? Wir haben es gut. Wenn wir sterben, werden wir begraben. Wenn ihr sterbt, dann gibt es keinen mehr, der euch begräbt. Ihr sterbt nämlich alle gleichzeitig.«

Bei den letzten Worten war ihr die Alte ganz nahe gekommen. Ihr Atem stank nach Kuchen, und ihr Mund war ein schwarzes Loch, das die trockene Haut rundherum zum Knistern brachte.

Emmi sprang auf und verließ die Parkbank, ohne sich umzublicken.

»Hast du gehört?«, krächzte ihr die Alte nach. »Ihr sterbt alle *gleichzeitig*!«

Durch ihr Geschrei aufgeschreckt, flatterte eine Taubenschar aus einem Gebüsch und verlor sich in den Kronen der Kastanienbäume, deren welke Blätter im Dämmerungsgrau schimmerten. Wien kam Emmi mit einem Mal fremd und unwirklich vor. Wie eine Stadt der Geister.

Jugendliche jubelten ganz in der Nähe, doch Emmi blickte sich auch diesmal nicht um, um herauszufinden, ob sie wegen der Alten lachten oder wegen etwas anderem. Sie rannte jetzt beinahe durch den Park zurück nach Hause. Die Worte »Ihr sterbt nämlich alle gleichzeitig« hallten wie ein Mantra in ihrem Kopf nach. Drehten denn jetzt alle durch? Sie selbst auch?

Als Emmi ihre Gasse erreichte, hörte sie jemanden »Es geht wieder« rufen. Pfiffe ertönten. Irgendwo brüllten ein paar junge Männer wie bei einem Tor im Stadion.

Als Emmi in ihre Wohnung trat, liefen auf dem Bildschirm des Fernsehapparats Zombies hinter Brad Pitt her, und aus dem viel zu laut aufgedrehten Radio knallte die Stimme des Wetterfroschs. »Und morgen wird es wechselhaft. Aprilwetter im Oktober eben ...«

Sie drehte die Stimme weg, schaltete die Zombies ab und ließ sich auf die Couch fallen. Raul, der sich in eine Ecke gelegt hatte, schaute sie aus großen braunen Augen an, als ahnte er etwas. Etwas ging tatsächlich vor. In der Stadt der Geister. Und in Emmi selbst. Und in diesem Moment beschloss sie, etwas zu ändern. Sie musste dringend hier raus. Aus der Wohnung. Aus ihrem Job. Aus der Stadt. Am besten aus sich selbst.

»Na, Raul, was sagst du? Verschwinden wir?«

EINE UNVERHOFFTE WENDUNG

Die Schiebetüren öffneten sich schmatzend, nachdem Emmi ihre Zutrittskarte gegen den Sensor gehalten hatte. Sie hatte ein seltsam wehmütiges Gefühl, denn ihre Entscheidung war gefallen. Sie würde die Karte in wenigen Minuten abgeben, sich bei den Sekretärinnen verabschieden und Sani einen Zettel auf den Tisch legen, denn die war bestimmt nicht da.

Sani, so nannten sie die Chefredakteurin Sandrina Kovacic, eine kleine Frau mit bombastischem Auftreten. In der Redaktion bekam man sie zwar selten zu Gesicht, weil sie meist in Sitzungen mit der Konzernführung oder dem Betriebsrat saß oder Interviews für TV-Stationen und Branchenzeitschriften gab. Emmi konnte sich auch nicht erinnern, jemals mehr als eine Handvoll knapper Sätze mit ihr gewechselt zu haben, und doch hatte sie stets das Gefühl gehabt, von ihr wahrgenommen zu werden. Zweifellos hatte Sani ihre Einflüsterer und Zuträger, den Redaktionsmanager, die Ressortleiter und die Mitglieder der Chefredaktion, zu denen auch August gehörte. Aber egal, der ganze Tross dieses Nachrichtenhauses konnte ihr gestohlen bleiben. Emmi war raus. Leer. Ausgelaugt.

Dennoch stellte sich nun eine Aufregung ein, die sie bisher selten erlebt hatte. Sie würde eine Erklärung abgeben müssen, die Kollegen würden Fragen stellen. Warum? Und was jetzt? So dumm das klang, Emmi hatte sich noch keine plausiblen Antworten, geschweige denn kurze, straffe Sätze, die ihre Entscheidung erläuterten, zurechtgelegt, so wie man das von Journalisten gewohnt war.

Sie huschte die lange Gangreihe entlang, an deren Ende sich Sanis Büro befand – hinter den Tischen zweier Sekretärinnen, die sie schon von Weitem mit flüchtigen Blicken erfasst hatten. Ob sie an ihrem Gang bemerkten, was Emmi vorhatte? Ihre Hände waren schwitzig, und sie wischte sich die Handflächen an den Jeans trocken. Komm schon. Einfach die Karte abgeben, ein paar Sätze wechseln, Sani die Hand schütteln, falls sie doch da war, und weg.

In den Glaskojen waren die Redaktionsräume untergebracht. In einem von ihnen hatte Emmi gestern Abend auf das nächtliche, kurzzeitig finstere Wien hinabgestarrt. Jetzt war viel los. In Augusts Büro – er hatte natürlich als einer der wenigen ein eigenes – saßen zwei Personen ihm gegenüber. Als Emmi vorbeilief, blickte er kurz auf. Seine Augenbrauen hoben sich, und er hob auch den Zeigefinger, wie man es machte, wenn man die Aufmerksamkeit eines Kellners erregen wollte. Doch Emmi reagierte nicht und verringerte ihr Tempo keineswegs. Sie ließ ihn einfach sitzen. Augusts Augenbrauen wirkten mit einem Mal bedrohlich.

»Ich müsste zu Sani«, sagte sie zu Steffi, einer der beiden Sekretärinnen. Sie war es, die sich gestern an Augusts Hals geklammert hatte. Man sah an ihren geröteten Augen, dass die nächtliche Sause länger gedauert hatte. Dass sie auch viel zu viel getrunken hatte, war an ihrer Stimme zu hören.

»Keine Chance«, sagte sie um eine Nuance tiefer als sonst. »Sie ist beschäftigt.«

»Es ist dringend.« Emmi hatte plötzlich das Bedürfnis, die Sache so schnell wie möglich hinter sich zu bringen.

»Schätzchen, bei Sani ist alles dringend. Ich sagte doch, sie ist beschäftigt. Komm später wieder.«

Es gab eine unumstößliche Hierarchie in Redaktionen: Ganz oben stand der Chefredakteur, dahinter folgten seine Sekretärinnen. Das war auch dann nicht anders, wenn der Chefredakteur eine Chefredakteurin war. Sanis Sekretärinnen waren die Pufferzone, die wahrscheinlich auch dringend nötig war, um spontane Drängler wie Emmi in die Warteschleife zu schieben.

»Es ist aber …«

In diesem Moment tippte ihr jemand auf die Schulter, und als sie sich umdrehte, stand Sandberg vor ihr und lächelte entschuldigend. Sanis Tür hinter ihm war offen, die Chefredakteurin blickte munter zu Emmi herüber und winkte sie zu sich. Sandbergs Lächeln wirkte unsicher. Er schien überrascht. »Lustig, dass du vor der Tür stehst. Wir haben gerade von dir gesprochen.«

Emmi blickte irritiert zwischen ihm und Sani hin und her. Sie hatte keine Ahnung, was er meinte, und schob sich an ihm vorbei. »Sorry, ich muss zu Sani.«

Als sie das Büro der Chefredakteurin erreicht hatte und die Tür hinter sich schließen wollte, war Sandberg plötzlich abermals hinter ihr. Er übernahm das Türeschließen und wies Emmi an, sich auf eines der senffarbenen Sofas zu setzen, die um einen gläsernen Couchtisch gruppiert waren. Sani schaute abwesend auf ein Blatt Papier, nahm die Brille ab und kam um den Schreibtisch herum auf sie zu, ohne dabei den Blick von dem Schreiben abzuwenden.

»Das ist ja ein Zufall, dass du gerade zu mir wolltest, Emmi. Wir haben soeben von dir gesprochen, und ich habe Simon gebeten, dich zu holen. Hättest du etwas Dringendes gebraucht?«

»Ja, also ich wollte –«

»Weißt du was, sag es mir nachher. Vielleicht ist es ja nicht mehr so dringend, wenn du erfahren hast, was ich dir zu sagen habe.«

Konnte das sein? War das einer dieser berüchtigten Momente, von denen sie schon so oft gehört hatte? Wenn Sani Leute zu sich ins Büro holte, dann meist, um sie vor die Tür zu setzen. Alle wussten, dass diese Kündigungsgespräche eine Qual für sie waren, jedenfalls vermittelte sie nach außen hin diesen Eindruck, aber der Druck der Konzernspitze war in den letzten Monaten immer größer geworden, die Zahlen in den Bilanzen waren längst blutrot. Die einzige Lösung, die den Managern einfiel, um Kosten zu sparen, war, Personal zu reduzieren. Emmi dachte manchmal, dass sie das auch könnte. Zehnmal so viel Gehalt kassieren, um dann Leute zu entlassen.

Okay, Kündigung also. Das kam nun doch etwas unerwartet. Hatte Sani etwa bemerkt, dass Emmi sich seit Wochen in der Redaktion unwohl fühlte? In Zeiten wie diesen konnte man nur Mitarbeiter gebrauchen, die ganz bei der Sache waren. Sie verstand die Chefin sogar. So konnte es nicht weitergehen.

Emmi streckte den Rücken und saß stocksteif in dem Couchsessel. Sie würde die Nachricht mit Fassung tragen und ganz sicher nicht in Tränen ausbrechen. Sandberg machte immer noch ein entschuldigendes Gesicht. Was hatte er eigentlich damit zu tun? Warum war er auch da? Durfte er das überhaupt? Sollten solche Angelegenheiten nicht besser unter vier Augen geregelt werden? Nein, das ging natürlich nicht. Er war bestimmt als Zeuge geladen, das war seine Rolle. Heutzutage konnte man ja nie wissen, ob einer Kündigung nicht eine Klage folgte. Sani wollte sich absichern, sonnenklar.

»Emmi«, hörte sie Sani nun sagen, musste sich aber konzentrieren, um die nächsten Worte wahrzunehmen. Sie hatte so etwas wie eine Panikattacke. Soeben hatte sie zwar noch selbst kündigen wollen, aber rausgeworfen zu werden, das war etwas ganz anderes. Nicht gut genug zu sein. Nicht zu genügen. Die Mauer, die ihr ohnehin nicht gerade ausgeprägtes Selbstvertrauen umgab, bröckelte. *Reiß dich zusammen.*

»... bist du damit einverstanden?«

Emmi wurde rot bis hinter die Ohren. Sie hatte kein Wort mitbekommen. Sani und Sandberg wechselten vielsagende Blicke. Emmi entschuldigte sich, rieb sich die Nasenwurzel.

»Noch einmal, Emmi«, hob die Chefredakteurin an. »Traust du dir zu, Wien für einige Zeit zu verlassen? Wir brauchen dich an der Front.«

Jetzt verstand Emmi jedes Wort. Und kapierte trotzdem nichts. Das musste an ihrem Gesicht abzulesen sein.

»Ich möchte, dass du von der Unwetterkatastrophe im Höllgraben berichtest. Hautnah und bei den Menschen. Zwei, drei Tage direkt vom Ort des Geschehens. Von hier aus fehlt uns die Authentizität. Wir wollen Interviews, Analysen, nicht nur plumpen Betroffenheitsjournalismus, sondern mitfühlende und aufklärende Berichte. Ich dachte dabei an dich, weil ich der Meinung bin, dass du so weit bist.« Sani musterte Emmi, die sie mit offenem Mund anstarrte.

»Wenn du der Meinung bist, das wäre noch zu früh ... Falls du dir das noch nicht zutraust, verstehe ich das natürlich voll und ganz. August steht Gewehr bei Fuß. Aber ich dachte, wir probieren mal etwas Neues. Na, was sagst du? Bist du bereit?«

In Emmis Kopf überschlugen sich die Gedanken. Gerade eben hatte sie noch kündigen wollen, dann hatte sie sich darauf eingestellt, gekündigt zu werden, und jetzt unterbreitete ihr die Chefredakteurin das Angebot einer Vor-Ort-Berichterstattung. Was für eine Wende. Was für eine Chance.

»Natürlich«, brachte Emmi gerade noch energisch genug über die Lippen. »Natürlich«, wiederholte sie. »Wann soll es losgehen?«

In Sanis Lächeln lag plötzlich etwas Gönnerhaftes. Sie wusste ganz genau, dass dieser Job ein Geschenk war, das man unmöglich ausschlagen konnte.

»Sofort«, antwortete sie. »Ich möchte, dass du uns noch heute Nachmittag den ersten Bericht übermittelst.« Sie schaute auf ihre Armbanduhr, eine schmucklose schwarze Laufuhr, die jeden Pulsschlag in eine Statistik lud, an der sie jederzeit ihren Fitnesszustand ablesen konnte. »Spätestens am Abend. Schaffst du das?«

»Natürlich«, sagte Emmi nun schon zum dritten Mal. Und wie um sich und Sani zu beweisen, dass ihr Wortschatz etwas umfangreicher war, fügte sie hinzu: »Ich werde dich nicht enttäuschen.«

Sanis Lächeln war augenblicklich verschwunden. »Selbstverständlich wirst du das nicht.«

Die kleine Pause, die entstand, nutzte Simon Sandberg, um räuspernd auf sich aufmerksam zu machen. »Ich habe dir auch einen Vorschlag zu machen, Emmi. Das Katastrophengebiet liegt ganz in der Nähe eines Dorfes, in dem ich ein kleines Wochenendhaus habe. Eine Hütte am Waldrand, nicht sonderlich komfortabel, aber in gutem Zustand. Ich möchte dir anbieten, dort für die Dauer deines Aufenthalts zu wohnen. Ich war schon lange nicht mehr da, und das Haus könnte es gut vertragen, wenn es wieder einmal beheizt würde. Und für die Zeitung … wäre es eine Ersparnis.«

Sani unterbrach die Sitzung, indem sie sich mit den flachen Händen auf die Knie schlug. »So. Ich muss jetzt leider weiter zum nächsten Termin – und du solltest dich auch auf die Socken machen. Ich bin froh, dass du das machst, Emmi. Alles Gute und grüß mir die Steiermark. Ein schönes Land …« Sie erhob sich. »Bleibt sitzen«, befahl sie. »Simon klärt dich über die Details auf, haltet bitte Kontakt zueinander. Alles klar?«

Emmi nickte. Als Sani bei der Tür war, drehte sie sich noch einmal um und wandte sich an Emmi. Sie schien noch etwas sagen zu wollen, doch jemand auf dem Gang rief ihr im selben Moment etwas zu. Da verschwand die Chefredakteurin durch die Tür und war mit den Gedanken wohl schon wieder meilenweit fort.

DIE STADT DER BÄUME

»Steiermark?«

»Ja, der Höllgraben ist ein Graben, eigentlich eine Schlucht, nahe dem Dorf Rabenwald. In der nordöstlichen Steiermark. Urwaldgebiet quasi.« Simon Sandberg machte ein aufmunterndes Gesicht.

»Und dort wohnen Menschen?«

»Ja, die haben schon vor Jahrzehnten unter dem Staudamm gebaut. Ist an sich eine idyllische Gegend. Bis gestern.«

»Wem habe ich diesen Einsatz zu verdanken?«

Er schob die Unterlippe vor und machte ein unschuldiges

Gesicht. »Da gibt es nichts zu danken. Du bist eine fähige Reporterin und sollst deine Chance bekommen. Das ist alles.«

Er erwiderte ihren forschenden Blick gelassen, strich sich die Hosenfalten glatt und schlug die Beine übereinander. »Konzentriere dich auf das Wesentliche. Angle dir so schnell wie möglich einen leitenden Beamten, der dir die Situation erklärt. Dann schnapp dir zwei, drei Betroffene. Und vergiss nicht, Fotos zu machen. Ein paar Videoschwenks. Und dann ziehst du dich ins Haus zurück zum Schreiben. Ach ja«, er holte einen Schlüssel aus seiner Hosentasche, »hier ist der Schlüssel. Es ist eine Blockhütte, umgeben von einem Zaun, ein paar Apfelbäumen und einem Geräteschuppen. Mehr ist da nicht. Das Häuschen befindet sich am Ende des Dorfes, vorbei an der Taverne und dem Hauptplatz, bis die Straße zu einem Forstweg wird und in den Wald mündet.«

Emmi nahm den Schlüssel entgegen. »Und wo liegt das Dorf genau?«

»Wenn du in der Nähe des Höllgrabens bist, kannst du es praktisch nicht verfehlen. Ich würde dich aber trotzdem bitten, jemanden nach dem Weg zu fragen. Es gibt dort viele verwinkelte Straßen. Lass dir auf jeden Fall nicht zu viel Zeit im Katastrophengebiet. Wenn es dunkel wird, ist das Dorf noch schwerer zu finden.«

»Ich fahre also zum Höllgraben nach Rabenwald.« Emmi neigte abschätzig den Kopf.

»Exakt«, versetzte Sandberg. »Das Unglück ereignete sich in dieser Schlucht, in der eine Menge Häuser stehen, ganze Siedlungen. Das alles gehört zur Gemeinde Rabenwald, der Ort Rabenwald liegt aber etwas höher und soll von dem Unwetter nicht betroffen sein.«

»Hab ich WLAN im Haus?«

Sandberg nickte.

»Alles da. Sei unbesorgt. Es wird dir an nichts fehlen. Allerdings …«

Emmi machte ein fragendes Gesicht.

»Allerdings wirst du ein wenig Zeit brauchen, um mit den

Menschen dort klarzukommen. Oder sie mit dir. Du musst Geduld haben. Sie leben in der Einschicht, am Rand der Welt, am Rand der Zeit. Da wird man manchmal sonderbar.«

Die Fragezeichen im Gesicht waren Emmi nun wohl noch deutlicher anzusehen. »Deine letzten Sätze verunsichern mich jetzt ein bisschen.«

Sandberg winkte ab. »Du wirst schon verstehen, was ich meine, wenn du erst mal dort bist. Aber es ist alles halb so wild. Vor allem der Wald wird dir gefallen. Ich sage immer, Rabenwald ist die Stadt der Bäume. Jetzt mach, dass du loskommst, Sani will ja noch heute einen ersten Bericht.«

Als Emmi sich verabschiedet hatte, blickte Sandberg ihr noch lange nach und seufzte. Dann griff er zum Telefon.

»Es wird jemand vorbeikommen. Eine junge, fähige Reporterin, die sich festbeißen wird … Ja, heute noch … Nein, sie wird nicht so leicht aufgeben … Keine Sorge … Aber du musst mir versprechen, dass du auf sie aufpasst. Wenn ihr etwas passiert, ist hier in Wien die Hölle los.«

2
RABENWALD

IN DER STEIERMARK

»Hallo. Ich bin ein paar Tage weg. Sucht mich nicht. Ich komm bald wieder.«

Diese kurze Bemerkung auf ihrem Anrufbeantworter war alles, was sie potenziellen Anrufern hinterließ, bevor die Wohnungstür hinter ihr ins Schloss fiel. Es war frustrierend, aber Emmi glaubte gar nicht, dass jemand sie suchen würde. Im egomanischen Dauerstress einer Stadt fiel ein nervöser Schatten mehr oder weniger nicht auf. Ihre Mutter lebte ihr eigenes Apokalypse-Leben, und ihre Freundinnen Laura und Yvette schnatterten bloß über Modetrends, vergruben sich in ihre Arbeit oder in ihre Neurosen.

Als Emmi mit ihrem winzigen Stadtauto, einem Twingo mit dem Kurvenradius eines Autoscooters, die Tangente erreichte und endlich das Gefühl hatte, Wien wirklich hinter sich zu lassen, trat sie zum ersten Mal bis zum Anschlag aufs Gaspedal. Der Motor wummerte auf, siebzig PS, die den Wagen nur mäßig vorantrieben, dafür aber eine dunkle Rauchwolke aus dem Auspuff pusteten. Emmi fuhr nach Westen, Raul hechelte auf dem Beifahrersitz, auf der Rückbank hatte sie einen Koffer mit ein paar Kleidungsstücken und Toilettenartikeln sowie ihren Laptop platziert.

Nachdem sie einige Radiosender durchprobiert hatte, die allesamt irgendwann in einen Werbeblock mündeten, drehte Emmi das Ding ab und lauschte fortan dem steten Brummen ihres Autos, wie es sich langsam auf die Berge der Steiermark zubewegte, eines Landes, von dem man sagte, dass die Probleme der Welt an seinen Felshängen zerschellen würden.

Emmi rollte mit den Augen. Schon wieder so ein Bild. Sie ließ sich anstecken von Menschen, die den Teufel bei jeder Gelegenheit an die Wand malten, als würde er vor aller Augen Modell stehen. Das musste aufhören. Im selben Augenblick nahm sie sich vor, fortan das Gute zu sehen. In allem. Und jedem.

Mittlerweile weit weg von der Stadt, gerieten die Sorgen tatsächlich ins Hintertreffen. Vor lauter Aufregung, weil sie »an die Front« geschickt wurde, hatte sie sich noch nicht allzu viele Gedanken darüber gemacht, was sie dort erwarten würde. Eine leichte Nervosität machte sich nun bemerkbar, und sie lenkte sich mit einem absurden Gedankenspiel ab. Die Steirer nannten ihr Land gern die »Grüne Mark«. Was also, wenn es – in einer apokalyptischen fernen Zukunft – wirklich ein letzter Zufluchtsort wäre und sie jetzt auf einen Grenzposten zufahren würde? Mit Reisepasskontrollen und strengen Blicken und Uniformen, die der Panther, das martialische steirische Wappentier, zierte.

Sie musste schmunzeln. *Seltsamer Gedanke.*

Noch ein paar Bilder ihres Tagtraums blitzten auf.

Ein Grenzbeamter kam auf sie zu. Sie hörte ihn sagen: »Alles in Ordnung. Sie können fahren. Aber denken Sie daran, sich an die Regeln zu halten.«

»Welche Regeln?«

»Halten Sie alles sauber, zerstören Sie keine Pflanzen, bleiben Sie nur so lange, wie es nötig ist. Und … passen Sie auf.«

»Wie bitte?«

»Passen Sie auf!«

Emmi sah die Leitplanke auf sich zukommen und riss das Lenkrad herum. Der Wagen kam ins Schleudern. Das Heck schob sich nach vorn, die Welt drehte sich.

Raul jaulte. Emmi kreischte.

Sekunden später stand das Fahrzeug still. Wie durch ein Wunder war es in Fahrtrichtung auf dem Seitenstreifen zum Stehen gekommen. Kein anderes Auto war weit und breit zu sehen. Ihr war nichts geschehen, dem Hund auch nicht.

Emmi schaltete dennoch die Warnblinkanlage ein, nahm Raul auf den Schoß und atmete ein paarmal tief durch. Sie war eingenickt und hatte gefühlt eine halbe Ewigkeit in diesem Traum verbracht.

»Bleiben Sie nur so lange, wie es nötig ist«, hörte sie den imaginären Grenzsoldaten noch einmal sagen. Sie blickte sich um. Vor sich sah sie ein riesiges grünes Herz am Straßenrand, das die Aufschrift »Steiermark« trug. Sie lachte trocken auf. Grenzposten gab es zwar keine, aber sie würde dennoch nicht länger bleiben als nötig. Und vor allem würde sie nicht mehr am Steuer einnicken.

Sie war längst nicht mehr auf der Autobahn, als sich die Landschaft immer mehr zu einem zerklüfteten Bergpanorama zusammenfaltete. Die Felswände und die steilen Hänge erinnerten Emmi an zerknüllte Papierseiten, schroff und manchmal fast so kantig wie Großstadtfassaden bauten sich die Formationen rund um sie herum immer theatralischer auf. An einer einsamen Bushaltestelle hielt sie an, um Raul auf einer Wiese austreten zu lassen und ihre Route auf dem Handy zu kontrollieren, doch die Verbindung war so schlecht, dass sie es bald aufgab. Als sie aufblickte, glaubte sie, Gesichter von Greisen und schlafenden Riesen in den Felsformationen erkennen zu können. Sie wechselte das Standbein, und einer von ihnen öffnete die Augen und starrte sie direkt an. Der Blick des Steinalten ließ sie kurz erschaudern, also rief sie Raul zurück in den Wagen und setzte ihre Fahrt mit kurzzeitig wild klopfendem Herzen fort.

Bei der Ausfahrt ins nächste Tal waren glotzende Felsen jedoch ihre geringste Sorge. Denn mit einem Mal veränderte sich die Welt und zeigte eine Fratze, die Emmi bislang noch nicht gesehen hatte.

IM HÖLLGRABEN

Es war ein kleiner Kreisverkehr, der vorerst das Ende ihrer Reise bedeutete. Sie wollte die Ausfahrt in den Höllgraben nehmen, dorthin, wo sich die Unwetterkatastrophe ereignet hatte. Doch die Zufahrt war gesperrt. Zwei Feuerwehrmänner und eine mit einer Warnweste bekleidete Frau bedeuteten ihr, weiterzufahren. Emmi ließ den Wagen näher heranrollen und rief durchs offene Fenster, sie sei von der Presse, was bei den Streckenposten aber wenig Begeisterung hervorrief.

»Geh bitte. Da gibt's nix zum Schau'n«, rief die Frau und bat sie energisch, die nächste Ausfahrt zu nehmen und umzukehren. Im Rückspiegel sah Emmi, wie sich ein Einsatzwagen der Feuerwehr näherte.

Emmi war verärgert. Sie war doch nicht den weiten Weg von Wien hierhergefahren, um sich bei der erstbesten Absperrung abservieren zu lassen. Nicht auszudenken, was Sani und die anderen in der Redaktion von ihr halten würden, käme sie zurück, ohne eine einzige Zeile geschrieben zu haben.

Sie nahm also die nächste Ausfahrt des Kreisverkehrs, die zu einer Nebenstraße am Waldrand führte, und parkte ihren Wagen dort. Raul gab sie einen Kauknochen, öffnete auch das Fenster einen Spalt, um genügend frische Luft für ihn ins Auto zu lassen, schnappte sich ihre Umhängetasche von der Rückbank und stieg aus.

Die Luft fühlte sich feucht und schwül an. Als sie die Streckenposten wieder erreicht hatte, machte sie noch einmal deutlich, wer sie sei und dass sie nicht vorhabe, so einfach wieder zu verschwinden. Sie erntete fassungslose Gesichter.

»Tun Sie, was Sie nicht lassen können. Die Straße runter, nach einem Kilometer sehen Sie alles auf einen Blick«, sagte die Frau von vorhin. »Aber stehen Sie nicht im Weg herum.«

Ehe Emmi protestieren konnte, schreckte sie ein Hupsignal auf. Schon wieder ein Wagen der Feuerwehr, der hinter ihr aufgetaucht war.

Mit klopfendem Herzen näherte sich Emmi dem Katastrophengebiet. Dass es nicht mehr weit sein konnte, sagten ihr die verschmutzte Straße, die Sandsäcke vor den Hauszufahrten und eine Geräuschkulisse, die zwischen Motorenlärm und einem seltsamen Murmeln schwankte, das klang, als würde sie sich einer großen Menschenansammlung nähern.

Sie war aufgeregt. Machte die ersten Fotos von Bäumen, die umgeknickt waren, von einem bis zu den Scheiben mit Schlamm beschmutzten Auto, das mitten auf einer Wiese stand, und einem Kinderwagen, der an einem Zaun lehnte. Aus dem Kinderwagen ragte ein Zweig, und einen Schockmoment lang dachte Emmi, dieser habe das Baby aufgespießt, das noch im Kinderwagen lag.

Danach gelangte sie zu einer etwas erhöhten Stelle. Hier war es still wie an einem Sonntagmorgen in der Stadt. Alles sah friedlich aus, und Emmi hatte schon die Befürchtung, dass es das war. Dass sie sich umsonst auf den Weg gemacht hatte. Dass irgendjemand maßlos übertrieben und die Medien aufgescheucht hatte. Für nichts. Manche sagten ja, die Leute auf dem Land seien leichtgläubiger. Und hysterischer. Die glaubten tatsächlich, die kleinen Katastrophen vor ihrer Haustür seien von globaler Bedeutung. Stadtleute neigten schließlich generell dazu, die Menschen auf dem Land gering zu schätzen.

Sie blickte sich um. Nein, sie wollte diesen Schwachsinn natürlich nicht glauben. Andererseits, wenn nicht bald mehr Katastrophenstimmung aufkam, dann hätte sie sich den Weg tatsächlich sparen können. Die in Wien wollten Schlagzeilen. Und ausdrucksstarke Bilder.

Und dann erreichte Emmi die ersten Häuser.

Sie hielt inne, ihr Atem stockte. So etwas hatte sie noch nie gesehen. In diesem Moment setzte der Regen erneut ein. Ohne Vorwarnung platzten dicke Tropfen auf den Asphalt. Ein Stöhnen schien durchs Tal zu gehen, und als hätte Emmi die Gedanken der Menschen fühlen können, formten ihre Lippen die Worte: »Nicht schon wieder.«

Sie traf auf einen Mann, der wild schnaufend vor einer Schubkarre stand und sich den Schweiß und die Regentropfen von der Stirn wischte. Die Schubkarre war mit Schlamm, Holzstücken und Steinen angefüllt.

»Alles ist hin«, wimmerte er, ohne dass Emmi ihn gefragt hätte. »Gestern hat es den ganzen Tag geregnet. Und als die

Nacht hereinbrach, als wir dachten, jetzt hört es auf, da kam die Flutwelle. Bei uns ist alles übergegangen. Der Garten steht unter Wasser. Der Keller auch. Aber weiter hinten im Tal – mein Gott, wie muss es denen wohl gehen?« Er schaute blinzelnd zum Himmel. »Und jetzt fängt es schon wieder an.«

Emmi unterhielt sich noch eine Weile mit dem Mann und machte sich Notizen, wobei sie sich – so gut es ging – über ihren Schreibblock beugte, um ihn trocken zu halten. Nachdem sie noch ein paar Fotos gemacht hatte, stapfte sie weiter. Es wurde trotz des Regens wärmer. Aber vor allem wurde es laut.

Da war ein reißender Fluss, dessen Ufer gefährlich nahe an den Straßenrand reichte. Deshalb hatte man hier stellenweise Sandsäcke aufgeschichtet, und vor den Hauseinfahrten tummelten sich Menschen, die Ketten bildeten, um das Wasser mit Eimern aus den Kellern zu schöpfen. Feuerwehrautos standen eilig abgestellt in der Wiese, und die Einsatzkräfte rollten Schläuche aus, während sich das Blaulicht der Einsatzwägen im Tropfenmeer des Regens brach. Eine offenbar nutzlos gewordene Schlammwasserpumpe, wie man sie in Baumärkten kaufen konnte, lag am Straßenrand wie ein angefahrenes Tier.

An der Böschung waren Autos, manche von ihnen bis unters Dach mit Schlamm bedeckt. Zwischen den Häusern befand sich haufenweise Unrat, der von den Helfern angesammelt worden war. Zerbeulte Fahrräder, zerstörte Mülleimer, Zaunlatten und Äste, Zweige, ja ganze Baumstämme waren auszumachen. Es war den meisten, die hier schufteten, anzusehen, dass sie in der vergangenen Nacht keinen Schlaf bekommen hatten.

Während Emmi tiefer ins Tal vordrang, wurde der Lärm der Schwerfahrzeuge immer ohrenbetäubender. Bagger schaufelten Wege frei, auf riesigen Transportern türmten sich Berge von Holz, und als Emmi ein Brummen hinter sich vernahm, wich sie zur Seite. Eine Lastwagenkolonne donnerte an ihr vorüber, und hinter den Planen konnte sie sehen, dass es sich um Transporter des Bundesheeres handelte. Doch die Soldaten trugen keine Gewehre auf dem Schoß, sondern Motorsägen. Am Himmel kreiste ein Hubschrauber.

»Wenn die kommen, muss es dahinten im Tal noch viel schlimmer sein.«

Eine Frau, die ein schlafendes Kind im Arm trug, stand plötzlich an Emmis Seite. Ob es auch sie arg erwischt habe, wollte Emmi wissen.

Die Lippen der Frau zitterten, aber sie hatte sich im Griff und seufzte nur. »Es war der Bach. Der ist normal ein Rinnsal, nicht mehr, ein still dahinplätscherndes Gewässer. Plötzlich ist er über die Ufer getreten. Ganz leise, aber unaufhaltsam. Wir haben es zu spät gemerkt. Ich bin im Wohnzimmer gesessen, als etwas gegen die Garagenmauer geprallt ist. Das war unser Auto. Erst da hab ich gemerkt, dass das Wasser über die Straße zu uns heraufgekommen ist. Zum Glück liegt unser Haus am Hang. Wir konnten die Schwiegereltern in Sicherheit bringen und uns und die Kinder auch.«

»Wie weit ist es bis nach ganz hinten ins Tal?«

Das Baby öffnete plötzlich die Augen und fing an zu schreien. Die Frau entschuldigte sich und ging rasch weiter.

Der Regen wurde immer schlimmer. Emmi fluchte und sah auf ihre Fußspitzen hinab. Die weißen Sneakers waren völlig verdreckt, den Notizblock presste sie unter ihrer Jacke an die Brust, das Handy steckte in der Hosentasche ihrer durchnässten Jeans. Sie musste schrecklich aussehen. Nach einigen Minuten erreichte sie schließlich eine Kurve, hinter der sich die Straße absenkte und im Morast verlor. Emmi blickte noch einmal auf ihre Schuhe. Sie würde bis zu den Knöcheln im Schlamm stecken, wenn sie weiterging. Sie schaute auf eine seltsam schimmernde Schmutzschicht, aus der sich hin und wieder ein Stück Straße herausschälte. Weit hinten, dort, wo sich das Tal zu einer engen Schlucht verformte, ragten die Spitzen von Häusern empor. Die letzten Fahrzeuge des Trosses vom Bundesheer verschwanden im Wald. Dort hinten war auch ihre Story. Doch sie war unerreichbar.

Emmi stand noch immer im Dreck. Dies war also das Ende ihrer Reportage. Sie machte noch ein paar Fotos und hockte sich dann seufzend auf einen Stein am Wegesrand. Sie war erschöpft. Und frustriert. Was sollte sie hier noch?

Wenigstens ebbte der Schauer ein wenig ab und wurde zu einem feinen Sprühregen. Dampf stieg aus den Wäldern ringsum auf, und der Himmel verfärbte sich zu einer gelben Einheitsmasse. Plötzlich glaubte Emmi, ein Stöhnen wahrzunehmen. Es kam nicht von ihr. Es klang vielmehr so, als flehten alle Menschen im Tal zugleich, dass der Regen doch endlich aufhören möge.

SEVERIN MOSER

»Was machen Sie hier?«

Emmi schrak auf. Ihr Haar hing ihr in triefenden Strähnen ins Gesicht. Sie hatte den Mann nicht gehört. Und den Traktor, der sich hinter ihm befand, hatte sie auch nicht vernommen.

Ein groß gewachsener Feuerwehrmann stand vor dem wuchtigen Fahrzeug und musterte sie. Als Emmi ihm erklärte, wer sie war, winkte er sie zu sich. »Kommen Sie. Sie können mit mir fahren. Ich bin auf dem Weg ins Epizentrum der Katastrophe. In den Höllgraben. Ohne mich kommen Sie nicht dorthin. Und schon gar nicht so.« Er wies auf ihre Halbschuhe.

Emmi lächelte verlegen. »Ja, das hab ich auch schon gemerkt. Es gibt nur ein Problem. Mein Hund ist im Auto, und das steht hinten beim Kreisverkehr.«

»Sie fahren mit einem Hund und in Halbschuhen zu einer Hochwasserkatastrophe?« Der Mann schüttelte den Kopf, kramte eine Packung Zigaretten aus der Jackentasche und zog mit den Lippen eine Kippe heraus. »Sie müssen aus Wien sein. Oder aus Graz.«

Emmi hob abschätzig die Augenbrauen. »Was immer Sie damit meinen, aber Sie dürften recht haben. Ich bin superschlecht ausgerüstet. Darf ich trotzdem einsteigen?«

Er hob die Zigarette, die jetzt glomm. »Wenn es Sie nicht stört, dass ich rauche.«

»Das ist derzeit meine geringste Sorge.«

»Na, dann steigen Sie ein. Ich kann auch ein paar Gesprächspartner von der Einsatzleitung für Sie auftreiben. Und wenn Sie wollen, bringe ich Sie danach wieder zurück. Wir haben in einer Stunde Einsatzbesprechung, da muss ich sowieso hin. Mein Name ist übrigens Severin Moser. Ich bin hier so was wie der Chauffeur.«

Während der Fahrt erzählte ihr der Mann, was passiert war. Am Ende des Tals befinde sich der Stausee eines Kraftwerks. Der Regen habe über Nacht zugenommen, den See überlaufen lassen und den winzigen Bach, der normalerweise durch das Tal rinne, zu einem reißenden Fluss gemacht. »Da, wo wir hinfahren, standen früher rund zwanzig Häuser. Die sind jetzt zum Großteil zerstört. Das ganze Ausmaß ist aber noch nicht absehbar. Zumal sich das Wetter nicht bessert.«

Emmi konnte einen vom Zigarettenrauch ausgelösten Reizhusten kaum noch unterdrücken. Die Scheiben liefen an, und ihr war kalt.

Als sie das Ende des Bundesheer-Trosses erreicht hatten, waren die Soldaten bereits damit beschäftigt, das Bachbett am Waldrand zu säubern. Überall lagen riesenhafte Baumstämme, manche ragten wie selbstverständlich aus Schuppen und Häusern. Die Straße war stellenweise abgebrochen, Asphaltteile lugten aus dem Schlamm. Am Straßenrand saßen erschöpfte Feuerwehrleute, rauchten Zigaretten oder kauten an Äpfeln und erinnerten Emmi an Frontsoldaten. Sie kam sich vor wie auf einem Schlachtfeld. Der Bach war nun wieder ganz nah und machte so viel Lärm, dass man sich anbrüllen musste, um einander zu verstehen. Außerdem war es hier deutlich kühler, sodass Emmi in ihren nassen Kleidern und den durchnässten Schuhen fror. Dennoch dachte sie nicht im Traum daran, das Ganze jetzt abzubrechen.

Moser stellte sie einigen Leuten vor, die Emmi zwar reserviert begegneten, ihr aber dennoch Interviews gaben.

»Die Leute wollten ihre Häuser nicht rechtzeitig verlassen«, schilderte ein Offizier des Bundesheeres, »das hat auch die Feuerwehreinsatzkräfte in Gefahr gebracht. Außerdem fehlen uns noch Berichte über Personen, die ganz hinten in der Furt leben. Wir kommen im Moment nicht dorthin, können nur hoffen, dass es ihnen gut geht.«

Zerstörte Existenzen, Menschenleben, die bedroht waren, sowie die Beklemmung, die das ganze Tal erfasst hatte, weil noch nicht alle Bewohner gefunden worden waren – all das versuchte Emmi in Worte zu fassen. Sie kritzelte Notizen in ihren Block. Machte Bilder und Videos. Stellte unentwegt Fragen und ließ die Umgebung auf sich wirken wie einen Kinofilm.

Es dauerte eine Weile, bis sie merkte, wie müde und erschöpft sie war. Sie konnte ihr Zittern kaum noch verbergen, und es machte die Situation nicht besser, als ein anwesender Polizist zynisch bemerkte, mit dieser Ausrüstung habe sie hier nichts verloren.

Plötzlich schämte sie sich. Dass sie nichts tat, außer zuzuhören und zuzuschauen, während die Menschen rundherum anpackten und halfen, wo es ging. Sie fühlte sich nutzlos. *Was mache ich hier?*

Als Moser sie schließlich wieder zurückbrachte, betrachtete er sie von der Seite.

»Sie haben auch keinen leichten Job«, sagte er, und Emmi wusste nicht, wie er das meinte. Sie war sich nicht sicher, ob er sie nicht verhöhnte. Andererseits offenbarte seine Mimik keinerlei Anzeichen von Ironie.

»Na, ich meine«, fuhr er fort, »Sie müssen das jetzt in Worte fassen. Ich wüsste nicht, was ich da schreiben sollte.«

Emmi winkte ab und versuchte, das Gespräch in eine andere Richtung zu lenken. Es war ihr peinlich. Dieser Mann rettete Leben und half Menschen in Not, und was tat sie? Sie sah zu.

»Ohne Sie, ohne Leute, die darüber berichten, was hier geschieht, stünde es schlecht um die Betroffenen. Je mehr Menschen davon erfahren, desto besser. Wir brauchen Unterstützung. Eine kleine Gemeinde wie diese kann so ein Unglück nicht allein stemmen. Doch jetzt, wo sogar eine Journalistin gekommen ist, wird die Aufmerksamkeit enorm sein.«

Wenn dieser Severin Moser wüsste, wie erleichtert Emmi über seine Worte war. Sie lächelten einander an, während sie sich dem Kreisverkehr näherten, an dem Emmis Auto parkte und in dem Raul auf sie wartete.

Als sie vom Traktor gesprungen war, stellte Emmi glücklich fest, dass es aufgehört hatte zu regnen. Raul bellte ihr vom Auto aus zu, und der Feuerwehrmann grinste. »Da freut sich aber jemand.«

Emmi nickte. Der Mann fragte, ob sie wirklich nach Rabenwald wolle, »in dieses Nebeldorf«. Sie antwortete, dass sie die Möglichkeit habe, dort im Haus eines Freundes zu wohnen. Er nickte nur und erklärte ihr den Weg. Emmi versuchte, sich die Beschreibung so gut wie möglich zu merken.

»Wenn du willst, rufe ich dich an, sobald es etwas Neues gibt, was die vermissten Personen betrifft.«

Emmi war nicht entgangen, dass Moser sie plötzlich duzte, aber sie war dankbar, in ihm einen nützlichen Kontakt gefunden zu haben. Sie gab ihm ihre Nummer und verabschiedete sich.

Durch den Rückspiegel sah sie, dass Severin Moser ihr nachblickte. Sie musste wieder lächeln. Winkte ihm zu. Doch er winkte nicht zurück. Sie wunderte sich darüber. Außerdem, woher wusste er, dass sie nach Rabenwald wollte? Sie dachte kurz darüber nach, der Gedanke wehte aber bald wieder davon, und sie atmete tief durch. Sie war vor allem froh, der Rauchwolke in der Traktorkabine entkommen zu sein. Sie musste niesen, und sie fror, dennoch öffnete sie das Fenster. Sie brauchte frische Luft.

EIN FAST VERBOTENER WEG

Die Fahrt vom Höllgraben nach Rabenwald verlief merkwürdig. Zunächst fuhr Emmi auf der Bundesstraße, ehe diese in eine schmale Asphaltbahn abging, die durch den Wald mäanderte. Die Straße schnitt eine scharfe Schneise durch die dichten Baumreihen und verlief steil bergauf. Immer wieder musste sie Schlaglöchern ausweichen. Der Regen hatte auch hier für tiefe Risse im Erdreich links und rechts der Straße gesorgt, aber es war bei Weitem nicht so schlimm wie in der Schlucht mit dem reißenden Fluss. Die Abzweigungen lotsten sie allerdings immer tiefer in den Wald, der sie im Dämmerlicht kaum weiter als hundert Meter blicken ließ. Das Licht der Autoscheinwerfer bewegte sich unruhig hin und her. Es kam ihr vor, als entfernte sie sich mit jeder Minute weiter von der ihr bekannten Welt.

Wieder kamen ihr groteske Gedanken. Was, wenn dies eine Pforte war, die sie von einer Welt in die nächste führte? Eine schaurige Horrorpiste, die sie niemals mehr zurückfinden lassen würde? Oder ein verbotener Weg, den niemand entlangfuhr, weil an seinem Ende …? *Ach, hör schon auf*, schalt sie sich selbst.

Die Straße war bald nicht einmal mehr asphaltiert und gerade so schmal, dass ein Fahrzeug dort Platz hatte. Emmi hoffte inständig, dass ihr niemand entgegenkommen würde. Die Bäume standen bis an den Straßenrand. Das Gefühl, völlig abgeschieden zu sein, verstärkte sich. Steine schlugen gegen die Bodenplatte des Wagens. Mitunter kam sie nur im Schritttempo voran, so sehr musste sie achtgeben, nicht irgendwo anzufahren oder in ein Loch zu schlittern. Und just in dem Augenblick, als in ihr die Überzeugung gewachsen war, sich restlos verirrt zu haben, lichtete sich der Wald, verbreiterte sich auch die Straße wieder, und vor ihr tauchten die Lichter eines Dorfes auf, das aus dem Abendnebel kroch wie der geheimnisvolle Schauplatz eines unheimlichen Märchens. Das Ortsschild verriet ihr, dass sie richtig war: »Rabenwald«.

Auf dem Schild, das nicht wie sonst üblich aus einer blau umrandeten weißen Blechtafel mit schwarzer Schrift bestand, sondern aus einer verwitterten Holzplatte, saß ein schwarzer Vogel. Emmi hielt an, das Gesicht zu einem verwunderten Lachen gefroren. Der Vogel konnte unmöglich echt sein. In diesem Moment bewegte er seinen Kopf, stieß sich ab und flatterte in die Nacht. Tatsächlich, ein Rabe. Emmi stieß einen Laut aus, der einem Lachen nur sehr entfernt ähnelte.

»NEW YORK«

Der kalte Wind hatte die Wolken zu seltsamen Streifen am Abendhimmel geformt, die sich viel zu schnell bewegten. Emmi hatte das Gefühl, die Zeit würde hier schneller voranschreiten, und sie verlor für einen Augenblick fast die Nerven. Sie hatte immer angenommen, auf dem Land – und die Steiermark verband sie mit diesem Begriff wie kaum eine andere Region – tickten die Uhren anders. Eben langsamer. Und nun rannten hier sogar die Wolken?

Auch Raul schien erleichtert zu sein, den Wald hinter sich gelassen zu haben. Als sie die Tür öffnete, sprang er fröhlich aus dem Wagen und hüpfte bellend über eine abgeblühte Blumenwiese. Hinter der Ortstafel öffnete sich ein Hang und offenbarte die geduckten Häuser eines Bergdorfes. Sie blickte dem davonflatternden Raben noch eine Weile nach. Das Lachen über die absurde Szene von vorhin rollte durch ihren Körper und ließ sie schließlich schweigend zurück. Als sie das Dorf von der Anhöhe aus betrachtete, konnte sie nicht sagen, was an dem Anblick sie störte. Aber etwas war hier anders. Seltsam.

Aus dem Gasthaus, vor dem sie kurz darauf wieder stehen blieb, wehte der Song »Ich war noch niemals in New York« zu ihr herüber und ließ sie abermals stocken. *Schon wieder Udo Jürgens?* Was für ein merkwürdiger Zufall. Seine Musik war offenbar der Abgesang auf diese Welt. Endzeitmusik. Emmi fragte sich, warum alle Welt alte Musik hören und alte Filme sehen wollte, und sie glaubte sich zu erinnern, dass sie einmal gelesen hatte, das hänge mit der Einstellung, früher sei alles besser gewesen, zusammen. Aber war das nicht ganz normal? Wenn der Mensch keine Zukunft mehr hatte, klammerte er sich an die Vergangenheit.

Emmi beschloss, Raul wieder im Auto zu lassen, und sprang die drei Stufen zum Gasthaus hoch. Drinnen war zwar noch immer Udo Jürgens' Klavier zu hören, seine Stimme wurde aber zuweilen von einer Handvoll Leute an der Bar übertönt. Ein unsicher auf Barhockern schaukelndes mittelaltes Pärchen – vor allem die Frau hatte schon mehr als genug getrunken – brummte mit geschlossenen Augen mit und war in Gedanken wohl bereits *in zerrissenen Jeans* in Manhattan. Der Wirt – der Mann mit dem über die Schulter geworfenen Geschirrtuch hinterm Tresen musste der Chef des Hauses sein – begrüßte Emmi mit einem knappen Kopfnicken. Nach einer kurzen Erklärung, welche Hütte sie suche – denn auch wenn Sandberg ihr den Weg beschrieben hatte, wollte sie vermeiden, nach der langen Fahrt im Dorf im Kreis zu fahren –, wies er sie ein. »Links, rechts, rechts, links, dann über den Schotterweg kurz vor dem Wald.«

Emmi bedankte sich und wollte schon gehen, als plötzlich die Musik verstummte und alle Anwesenden ihre Augen auf sie richteten.

»Das ist das Haus von dem Wiener«, sagte der Wirt.

Emmi bejahte. »Ich pass nur darauf auf.«

»Ach, tust du das?«, stellte einer der Gäste fest.

Emmi blickte von einem zum anderen. Es hatte den Anschein, als hätten die meisten die letzte Nacht und den heutigen Tag hier verbracht.

»Bleibst lange?«, fragte der Wirt.

»Weiß ich noch nicht.« *Das geht Sie gar nichts an.* Emmi hielt sich zurück, setzte ein unsicheres Lächeln auf, drehte sich um und ging hinaus. Im Augenwinkel sah sie, dass auch das summende Pärchen aus der Tagtraumreise nach New York zurückgekehrt war und ihr argwöhnisch nachblickte. Jemand sagte: »Jetzt kommen sie bald alle von New York und von überallher, wirst schon sehen. Wenn die Welt untergeht, kommen sie alle …«

Dann fiel die Tür hinter Emmi ins Schloss.

DAS HAUS AM WALDRAND

Beim Anblick des kleinen Häuschens zwischen Dorf und Waldrand griff Emmi unvermittelt zu ihrem Handy, machte ein Foto davon und schickte Sandberg eine Nachricht, die aus einem Herzsymbol und einem schlichten »Danke« bestand. Es dauerte eine Weile, bis das sich drehende Ziffernblatt auf dem Handydisplay verschwand, und sie verstand: Was auch immer sie in dieser Gegend zu versenden hatte, es würde dauern.

Stirnrunzelnd stieg sie aus dem Wagen und betrachtete die Umgebung. Es war schön hier, geradezu idyllisch. Ein krasser Gegensatz zu den erschütternden Ereignissen im Höllgraben. Genau aus diesem Grund war die Umgebung nicht ganz ideal, um eine rasche und authentische Berichterstattung über die Unwetterkatastrophe zu gewährleisten.

Sie lief Raul hinterher, der sich hier schon pudelwohl zu fühlen schien und bellend über eine Wiese hopste. Ein niedriger Holzzaun umgab einen kleinen Garten, der zwar etwas Pflege nötig hatte, mit einem Gemüsebeet, zwei Apfelbäumen, einer Hollywoodschaukel und einem Tischchen mit zwei Stühlen unter einem Kirschbaum jedoch geradezu bilderbuchmäßig beschaulich aussah. Das Übrige tat dann das kleine Häuschen in der Mitte des Gartens, das zwischen Efeuranken, einem gewaltigen Holunderbusch und stacheligen Rosenzweigen hervorlugte wie ein freches Kind in Omas Blumenmeer.

Emmi trat durch das Gartentor und näherte sich ehrfürchtig, denn das Idyll krachte so plötzlich über sie herein, dass ihr erst jetzt aufging, dass sie seit einer Ewigkeit – seit Monaten, vielleicht sogar seit Jahren – keinen richtigen Garten mehr betreten hatte. Ganz abgesehen davon, dass sie den gesamten Nachmittag damit verbracht hatte, im Dreck einer Hochwasserkatastrophe zu waten und das Leid der Betroffenen zu dokumentieren. Umso größer war die Erleichterung, als sie gefühlt das erste Mal seit Langem wieder ganz bewusst einatmete.

»Wie schön«, hauchte sie sich selbst zu und konnte ihr Glück kaum fassen.

Nachdem sie das Haus betreten hatte – zuvor hatte sie sich natürlich sowohl ihrer nassen Schuhe als auch der feuchten Socken entledigt –, öffnete sie die wenigen Fenster und die Läden davor. Das Licht der untergehenden Sonne sprang in die Räume, die es aufsaugten, als hätten sie sich lange danach gesehnt, und die abgestandene Luft wich dem herbstlichen Geruch des nahen Waldes. Ein Schmetterling nahm auf der Fensterbank Platz und verlieh der Szene etwas Märchenhaftes. Emmi konnte beobachten, wie die Abendsonne hinter den Bergspitzen verschwand und das Tal augenblicklich in ein seltsam okkultes Licht tauchte. Sie blickte aus dem Fenster in den hinteren, von der Straße abgewandten Teil des Gartens. Hier befand sich eine winzige Hütte, umgeben von Wiesengras, das mindestens einen halben Meter hoch war. Ein schmaler, mit Steinplatten ausgelegter Weg führte vom Haus zur Hütte. Hinter der Hütte, dem Holzzaun und dem kniehohen Gras breitete sich ein Wald voller dicht stehender mächtiger Bäume aus. Emmi betrachtete die Baumreihen. Sie konnte sich des Gefühls nicht erwehren, dass die Baumriesen ganz genau mitbekamen, was da in dem Häuschen vor sich ging.

Das Erdgeschoss bestand nur aus der Diele, von der eine schmale Holztreppe nach oben führte, und einem Raum, der Küche und Wohnzimmer in einem war. Hier befanden sich eine schmale Küchenzeile, ein unter ein Fenster gerückter Tisch mit zwei Stühlen, eine mit bunten Polstern befüllte Couch, ein schwer beladenes Bücherregal und ein Schwedenofen mit einem breiten

Sichtfenster. An der Wand hingen Bilder von Berglandschaften wie jener, die das Dorf umgab. Außerdem ein Kalender aus dem Jahr 2018, der Nahaufnahmen von Insekten zeigte, und der Jägerbrief, der Simon Sandberg bescheinigte, dass er 2013 die Jagdprüfung abgelegt hatte.

Nach einer ersten Inspektion stellte Emmi fest, dass die Küche gut bestückt war und es an nichts Wesentlichem mangelte, jedenfalls was Kochgeschirr, unverderbliche Lebensmittel wie Salz und Zucker sowie Putzmittel betraf.

Im Vorzimmer entdeckte sie unter dem Stiegenaufgang zwei Türen. Eine war nicht mehr als eine Sperrholzplatte, die sich mit einem Schieber verschließen ließ. Dahinter verbarg sich ein finsteres Loch, vor dessen Schwärze sie zunächst erschrocken zurückwich. Doch als sie den Lichtschalter betätigte, entpuppte es sich als winzige Abstellkammer, in der die Utensilien – vom Besen bis zum Blecheimer für den Schwedenofen – so penibel geschlichtet waren wie in einem Warenhaus. Die zweite Tür führte in ein Badezimmer, das nur aus einem Waschbecken, einer Duschkabine und einer Kloschüssel bestand. Ein schmales Fenster gab wieder den Blick auf die Holzhütte frei. Sie fröstelte, und mit einem Mal wurde ihr bewusst, wie kühl es in dem Haus war, aber sie hatte keine Lust, sich jetzt darum zu kümmern. Oder besser: keine Zeit.

Emmi packte den Laptop aus ihrer Tasche, schloss ihn ans Netz an und begann, an ihrem Bericht zu schreiben. Sie war unendlich müde, doch als die Bilder der vom Schlamm umspülten Gärten, der verzweifelten Menschen und der Soldaten mit den Kettensägen vor ihrem inneren Auge auftauchten, erfasste sie eine ungeahnte Kraft. Sie schrieb, bis es dunkel wurde, und fügte dem Artikel die Bilder bei. Während sich das Ziffernblatt am Bildschirm wieder elend langsam drehte und sie darauf wartete, dass die Nachricht endlich die Redaktion erreichte, griff sie zum Telefon und rief Sandberg an.

Emmi schilderte ihrem Kollegen den Tagesverlauf und bedankte sich für die Unterkunft. »Unter anderen Umständen wäre das hier regelrecht idyllisch«, lachte sie, doch ihr Lachen klang hohl. Als ob eine Befürchtung mitschwänge, die sie nicht in Worte kleiden konnte. Ihr Blick fiel auf den schemenhaft hinter den Fenstern aufragenden Waldrand.

Sie wechselte noch ein paar Worte mit Sandberg, doch dieser war nicht sehr gesprächig. Er sei bereits zu Hause, sagte er entschuldigend, so als spürte er selbst, dass er gerade wenig kommunikativ war. »Meiner Frau geht es nicht gut«, fügte er hinzu und verabschiedete sich. Bevor er auflegte, sagte er noch: »Pass auf dich auf, Emmi.«

»Mach ich«, antwortete sie und konnte sich des Gefühls nicht erwehren, dass ein seltsamer Ton seine Worte begleitet hatte. Eine sonderbare Dringlichkeit. Fast so, als hegte er eine Befürchtung.

Das Verschwinden des Ziffernblatts ließ Emmi erleichtert aufatmen. Sie konnte den Laptop schließen und den Tag beenden. Sie wollte nur noch schlafen.

Nach einer ausgiebigen Dusche gab sie Raul seine Futterration aus der Dose auf einen Teller, verzichtete aber darauf, für sich selbst im Haus nach etwas Essbarem zu suchen. Sie stieg die knarrende Treppe nach oben. Der Dachboden war ein einziger großer Raum, in dem sie sich wegen der Dachschräge jedoch nur geduckt bewegen konnte. Er wurde von einem mächtigen Bett bestimmt, das fast die gesamte Breite einnahm. Am Kopfende war eine Leiste angebracht, die als Bücherregal diente. Dicht an dicht reihten sich die Bände, bei denen es sich vorrangig um Abenteuer- und Reiseliteratur handelte. Emmi versprach sich, die Bücher zu einem späteren Zeitpunkt näher in Augenschein zu nehmen, im Moment war die Müdigkeit einfach zu stark. Fast hätte sie sich schon auf die Matratze fallen lassen, als ein weiterer Gegenstand ihre Aufmerksamkeit erregte. Vor dem Dachfenster, das jetzt nur noch einen von Nachtschatten umwehten Blick auf den Wald freigab, befand sich ein Fernrohr.

Sie ging näher heran, legte ein Auge an, und vor ihr flossen die Farben ineinander wie in einem Farbtopf. Erst als sie die Linse auf ihr Auge abgestimmt hatte, entpuppte sich das

Gemisch als finsterer, nur vom Mondlicht und einer einsamen Straßenlaterne beleuchteter grauvioletter Blätterwald. Sie bewegte das Fernrohr, ihr Blick tastete sich von Baum zu Baum. Sie erkannte einen schmalen Weg, einen Trampelpfad, der sich in der endgültigen Finsternis zwischen den Bäumen verlor und von meterhohen, wild wachsenden Sträuchern umwuchert war. Emmi ließ das Fernrohr zu den Baumwipfeln hinaufwandern, dann wieder zurück auf den Weg, und plötzlich stand da eine schmale Gestalt in einem weißen Overall, der im Mondlicht geisterhaft schimmerte.

Sie wich einen Schritt zurück. Der Anblick hatte ihr einen solchen Schrecken eingejagt, dass sie beinahe gestolpert und gestürzt wäre. Einige Atemzüge später näherte sie sich wieder vorsichtig dem Fernrohr. Doch als sie den Blick neuerlich auf den Weg richtete, war die Gestalt verschwunden.

IM LADEN

Der nächste Tag prahlte mit einem satten Farbenspiel am Himmel, als wollte er die Verheerungen der vergangenen Tage vergessen machen. Nichts deutete mehr auf die Stürme und Regenschauer hin, die unweit von hier zu einer Sintflut geführt hatten.

Emmi blinzelte ins Morgenlicht. Sie stellte fest, dass sie einen Mordshunger hatte, und machte sich sogleich auf den Weg ins Dorf, wo ihr gestern beim Vorüberfahren eine kleine Gemischtwarenhandlung aufgefallen war, eine Art Geschäft, das man früher Greißlerei genannt hatte. Auf dem Weg dorthin wurde ihr klar, dass das Dorf nicht nur von Wald umgeben war, sondern auch von Bergen. Die hatte sie am Vortag gar nicht wahrgenommen, und einen absurden Moment lang dachte sie, sie müssten über Nacht näher gekommen sein.

In einem Raum, nicht größer als die Wohnküche in ihrem Haus – ja, insgeheim bezeichnete sie es bereits als »ihr Haus« –, befanden sich zwei Regalreihen, in denen es vom Duschbad über Lotterielose und Aufschnittwurst bis hin zu Geschirrtüchern alles gab. Emmi war die einzige Kundin und spürte, wie die Besitzerin sie musterte.

»Suchen Sie etwas Bestimmtes?«

»Nein. Ich schau nur.« Was für ein blöder Satz, aber das war nun mal die österreichische Variante von »Lassen Sie mich bitte in Ruhe«.

Emmi trug einen Einkaufskorb in der Armbeuge und füllte ihn mit dem Notwendigsten für ein ausgiebiges Frühstück: Käse, Marmelade, Wurst, Milch, Brot, Butter. Trotz der Romantik, die so ein kleiner Laden ausstrahlte, beschloss sie, bei Gelegenheit in die nächste größere Stadt zu fahren, um dort in einem Supermarkt einzukaufen. Sie war überzeugt, dass die Preise dort um ein Vielfaches günstiger waren als hier in den Bergen.

Das Gebirge schien sogar hier zwischen den Regalreihen, wo es gar keine Sicht nach draußen gab, aufdringlich heranzurücken wie ein unangenehmer Sitznachbar in der Schule. Die Gegenwart der Felswände war ebenso bestimmend für diesen Ort wie der Wald, der die massigen Erhebungen einhüllte, als wollte er sie harmloser erscheinen lassen, als sie tatsächlich waren.

»Auf der Durchreise?«

Die Ladenbesitzerin saß jetzt an der Kasse und scannte den Barcode jedes einzelnen Produkts aus dem Einkaufskorb mit einer penetranten Langsamkeit, die Emmi unwillkürlich mit den Beinen wippen ließ. Die Bauchringe der Frau waberten wie Fremdkörper unter ihrer Schürze, und in den Falten des Doppelkinns schimmerte frischer Schweiß.

»Ich bleib ein wenig hier«, versetzte Emmi und bemühte sich um einen gelassenen Tonfall.

Die Frau runzelte die Stirn und hielt inne. »Tatsächlich? Freiwillig?«

Eine Sekunde lang schaute sie Emmi ins Gesicht, dann verwandelte sich ihr Antlitz in eine chilifarbene Masse und wieherte ihr ein Lachen entgegen. »Hört man selten. Die, die hier sind, wollen meistens weg.«

Emmi gab ein schmales Lächeln zurück, das sicher nicht besonders sympathisch aussah. Sie packte ihre Sachen in eine mitgebrachte Stofftasche, zahlte und machte sich daran, den Laden zu verlassen.

»Passen Sie auf sich auf!«

Die Worte erreichten Emmi erst, als sie gerade die Ladentür öffnen wollte. Sie drehte sich um.

»Wieso?«

Die Ringe der Ladenbesitzerin waberten wieder unruhig um sie herum, als sie sich Emmi mit voller Breite zuwandte. »Na ja. Hier bei uns ist es für Fremde manchmal nicht – einfach. Manche von uns mögen keine Leute aus der Stadt, wissen Sie.«

Emmi verharrte einen Moment.

»Und außerdem kann es sein, dass einem die Berge zu aufdringlich werden, wenn man sie nicht gewohnt ist. Und der Wald, der könnte einem auch unheimlich werden.«

Emmis Mund umspielte immer noch dasselbe unverbindliche Lächeln wie zuvor, obwohl sie die Bemerkung mit den Bergen und dem Wald beunruhigte. Fast hätte sie nachgefragt, aber da hatte sich die Frau schon weggedreht und ihre Ratschläge mit einem achselzuckenden »Ist so« bekräftigt, als wäre daran eine unabänderliche Gesetzmäßigkeit geknüpft.

Auf dem Parkplatz bemerkte Emmi, dass die Frau sie durchs Schaufenster beobachtete, als sie ihre Einkäufe in den Wagen packte. Ein frostiger Wind fegte auf sie zu und brachte die Bäume in Bewegung. Ihr Knistern erinnerte Emmi an das Wispern, das sie unlängst in der Stadt gehört zu haben meinte. Die Haare an ihren Unterarmen stellten sich auf, und als sie hinterm Steuer saß und das Auto aus der Einfahrt gleiten ließ, spürte sie den Blick der Ladenbesitzerin immer noch im Nacken.

DIE PLASTIKMÄNNER

Raul genoss den ersten Tag im neuen Heim. Er schnüffelte sich durchs Haus, bis er endlich eine Ecke gefunden hatte, in der er sich einrollte. Die Couch. Es war klar, dass dies der Ort sein würde, an dem er in Ruhe gelassen werden wollte. Raul suchte sich prinzipiell die gemütlichsten Winkel aus.

Nachdem Emmi die Einkäufe in den Kühlschrank gestellt hatte, wollte sie Feuer im Kamin machen, entschied sich dann aber doch dagegen. Sie nahm ein rasches Frühstück zu sich, während sie ihren Bericht vom Vorabend in der Onlineausgabe der Zeitung las. Außerdem waren über Nacht noch einige Anmerkungen und Bitten von Sani gekommen, eine Reihe von Interviews stand demnach heute an. Zuvor wollte Emmi allerdings noch einen kleinen Erkundungsgang in die nähere Umgebung machen.

Als Raul bemerkte, dass sie sich wieder anzog, sprang er zur Tür hinaus, und hinter dem Gartenzaun schlug er sofort den Weg in Richtung Wald ein. Emmi hielt kurz inne. Dorthin wollte sie eigentlich gar nicht. Sie musste an die gruselige Beobachtung mit dem Fernglas von gestern Nacht denken, schüttelte den Gedanken daran jedoch schnell wieder ab. Bei Tag sah die Welt ganz anders aus, da würden selbst Männer in weißen Plastikoveralls im Wald ihren Schrecken verlieren, und so lief sie Raul sogleich hinterher.

Im herbstlichen Laubmeer versickerten Emmis Sorgen und Ängste sehr bald. Sie suchte sich einen langen Ast im Unterholz und benutzte ihn als Wanderstock. Der Pfad, den sie von ihrem Dachfenster aus mit dem Fernrohr entdeckt hatte, mündete in einen Hohlweg, der ihr bald das Gefühl gab, meilenweit von den Menschen entfernt zu sein. Schweigend nahm der Wald sie auf, ließ ihr immer wieder glitzernde Sonnenstrahlen durchs Geäst zukommen und bedeckte den Weg mit einem weichen Blätterbett. Sie fühlte, dass er es gut mit ihr meinte.

Emmi atmete geräuschvoll ein. Schloss die Augen. Öffnete sie wieder. Ein tiefes Glücksgefühl überkam sie.

»Die Stadt der Bäume«, sagte sie laut und musste in Gedanken an Sandbergs Metapher grinsen. Aber er hatte ja recht. Sich tief in einem fremden Wald zu befinden war so aufregend, wie in einer fremden Stadt zu sein. Wie lange würde es dauern, bis sie sich hier auskannte? Sie blickte sich um. Laub- und Nadelgehölz waren durchmischt, und alles schien in sich zu ruhen. Ein Stück Paradies. Sie konnte es kaum fassen.

Doch fast gleichzeitig mit dem Glücksgefühl musste sie wieder an die seltsame Gestalt denken, die sie durchs Fernglas gesehen hatte. Sie schaute sich um. War sie wirklich allein, oder wurde sie beobachtet?

Sie ging ein paar Schritte weiter, und plötzlich kam ihr jeder Fußtritt ohrenbetäubend laut vor. Was tat sie überhaupt hier? Sollte sie nicht ihrer Arbeit nachgehen? Interviews machen, die Leute im Höllgraben aufsuchen? Der Höllgraben ... was für ein unwirklicher Ort. Und wie konnte es sein, dass hier so gar nichts von dem Unwetter zu spüren war, der Höllgraben dagegen wie ein Abbild des Weltuntergangs auf sie gewirkt hatte?

Sie machte kehrt und achtete darauf, dass Raul ihr nie mehr als zwanzig, dreißig Schritte voraus war. Sie wusste zwar, dass man seinen Hund im Wald anleinen sollte, doch bei Raul musste sie sich keine Sorgen machen, dass er Wild hetzte. Er war auf sie fixiert. Ihm waren andere Tiere egal, und kein Jäger der Welt würde auf einen Hund schießen, der sich kaum von seinem menschlichen Begleiter entfernte.

Als sie aufblickte, war Raul jedoch fort.

Nach ein, zwei Minuten war immer noch keine Spur von dem Hund zu sehen, auch kein Laut, nichts. Alles Rufen und Schimpfen nutzte nichts, der Kerl hatte anscheinend den Moment von Emmis Unaufmerksamkeit genutzt und sich in Luft aufgelöst.

Zunächst wurde sie zornig, wahrscheinlich beobachtete der Kleine sie und dachte an ein Spiel. Lustig, Frauchen ruft, und ich verstecke mich. Irgendwie fast menschlich.

Nach und nach aber wich der Zorn, und ihre Rufe wurden verzweifelter.

Was, wenn ihn bereits ein Jäger im Visier hatte? Ein Hund allein im Wald, da hatten die bekanntlich alles Recht auf ihrer Seite. Sie war mit Raul noch nie in einem Wald gewesen. Wer wusste schon, wie die hier mit Fremden umgingen? Vielleicht lauerte ihr längst ein Jäger auf und wartete nur darauf, dass sich der Hund etwas zu weit wegbewegte.

Emmi blickte sich um. Wo war nur der Pfad, den sie entlanggekommen war? Nachdem sie einige umwucherte Hohlwege überquert hatte, die allem Anschein nach seit Jahren niemand mehr benutzt hatte, konnte sie nicht einmal mehr sagen, in welcher Richtung das Dorf lag.

Sie schwitzte. Hatten sich da nicht gerade eben die Bäume bewegt? Mit ihren Wurzeln einen Schritt zur Seite getan und es ihr damit unmöglich gemacht, jemals wieder aus diesem Labyrinth herauszufinden?

»Raul«, zischte sie zum wiederholten Mal. Sie war atemlos. Die Sonnenstrahlen brachen durchs Geäst, als wollten sie ihrer Suche ein wenig Rampenlicht verleihen. Emmi kletterte einen weiteren Hohlweg hoch, schnitt sich die Hand an der scharfen Rindenkante eines Baumes auf und fluchte.

»Raul, verdammt«, jammerte sie.

War ihr der Wald soeben noch wie ein verzauberter Ort vorgekommen, der ihr alle schlechten Gedanken nahm und sie in Sicherheit wiegte, so hatte sie plötzlich das Gefühl, er hätte seinen Charakter verändert. Immer weiter lief sie durchs Unterholz, und immer dichter standen die Buchen, die Fichten und die Eschen. Die Böden wechselten einander ab, mal lief sie über Nadeln, dann wieder durch Laubseen. Brennnesselsträucher streckten sich gierig nach ihr aus, die feinen Dornen der Disteln zerrten an ihren Jeans.

»Komm jetzt sofort her!«, fauchte sie.

Ihre Stimmung schwankte zwischen Angst und Wut.

»Raul!«, rief sie wieder.

Sie drehte sich im Kreis, wechselte die Richtung. Sie kletterte eine kleine Anhöhe hoch, drückte die Zweige eines Brombeerstrauchs zur Seite und hielt plötzlich inne.

Vor ihr, vielleicht dreißig, vierzig Meter entfernt in einer kleinen Mulde, hatte sie eine Menschengruppe entdeckt. Sie wollte schon rufen, ob sie einen missratenen Hund gesehen hätten und ihr beim Suchen helfen könnten, doch stattdessen duckte sie sich zurück in den Strauch, um nicht bemerkt zu werden. Die Gruppe trieb ihr einen eiskalten Schauer über den Rücken. Nicht nur, weil sich diese Leute geradezu forschend und vorsichtig tastend durch den Wald bewegten, als suchten auch sie etwas, das sie verloren hatten. Es war vor allem ihre Aufmachung, die Emmi einen bitterkalten Stoß versetzte, denn diese Menschen – sie schätzte die Gruppe auf zehn, zwölf Personen – trugen allesamt weiße Overalls mit Kapuzen. So wie der Unbekannte, den sie gestern Nacht durch das Fernrohr im Mondlicht gesehen hatte.

Ihre Gesichter waren mit Masken bedeckt und die Augen zudem von Schutzbrillen umhüllt. Einige von ihnen schleppten seltsame Apparaturen mit sich herum. Emmi beobachtete, wie sie damit an Baumrinden entlangfuhren und einem blinkenden roten Licht auf den Geräten in ihren Händen folgten. Andere schnitten Rindenteile ab und packten sie in Plastikbeutel. Einer von ihnen hockte sich auf den Boden und injizierte einer dicken Wurzel eine Flüssigkeit aus einer mächtigen Spritze.

Jetzt bemerkte Emmi noch eine weitere Gruppe, die sich um einen Laptop versammelt hatte, andere fotografierten oder murmelten in Diktiergeräte. Die Leute tauchten an verschiedenen Stellen im Wald auf, und Emmi stellte fest, dass es weit mehr als ein Dutzend Personen waren, die sie beinahe umzingelten. Sie sollte sich schleunigst aus dem Staub machen, wollte sie nicht entdeckt werden. Und ein ziemlich eindeutiges Gefühl sagte ihr, dass sie eine Begegnung unbedingt vermeiden sollte.

Dennoch tastete sie in ihrer Hosentasche nach dem Handy, holte es hervor und machte ein Foto, ehe sie auf allen vieren zurückkroch und sich unbemerkt entfernte. Als sie meinte, weit genug weg zu sein, richtete sie sich auf und lief davon. Dabei hoffte sie inständig, dass sie die richtige Richtung eingeschlagen hatte.

EIN ROTER SCHUH

Natürlich hatte sie das nicht. Jedenfalls nicht ganz. Emmi erreichte das Dorf erst nach einer guten Stunde von einer anderen Straße aus und überlegte, ob sie gleich Hilfe holen sollte. Vielleicht konnte sie ein paar Leute im Ort dazu bewegen, mit ihr gemeinsam nach Raul Ausschau zu halten, oder vielleicht war der für dieses Revier zuständige Jäger zufällig im Wirtshaus und sie konnte ihn bitten, nicht sofort abzudrücken, falls er den Hund vor die Flinte bekommen sollte.

Nichts von alldem war allerdings nötig, denn als sie auf ihr Haus zusteuerte, schoss ein schwarzes Bündel auf sie zu und ließ sie erschrocken hochfahren.

»Raul? Raul!«

Sie nahm den Hund auf den Arm und streichelte ihn wild, auch wenn sie nah dran war, ihn zu erwürgen. »Mach das nie wieder, hörst du. Nie wieder!«

Sie ahnte, dass er sie weder verstehen konnte noch ihr gehorchen würde. Einmal auf den Geschmack gekommen, würde er bei nächstbester Gelegenheit abermals weglaufen.

»Es soll helfen, wenn man die Hunde anleint.«

Emmi fuhr herum. Severin Moser saß auf einem Stein am Straßenrand und grinste. »Entschuldigung. Ich wollte dich nicht erschrecken. Ich hab den Hund im Wald gesehen und dachte mir, ich bring ihn dir vorbei.«

Ein, zwei Sekunden lang starrte Emmi den Feuerwehrmann an, ehe sie registrierte, dass ihr Gesichtsausdruck dämlich aussehen musste. Sie brachte nur ein kurzes »Danke« hervor. Mosers Schmunzeln blieb, und da Emmi nicht wollte, dass er glaubte, seine Gegenwart mache sie sprachlos, fügte sie ein lässiges »Das nächste Mal kannst du ihn behalten« hinzu und blitzte Raul noch einmal wütend an. Da fiel ihr noch etwas ein. »Was machst du eigentlich hier? Bist du nicht im Höllgraben im Einsatz?«

Moser hatte plötzlich wieder eine Zigarette im Mund, zündete sie an und nahm einen tiefen Zug. Beim Ausatmen antwortete er: »Ich hab im Wald nachgesehen, ob es hier auch Unwetterschäden gibt. Aber zum Glück hat es nur das Nachbardorf erwischt. Pech für die, Glück für uns.«

»Habt ihr die vermissten Personen schon gefunden?«

»Nein. Aber ich hab gehört, dass wir bald ins hintere Tal vordringen können. Soll ich dich nachher mitnehmen? Ich fahr in einer halben Stunde los.«

»Mit dem Traktor?«

»Sicher. Aber …« Er betrachtete sie abschätzig.

»Was?«

»Du müsstest dich umziehen. Ohne Gummistiefel nehm ich dich nicht mehr mit.«

Sie wurde rot bis hinter die Ohren. Was musste er wohl von ihr halten? Sie war am Vortag wirklich vollkommen gedankenlos in den Höllgraben gefahren. Sie hatte nur die Story im Kopf gehabt, nicht aber, wie es in einer Gegend, die von einem Hochwasser heimgesucht wurde, aussehen musste.

Moser wartete ihre Antwort nicht ab. »Ich hol dich in einer halben Stunde ab.«

Das klang wie ein Date, und romantische Gefühle waren wiederum das Letzte, was Emmi im Augenblick verspürte.

Sie nahmen einen anderen Weg als jenen, den Emmi am Vorabend mit dem Auto eingeschlagen hatte. Offenbar hatte sie sich verfahren und war nur durch Zufall ins Dorf gelangt.

»Die Alten sagen«, versuchte Moser den Motorlärm zu übertönen, »dass der Wald manche Menschen absichtlich in die Irre führt. Andere wiederum leitet er auf den richtigen Pfad. Ganz wie es ihm beliebt.«

Emmi machte ein abschätziges Gesicht. Sie hatte den Eindruck, dass nicht nur die Alten, sondern auch Moser selbst solchen Geschichten Glauben schenkte. Sie schaute aus dem Fenster. Nach ihren jüngsten Erlebnissen im Wald wollte sie diese Geschichten auch nicht unbedingt in Zweifel ziehen. Alles war möglich. Zumindest, wenn die Nerven blank lagen.

Sie wollte ihn schon nach den Plastikmännern fragen, hielt das dann aber aus irgendeinem Grund doch für keine gute Idee.

Sie saß nun also tatsächlich in knallgelben Gummistiefeln neben dem Feuerwehrmann und musste an den überheblichen Blick der Greißlerin denken, als sie die Schuhe bei ihr auf das Förderband gelegt hatte. Die machte keinen Hehl daraus, dass sie von Stadtleuten wenig hielt. Und dass Emmi gleich am ersten Tag mit einem Einheimischen aufkreuzte, warf wohl auch kein gutes Licht auf sie. Und auf Moser sicher auch nicht. *Die Leute werden sich das Maul zerreißen*, dachte Emmi.

Viel Zeit für derlei Gedanken blieb ihr allerdings nicht, denn kaum hatten sie die Straße, die durch den Wald und eine enge Klamm führte, passiert, schlug das Wetter um. Äste lagen auf der Straße, und sogar Felsbrocken mussten vom Traktor umfahren werden. Die Bäume am Straßenrand bogen sich gefährlich weit über sie, und der Bach, den sie nun erreichten, war über die Ufer getreten und überschwemmte die Landesstraße.

»Schaut nicht gut aus«, konstatierte Moser und kratzte sich über seinem Ohr. Emmi hätte auch ohne seine Bemerkung festgestellt, dass die Welt in diesem Tal aus den Fugen geraten war.

Sie sahen die erste Bundesheer-Brigade, die dabei war, eine Brücke abzustützen, die zu einem Bauernhof führte. Der Offizier hatte gerötete Augen, und der Schweiß hinterließ Flecken auf seiner Uniform. Er hatte in der vergangenen Nacht wohl nicht geschlafen. Er erklärte Emmi, die ihm diesmal ihr Handy entgegenstreckte, um das Gespräch aufzunehmen, dass die Bewohner des Bauernhofs seit zwei Tagen von der Außenwelt abgeschnitten seien und sein Trupp die Situation im Laufe des Tages entschärfen werde.

Bagger und Schwertransporter waren überall im Einsatz, private Unternehmen waren um Unterstützung gebeten worden oder kamen unaufgefordert, um zu helfen und Hab und Gut freizulegen.

»Wir tun, was wir können«, sagte ein Feuerwehrmann, den Moser überredet hatte, eine kurze Pause für ein Interview einzulegen. »Aber so hart es klingt: Es ist nicht unsere Aufgabe, die überfluteten Keller zu entrümpeln. Auch wenn wir sogar das manchmal machen. Die Menschen tun einem ja leid. Viele haben über Nacht alles verloren.«

Emmi fiel bei diesen Worten auf, wie müde der Mann aussah. Wahrscheinlich hatte auch er, wie wohl die meisten hier, die ganze Nacht kein Auge zugetan.

Sie konnte noch mehr Interviews führen, und je weiter sie in die Schlucht vordrangen und sich dem übergelaufenen Stausee näherten, desto düsterer wurde die Stimmung. Bis sie auf einen Pulk von Leuten trafen, der auf und um einen Geröllhaufen versammelt war. Einige buddelten wie von Sinnen, andere zerrten an dicken Ästen, ein Traktor zog einen Baumstamm an einer Kette aus dem gewaltigen Haufen. Die Männer und Frauen schrien einander an. Als Emmi sich nähern wollte, hielt Moser sie zurück und schüttelte den Kopf. In diesem Moment sah sie es selbst. Da ragte ein roter Kinderschuh aus dem Geröllhaufen.

Entsetzt hielt sie die Hand vor den Mund, um einen Schrei zu unterdrücken. Es hätte allerdings ohnehin niemand auf sie geachtet, denn im nächsten Moment ging ein erleichtertes Aufatmen durch die Menge. Es sei nur ein Schuh. Kein Bein dran. Kein Mensch. Nur ein Schuh.

DER ZWEITE TAG IM HÖLLGRABEN

Im Laufe des Tages interviewte Emmi gefühlt jeden Bewohner der Klamm. Nur jene Häuser, die ganz hinten angesiedelt waren, waren immer noch von einer Geröllawine eingeschlossen. Es würde entgegen erster Annahmen noch Tage dauern, das Gebiet ganz freizuräumen. Die Sturzflut hatte die Bäume entwurzelt und sie senkrecht die Straße entlanggeschoben. Was im Weg stand, war von den Fluten niedergemäht worden. Immer wieder fiel der Vergleich mit umfallenden Dominosteinen. Scheunen, Pkws, Zäune, alles war niedergewalzt worden.

Menschen seien wie durch ein Wunder nicht zu Schaden gekommen, hieß es. Zumindest nicht dort, wo man die Häuser erreichen konnte. Wie es weiter hinten in der Klamm aussah, daran wollte niemand denken. Im vorderen Teil des Höllgrabens seien jedenfalls alle rechtzeitig aus ihren Häusern geflohen. »Auch wenn wir einige Male großes Glück hatten, denn manche mussten fast schon mit Gewalt gerettet werden und haben dadurch auch die Einsatzkräfte in Gefahr gebracht«, schilderte ein Einsatzleiter.

Emmi stolperte durch den Tag und wetzte sich die Fersen an den ungewohnten Stiefeln auf. Sie trank Tee und aß Gulaschsuppe mit den Soldaten und stapfte schließlich hinter Moser und einer Gruppe von Helfern durch den knietiefen Schlamm einer Mure, die sich über die Straße ergossen hatte. Die Männer wollten zu den eingeschlossenen Häusern weiter hinten im Tal, und Emmi schloss sich ihnen an. Mehrmals rutschte sie aus und fiel der Länge nach hin, das Haar hing ihr in dicken Strähnen ins Gesicht, längst war auch die Schminke zerflossen. Sie fürchtete, dass sie wie ein Monster aussah. Bei solchen Gedanken schämte sie sich sogleich – hier draußen hatten die Menschen momentan ganz andere Probleme, und sie zerbrach sich den Kopf über ihr Aussehen.

Endlich erreichten sie wieder ein Stück Straße, mussten allerdings feststellen, dass die Häuser dahinter – es handelte sich um zwei in den Hang gebaute Villen – bis zum Dachgeschoss mit Geröll befüllt waren. Der Regen hatte wieder eingesetzt und ließ die Temperatur so rapide sinken, dass sogar die Hartgesottenen unter den Einsatzkräften unter ihren Jacken zitterten.

Emmi machte einige Fotos, hatte hier aber keinen Empfang,

um sie direkt an die Redaktion zu senden. Das eine Haus sei das Wochenendhaus einer Grazer Familie, im anderen lebe der Sohn eines örtlichen Bauern, hieß es. Ihre Zähne klapperten.

»Mit den Grazern wird Kontakt aufgenommen, aber es ist nicht anzunehmen, dass sie um diese Jahreszeit und bei dieser Wetterprognose im Wochenendhaus waren, und Peter Walterbauer, der Sohn vom alten Walterbauer, ist Außendienstmitarbeiter der Gemeinde und hilft weiter unten im Tal mit, die Verklausungen am Bach zu entfernen. Er war gestern schon heroben und hat beschlossen, das Haus nicht wieder freizuräumen, sondern in eine Wohnung im Ort zu ziehen.« Moser wischte sich mit dem Handrücken über die Nase. Seine Hände waren dreckig und die Fingerkuppen ockerfarben vom Rauchen.

»Ich kann's ihm nicht verdenken. Ich würd's mir auch überlegen.« Emmi fand, dass er wirklich erschöpft aussah.

Als sie Moser fragte, ob er sie wieder zurück ins Dorf bringen könne, da sie Empfang brauche, um den Bericht zu schreiben und abzuschicken, willigte er sofort ein. Er sei ohnehin schon viel zu lange auf den Beinen.

Auf dem Weg zurück wechselten sie kaum ein Wort, zu tief waren die Eindrücke, die sie an diesem Tag mitgenommen hatten. Die willkürliche Zerstörung war allgegenwärtig, die Erschöpfung der Betroffenen und Helfenden erschütternd. Emmi kam sich mit jeder Minute, die sie hier verbrachte, mehr und mehr fehl am Platz vor. Anstatt ebenfalls anzupacken, hatte sie nur Fotos gemacht und mitgeschrieben, was ihr die Menschen entgegenkeuchten.

Die Tatsache, dass sie den ganzen Tag über auch Menschen begegnet war, die spontan mit Schaufeln und Besen ausgerüstet in die Region gefahren waren, um zu helfen, milderte ihr schlechtes Gewissen jedoch. Sie hätten die Nachrichten gelesen, die Bilder gesehen und seien gleich hergekommen, hatten sie ihr berichtet.

Am Ende des Tages hatte Emmi so viel Material, dass sie die gesamte nächste Ausgabe der Zeitung damit hätte füllen können. Zumindest wollte sie erste mit Videos garnierte Onlineberichte gestalten, Fotoserien anlegen und einen Kommentar zu der beeindruckenden Hilfsbereitschaft der Bevölkerung verfassen.

Als Emmi den Laptop zuklappte, war es bereits stockfinster. Sie war von Moser zu Hause »abgeladen« worden, hatte Raul in den Garten gelassen, und nach zwei Stunden waren die Berichte und Kommentare für die Zeitung geschrieben und abgeschickt. Jetzt saß sie bei Raul auf einem Plastiksessel im Garten und fröstelte. Der Schnupfen, der sich schon am Nachmittag angebahnt hatte, war schlimmer geworden. Kein Wunder, so schlecht ausgerüstet, wie sie hierhergekommen war.

Ihr Blick fiel auf die Gartenhütte. Augenblicke später öffnete sie die raunzende Tür, die nur noch schief in den Angeln hing. Licht fiel durch die losen Bretterwände und machte es ihren Augen im Spiel der Schatten schwer, sofort zu erkennen, was sich dort befand.

Emmi blinzelte und trat ein. Die Gartenhütte war zwar geräumig, aber der Raum war prall gefüllt mit allerlei Gerätschaften – vom Rasenmäher bis zur an der Wand aufgereihten Werkzeugpalette. Säcke mit Rasensamen fanden sich dort ebenso wie drei gestapelte Gartensessel, ein Regal voller Blumentöpfe und zusammengefaltete Laubsäcke. Insgesamt machte die Hütte aber einen ähnlich penibel aufgeräumten Eindruck wie das Haus.

Fürs Erste würde Emmi allerdings nicht hierher zurückkehren, schließlich hatte sie nicht vor, Sandbergs Gartenarbeit zu erledigen, und im Übrigen war der Herbst bereits weit fortgeschritten, da war im Garten ohnehin nicht mehr viel zu tun. Sie schloss das Tor zur Hütte und ging ins Haus zurück.

Dort stellte sie fest, dass sie noch gar nicht geduscht hatte, und so beschloss sie, das gleich nachzuholen und danach mit Raul eine nächtliche Runde durchs Dorf zu drehen. Vielleicht hatte das Wirtshaus ja noch geöffnet. Sie hatte einen Bärenhunger.

Als Emmi aufstand, streifte ihr Blick den Waldrand. Sie hatte sich schon halb abgewandt, als sie sich noch einmal umdrehte.

Hatte sich dort eben etwas bewegt? Ein Tier vielleicht? Es war ja keine Seltenheit, dass sich Rehe ganz nah an menschliche Siedlungen heranwagten. Oder war es ein Mensch gewesen? Sie spähte angestrengt in die Schemen der Nacht. Ein leiser Wind kam auf und ließ die Bäume wieder wispern, und zum wiederholten Mal hatte Emmi das verrückte Gefühl, als würden sie versuchen, Kontakt mit ihr aufzunehmen. Sie schüttelte den Kopf. Da war kein Baumgeflüster, und da stand auch niemand im Wald und beobachtete sie. Sie war schmutzig, hungrig und müde, und genau in dieser Reihenfolge würde sie die Dinge nun auch angehen.

Obwohl sie sich die Gedanken so knackig zurechtgelegt hatte, konnte sie nichts dagegen machen: Sie spürte Blicke in ihrem Rücken. So lange, bis die Tür hinter ihr ins Schloss gefallen war.

Aus der heißen Dusche wurde nichts, da nur eiskaltes Wasser aus der Brause kam, und so verzichtete Emmi auch auf die nächtliche Gasthaustour. Stattdessen ließ sie sich abermals hundemüde und hungrig ins Bett fallen und kippte in einen tiefen, schweren Schlaf. Raul erging es auf der Couch wohl ebenso, und bald träumte er von wilden Verfolgungsjagden und zuckte im Schlaf mit seinen Beinen.

Das Feuer im Kaminofen ging irgendwann aus. Das kleine Haus im Garten lullte seine Bewohner ein. Der Mond beobachtete es stumm. Auch den Wald, an dessen Rand nun eine menschliche Silhouette auftauchte. Schweigend stand die Figur da und schien wie zu einem Baum erstarrt. Dann gesellte sich eine weitere Person dazu und fixierte ebenso schweigend das Haus. Und dann noch eine. Und noch eine. Bis eine ganze Gruppe am Waldrand stand und das Haus beobachtete.

3
DER WALD

EIN FREMDER IN DER NACHT

Als Emmi aufwachte, benötigte sie ein paar Minuten, um zu realisieren, wo sie sich befand. Sie konnte sich nicht erinnern, die Treppe hinaufgestiegen zu sein, doch ganz offensichtlich lag sie im Bett auf dem Dachboden. Es war stockdunkel. Und dann wiederholte sich das Geräusch, das sie offenbar geweckt hatte. Rauls Winseln.

Umständlich rollte sich Emmi vom Bett und nestelte in ihren Jeans nach dem Handy, um Licht zu machen. Sie war tatsächlich eingeschlafen, ohne sich umzuziehen. Der fahle Geschmack im Mund verriet ihr auch, dass sie auf die abendliche Toilette verzichtet hatte. Einen Moment lang saß sie an der Bettkante und folgte dem Lichtstrahl durchs Dunkel des Dachbodens. Ein Blick auf die Uhr – es war kurz nach Mitternacht. Da winselte Raul erneut.

»Was ist denn?«, rief Emmi hinunter und begann, die steilen Stufen vorsichtig hinabzusteigen. Sie würde ein paar Tage brauchen, um sich an diese Treppe zu gewöhnen.

Emmi hatte oben keinen Lichtschalter gefunden, betätigte jetzt aber jenen im Vorraum und verdeckte kurz die vom grellen Licht schmerzenden Augen. Raul strich um ihre Beine wie eine Katze. Dann rannte er zurück ins Wohnzimmer, sprang auf die Couch und winselte erneut. Dieses leise Angstgeräusch war gespenstisch.

Emmi stöhnte. »Was hast du denn?«

Sie näherte sich ihm und versuchte, einen Blick aus dem Fenster zu erhaschen, doch weil drinnen das Licht brannte und es draußen stockdunkel war, konnte sie nur ihr Spiegelbild sehen. Genervt schnalzte sie mit der Zunge. Doch Raul ließ sich nicht beirren, winselte wieder, bellte dann sogar, machte einen Satz von der Couch und lief zur Tür. Dort verharrte er schließlich und knurrte.

Jetzt war Emmi hellwach. Sie folgte dem Hund, doch sie würde ganz bestimmt nicht das tun, was sie in den Horrorfilmen immer taten, bevor sie abgeschlachtet wurden: die Tür öffnen und in die Dunkelheit marschieren, direkt hinein in ein Machetenmassaker oder eine Hackbeilattacke. Stattdessen überprüfte sie, ob die Tür verschlossen war, und schaltete das Licht wieder aus. Regungslos verharrte sie danach in der Finsternis des Flurs, zischte Raul zu, er solle still sein, und wartete, bis sich ihre Augen an das spärlich durchs Fenster fallende Mondlicht gewöhnt hatten. Dann schlich sie zurück zum Fenster und betrachtete das Stück Garten, das sie von hier aus sehen konnte. Das kniehohe Gras tanzte in einem geräuschlosen Nachtwind. Die Bäume dahinter harrten der Dinge. Das Tor zur Gartenhütte war sperrangelweit offen.

Wieder schlug das Herz in Emmis Brust. Sie wusste ganz genau, dass das Tor verschlossen gewesen war.

Und dann kam eine Gestalt aus der Hütte. Sie hatte eine Taschenlampe in der Hand, deren Schein über die Wiese strich und auf das Haus zusteuerte. Direkt auf das Fenster zu, hinter dem Emmi stand.

Sie konnte nur mit Mühe einen Schrei unterdrücken und ließ sich auf den Boden fallen. War es rechtzeitig gewesen? Wer war das? Und was suchte der Kerl in ihrem Garten? Die Fragen rauschten durch ihren Kopf, ohne dass sie sich ernsthaft Antworten überlegte. Dann besann sie sich wieder und kroch auf allen vieren zur Tür, wo sie Raul in den Arm nahm und versuchte, ihn zu beruhigen. Der Hund winselte jetzt nur noch leise, als wollte auch er nicht entdeckt werden. Zitternd tastete sie über das Display ihres Handys. Sie hatte vor, die Polizei anzurufen. Oder Sandberg. Schwarz? Irgendetwas musste sie tun. Doch im selben Moment wurde das Display dunkel. Der Akku war leer, und Emmi biss sich auf die Lippen. Wie viel Pech konnte man haben? Sie war schweißgebadet.

Der Schein der Taschenlampe leckte jetzt durchs Wohnzimmer. Offenbar stand jemand am Fenster und schaute herein. Der Lichtkegel tastete sich über die Möbelstücke und den Fußboden und kroch in Richtung Diele. Emmi zog die Beine an, sodass der Strahl sie nicht erreichen konnte. Unwillkürlich hielt sie die Luft an und betete, dass Raul das auch tun würde.

Dann verschwand der Lichtkegel plötzlich, und sie vernahm Schritte, die sich entfernten und dann wieder näherten. Der Fremde musste jetzt direkt vor der Haustür stehen. Direkt hinter ihr. Zwischen ihr und ihm befand sich nur ein wenig Holz. Sie rückte ein Stück weg, denn sie befürchtete, dass jeden Moment eine Klinge durch die Tür drang. Michael Myers hätte die Kraft dazu. Norman Bates vielleicht auch. *Warum musste sie jetzt an »Halloween« und »Psycho« denken, Herrgott?*

Emmi konnte spüren, wie ihr Schweißtropfen von der Nasenspitze rollten. Sie wandte den Blick auf die Türklinke. Im selben Moment bewegte sie sich, und Emmi hätte fast aufgeschrien. Mit einer Hand hielt sie Raul die Schnauze zu, mit der anderen fasste sie sich selbst um den Mund. Die Tür zitterte kurz. Dann waren wieder Schritte zu hören. Das Gartentor öffnete und schloss sich. Emmi rührte sich immer noch nicht. Die ganze Nacht lang nicht.

Als die Morgensonne friedlich durch die Fenster schimmerte, wachte Emmi auf dem Fußboden liegend auf und blinzelte sich den Schlaf aus den Augen. Diesmal wusste sie sofort, wo sie war und was in der Nacht geschehen war. Sie sprang auf, lief ins Badezimmer, um sich eiskaltes Wasser ins Gesicht zu spritzen. Sie betrachtete ihr Gesicht im Spiegel so lange, bis sich ihre Augenbrauen so weit zusammenzogen, dass sie eine tiefe Furche über der Nase hinterließen. *Was ist los mit dir*, fragte sie sich. *Warum lässt du dich so einschüchtern? Die Nacht hat ihre Geister, aber der Tag verscheucht sie. Also mach die Tür auf und überzeug dich selbst.*

Sie schnalzte energisch mit der Zunge, querte den Flur, schloss die Eingangstür auf, öffnete sie und stieß einen erschrockenen Schrei aus. Vor der Tür stand ein Mann.

EIN ÜBERRASCHUNGSBESUCH

Emmi sank zu Boden. Die Angst raubte ihr die Kraft. Auf dem Rücken liegend kroch sie in den Flur zurück und versuchte, sich den Fremden mit Tritten vom Leib zu halten. Sie erreichte schließlich die Toilette und sperrte die Tür hinter sich zu. Dieses Szenario hatte sich in Sekundenbruchteilen vor ihrem geistigen Auge abgespielt, nichts davon war wirklich geschehen.

Stattdessen blieb sie wie angewurzelt stehen und starrte Severin Moser an, der ebenfalls so erschrocken wirkte, dass auch er sich nicht rührte. Bis er endlich die Arme hob und ihr seine Handflächen zeigte.

»Es tut mir leid«, hörte sie ihn sagen. »Ich wollte dich nicht erschrecken.«

Emmi sagte immer noch nichts. Die Schockwelle raste haltlos durch ihren Körper.

»Hör mal«, fuhr der Feuerwehrmann fort. Er war so groß, dass er sich etwas bücken musste, um sie unter dem Türstock ins Auge zu fassen. Sein Bart war über Nacht gewachsen, füllte sein Gesicht nun recht deutlich aus und machte es finster und geheimnisvoller. Seine Augen schimmerten braun. »Es tut mir wirklich leid, wenn ich dich erschreckt habe.«

Offenbar hatte ihn ihr Anblick ebenso schockiert, denn er machte einen Schritt zurück, wodurch etwas mehr Sonnenlicht auf seinen Körper fiel, was ihn deutlich weniger bedrohlich erscheinen ließ.

Emmi erholte sich langsam von dem Schrecken, und nun tauchte auch Raul an ihrer Seite auf. Er lief auf Severin zu und beschnüffelte ihn. Kein Knurren. Kein Bellen. Das war ein gutes Zeichen.

»Na, wir kennen uns ja schon. Du bist ein Lieber.« Severin bückte sich, um den Hund zu streicheln. Dann blickte er wieder zu Emmi auf und hob neuerlich beschwichtigend die Arme. Er sah jetzt ganz harmlos aus. Wie ein riesiger Teddybär, gutmütig und etwas unbeholfen. »Es tut mir wirklich sehr leid, ich wollte nicht –«

»Schon gut«, unterbrach ihn Emmi. »*Mir* tut es leid. Ich hab mich nur …«

»… erschrocken, ich weiß. Ich wollte gerade anklopfen … Es tut mir leid.«

»Du kannst langsam aufhören, dich zu entschuldigen.«

Seine Mundwinkel zuckten, und sie hatte augenblicklich ein schlechtes Gewissen.

»Und? Was wolltest du?«

»Was ich wollte?«

»Na ja, du hast ja gerade gesagt, dass du anklopfen wolltest.«

»Ach so, ja, natürlich.«

Amüsiert stellte Emmi fest, dass Severins Hals ebenso rot wurde wie sein Gesicht.

»Ich wollte dir nur sagen, dass ich auf das Haus aufpasse. Das heißt, wenn niemand da ist. Simon hat mir einen Schlüssel gegeben.«

»Okay«, sagte Emmi gedehnt. »Das ist gut zu wissen.«

Er hob die Hand zum Gruß, und Emmi fiel durch die hochgekrempelten Hemdsärmel auf, dass die Adern an seinen Armen hervortraten. Seine Finger waren dick und schwielig, was darauf schließen ließ, dass er häufig mit den Händen arbeitete.

Emmi erwiderte den Gruß und schob die Tür langsam zu, doch bevor sie sich gänzlich schloss, hörte sie Moser noch rufen: »Wenn du etwas brauchst, melde dich! Egal, was es ist. Ich kenne mich in dem Haus aus. Ich wohne am anderen Ende des Dorfes. In dem blauen Haus. Der Abbruchbude …«

»Danke«, hauchte Emmi und schenkte ihm ein Lächeln, von dem sie wusste, dass es eigentlich gar kein richtiges war, sondern nur ein angestrengtes Muskelziehen in den Wangen. Als die Tür endgültig zufiel, lehnte sie sich dagegen. Sie schloss die Augen. Was war das nur für eine merkwürdige Begegnung gewesen?

Sekunden später riss sie die Augen wieder auf. Severin war schon ein Stück weit die Straße fortgegangen, und sie rannte ihm bis zum Zaun nach.

»Du könntest mir vielleicht tatsächlich helfen. Das Wasser ist …«

Severin drehte sich um und grinste. »… eiskalt. Ich schätze, das kriegen wir hin.«

DER GEHEIMNISVOLLE KELLER

Es waren nur ein paar Handgriffe gewesen, und das Problem war behoben. Emmis Angebot, Kaffee zu machen, nahm Moser dankend an. Sie öffnete die schmale Kammer unter der Treppe und suchte dort nach der Schachtel, in der sich ihrem Besucher zufolge eine Espressomaschine befand. Der Mann kannte sich hier offenbar tatsächlich aus. Als Emmi die Schachtel gefunden hatte, hielt sie kurz inne und starrte auf die Rückwand des engen Raums.

»Hast du sie?«, vernahm sie Severins Worte aus der Küche.

»Ja«, gab sie zurück. »Alles gefunden.« Sie hoffte, dass das nicht zu zögerlich geklungen hatte, denn sie hatte noch etwas anderes entdeckt. Etwas, das sie später genauer in Augenschein nehmen wollte.

Kurz darauf reichte Emmi Severin eine Tasse Kaffee. Sie saßen am Küchentisch, nippten an dem dampfenden schwarzen Gebräu, und Raul döste auf der Couch.

»… ja, und dann hab ich das Angebot angenommen und bin hierhergefahren.«

Emmi hatte ihm ihre Geschichte erzählt, zumindest den Teil mit dem Job und Sandbergs Angebot. Severin nickte.

Erst jetzt bemerkte sie, wie ungewöhnlich die Situation war. Es war nicht ihre Art, einfach jemanden hereinzubitten und ihm Kaffee zu kochen. Im Grunde war dieser Severin Moser ja ein Fremder, auch wenn er an dem verregneten Tag im Höllgraben ihr Retter gewesen war und das Haus, in dem sie momentan wohnte, in- und auswendig zu kennen schien. Unter normalen Umständen hätte sie dafür gesorgt, dass er das Haus so schnell wie möglich wieder verließ. Dennoch folgte sie nicht nur dem Gebot der Höflichkeit, wenn sie nun auch Interesse an ihm zeigte. Es interessierte sie wirklich. »Jetzt bist du dran. Erzähl mir von dir.«

Severin drehte die Tasse in den Händen, und sein Gesicht wurde wieder rot. Sie mochte das. Offenbar sprach er nicht gern über sich.

»Ach, da gibt's eigentlich nicht viel zu erzählen. Ich bin im Außendienst tätig. Bei der Gemeinde. Ich räum im Winter den Schnee, schau, dass alles sauber bleibt, helfe bei den Dorffesten aus und bin immer dort, wo ich gebraucht werde.«

»Zum Beispiel bei Unwettereinsätzen.«

»Ja, zum Beispiel. Jedenfalls«, er lächelte schüchtern, »in der Stadt war ich schon lange nicht mehr. Schon gar nicht in Wien. Wär mir, glaub ich, auch zu laut. Zu viel los.«

Da Emmi nichts darauf zu erwidern wusste und eine kleine Pause entstand, klopfte sich Severin auf den Oberschenkel und rief plötzlich etwas zu laut: »So, ich muss dann mal weiter.«

»Reparierst du auch noch andere Häuser?«, schmunzelte Emmi.

»Mal sehen. Jedenfalls, wenn du etwas brauchst, du weißt ja …«

»Ja, das blaue Abbruchhaus am Ende der Straße. Jetzt hab ich meinen persönlichen Hausmeister.«

Severin blickte auf und ließ seinen Blick über ihr Gesicht gleiten. In seinen Augen war etwas aufgeblitzt, so als verbärge sich ein dunkles Geheimnis hinter seiner Schüchternheit. »Ja, Hausmeister, das ist doch wenigstens ein Anfang, oder?«

Emmi hätte sich am liebsten auf die Lippen gebissen. *Hausmeister* hatte sie gar nicht sagen wollen. Und obwohl es kein Schimpfwort war, kam es ihr in diesem Moment falsch vor. Warum sagte sie so etwas? Warum verwirrte dieser Mann sie so? Sie kannte ihn ja gar nicht.

Als Severin erneut die Straße entlanggging, blickte sie ihm eine Zeit lang nach. Er wirkte unter seiner blauen Arbeiterjacke und den Jeans sehr sportlich. Sie schätzte ihn auf Anfang dreißig, vielleicht war er auch ein paar Jahre älter, aber nicht viel. Und er sah eigentlich ganz gut aus, auch wenn die Geheimratsecken schon ziemlich weit reichten.

Als sie die Tür schloss und ihr Blick auf den Vorzimmerspiegel fiel, hob sie verwundert die Augenbrauen. Da war immer noch dieser merkwürdige Ausdruck in ihrem Gesicht. Hätte sie es nicht besser gewusst, dann hätte sie ihn als verträumt bezeichnet. Aber sie war nicht verträumt. Im Gegenteil, sie war hellwach. Und dann steuerte sie auf die Kammer zu.

Der Knopf an der Wand war ihr nicht sofort aufgefallen. Die Glühbirne an der Decke spendete zwar Licht, doch sie warf ihren eigenen Schatten, sodass Emmi zuerst gedacht hatte, es handele sich um einen Fleck. Als sie zuvor die Schachtel mit der Kaffeemaschine herausgenommen und sich einen Schritt zurückbewegt hatte, war der Lichtschein der Glühbirne direkt an die Wand gefallen, und sie hatte den Knauf erkennen können. Jetzt stand sie davor, streckte die Hand zwischen den Regalbrettern aus und drehte am Knauf. Und tatsächlich, die Wand bewegte sich. Sie schwang leicht auf und mündete im tiefen Schwarz eines Hohlraums. Jetzt war nur noch das Regal, auf dem die Kaffeemaschine gestanden hatte und das noch mit allerlei Utensilien wie einem nicht ganz sauberen Toaster, einer Packung Plastikhandschuhe, einem Stapel Geschirrtücher, einem Fondueset und dergleichen mehr gefüllt war, zwischen ihr und dem geheimnisvollen Raum. Sie tastete die Konstruktion ab, rüttelte daran, und schließlich entdeckte sie, dass es nur einer leichten Bewegung nach links bedurfte, damit das Regal zur Seite glitt. Erst jetzt fiel ihr auf, dass es auf winzigen Rollen stand. Eine geheime Tür. Der Zugang zu einem Versteck.

Emmi hörte ihr eigenes Schlucken. Ob Severin auch davon wusste?

Sie lief noch einmal zur Eingangstür, um sich zu vergewissern, dass sie tatsächlich verschlossen war, und blickte aus allen Fenstern, um zu prüfen, ob nicht wieder jemand *zufällig* durch den Garten schlich. Als sie beruhigt feststellte, dass auch Raul entspannt auf der Couch döste, wandte sie sich wieder der Kammer zu. Ihr Handy hatte sie mittlerweile so weit aufgeladen, dass die Taschenlampenfunktion funktionierte, und so schubste sie die Tür zur Kammer ein wenig weiter auf. Doch sie würde noch eine größere Portion Mut brauchen, um dem Geheimnis hinter der verborgenen Tür auf den Grund zu gehen. Eine Holztreppe führte hinab in eine Finsternis, in der sich der Lampenschein allzu rasch verlor. Emmi atmete tief durch. Wer baute eine Kellertreppe in die Finsternis, ohne an einen Lichtschalter zu denken? Und vor allem: Wer ging dann so eine Treppe hinunter?

Sie tat es. Schritt für Schritt. Herzschlag für Herzschlag folgte sie dem Knarzen der Treppenbretter. Die Luft um sie herum wurde kühler und feuchter. Moder stieg ihr in die Nase und verursachte einen Niesanfall. Na bravo, dachte sie, alle unheimlichen Wesen der Finsternis sind nun jedenfalls gewarnt.

Als sie unten ankam, fühlte Emmi Betonboden unter sich. Die Wände waren weiß gestrichen und wirkten weitaus moderner und neuer als das Haus, unter dem sie sich befand. Hier entdeckte sie auch endlich einen Lichtschalter. Als sie ihn betätigte, surrte eine Neonlampe auf und verbreitete ein zitterndes Licht.

Sie stand vor einer weiteren Tür, diesmal einer Art Brandschutztür, die sich leicht öffnen ließ. Auch dahinter war es hell, und Emmi betrat einen Raum, der sie sprachlos machte. Es handelte sich um eine Mischung aus Vorratskammer und Aufenthaltsraum. An den Wänden reihten sich Regale, in denen sich Konserven, Zwieback, H-Milch und andere Produkte, die erst in Monaten ablaufen würden, dicht an dicht stapelten. Mit offenem Mund ging sie die Stellagen ab und bemerkte, dass auch an Toilettenartikel gedacht worden war. Diese Vorräte mussten für Wochen reichen. Sie konnte auch einige Geräte erkennen: ein Stromaggregat, einen Gaskocher und dergleichen mehr. Schließlich erreichte sie den hinteren Teil des Raums, in dem sich ein schmales Bett und ein Tisch mit einem Stuhl davor befanden. Als sie den Hängeschrank über dem Bett öffnete, entpuppte er sich als Medikamentenkasten, und eine etwas breitere Ablage daneben ließ sie noch einmal stutzig werden, denn auf ihr lagerten ein Gewehr, zwei Faustfeuerwaffen und jede Menge Munition.

Wo war sie hier bloß gelandet?

DER KATALOG DER LETZTEN TAGE

Emmi saß wieder am Küchentisch, drehte eine Tasse Tee in ihren Händen und dachte nach. Nach ein paar Anrufen wäre sie bestimmt auf dem neuesten Stand und hätte genug Material, um auch heute Artikel schreiben zu können. Aber das war es gar nicht, was sie beschäftigte. Die seltsame Begegnung mit Severin Moser vorhin, die weißen Plastikmänner und die bestürzenden Erlebnisse im Katastrophengebiet, gepaart mit dem Haus, in dem sie wohnte, mit dem Keller, der an eine militärische Einrichtung erinnerte, und dem Wald, der ihr beinahe schon unangenehm lebendig vorkam, ergaben eine Mischung, die dazu riet, Hals über Kopf die Flucht zu ergreifen. Sie dachte an ihre Freundinnen, das unbeschwerte Leben in der Stadt mit den funkelnden Geschäften und den vielen Ablenkungen. Stattdessen saß sie jetzt hier. Niesend und hustend. Vor einem knisternden Feuer im Ofen. Und starrte aus dem Fenster, hinter dem sich die Baumreihen lautlos im Wind bogen. Fichten an Buchen gelehnt, Schwarzdornbüsche und Haselsträucher, die sich um einen Kastanienbaum rankten. Und dahinter selbst bei Tageslicht die unergründliche Finsternis eines dichten, fremden Waldes.

Emmi zog den Stecker aus dem Handy und stellte zufrieden fest, dass es wieder voll aufgeladen war. Sie betrachtete das Foto, das sie am Vortag von den Plastikmännern im Wald gemacht hatte. Sie hatte zu hastig abgedrückt, sodass die Personen auf dem Bild allesamt verschwommen waren, umso unheimlicher wirkte die Aufnahme. Sie konnte sich keinen Reim darauf machen, was diese Leute dort getan hatten, und der Gedanke daran löste Unbehagen in ihr aus.

Sie öffnete den Laptop und gab Begriffe wie »Wald«, »Forschung« und »Steiermark« in die Suchmaschine ein, doch viel mehr als Informationen darüber, was der Wald für die Steiermark bedeutete – fünfundfünfzigtausend Arbeitsplätze, eine Million Hektar bewaldete Fläche und eine klimatisch bedingte Verschiebung der Baumgrenzen in den letzten Jahren von vier- bis achthundert Metern nach oben hin –, erfuhr sie nicht. Kein Wort über irgendwelche Wissenschaftler in seltsamen Anzügen.

In der Steiermark wuchsen jährlich acht Millionen Kubikmeter Holz nach, und nur die Hälfte davon wurde genutzt – auch das fand sie heraus, doch die Recherche wurde immer mühsamer. Nicht zuletzt deshalb, weil die Verbindung nur noch zäh funktionierte und sie beim letzten Begriff nichts außer dem Ziffernblattsymbol zu sehen bekam. Das Internet war hier ziemlich wankelmütig. Emmi konnte sich nicht erinnern, wann sie das letzte Mal in Wien, wo gefühlt jedes zweite Haus über einen Handymast verfügte, eine derart schlechte Verbindung gehabt hatte. Außer an dem Abend, der in ihr den Entschluss hatte reifen lassen, für ein paar Tage zu verschwinden. Genervt klappte sie den Laptop zu. Es gab Momente, da musste man die Großstadt einfach vermissen.

Ein Hupen ließ sie hochschnellen. Sie lief zur Tür und sah gerade noch, wie der Postbote weiterfuhr. Er hatte ihr im Postkasten einen Katalog hinterlassen, der sie augenblicklich auf andere Gedanken brachte.

Sie blätterte amüsiert in dem Verzeichnis, das den bizarren Titel »Der Katalog der letzten Tage« trug. Es handelte sich dabei um die Produktpalette eines Warenhauses, das offenbar ausschließlich Dinge verkaufte, die man brauchte, wollte man sich in Ausnahmesituationen selbst versorgen. Seitenweise wurden Nahrungsergänzungsmittel, Notstromaggregate, mobile Kochgeräte, ja sogar Waffen – *freilich nur zur Selbstverteidigung* – angeboten. Es gab auch die entsprechenden Buchtipps dazu: Anleitungen zum Überleben in der Wildnis, Sachbücher über Geheimgesellschaften und die Machenschaften von Politikern und anderen Eliten, außerdem Science-Fiction-Romane sowie Handbücher zum Erkennen von essbaren Pflanzen, zum Thema Spurensuche und dergleichen mehr. Alles passte perfekt zum Inventar des Kellers.

Sie musste schmunzeln und stellte sich vor, wie sie mit einem dieser Handbücher durch den Wald streifte, um nach Essbarem zu suchen. Wahrscheinlich würde sie trotz dieser Anleitung mit Begeisterung eine Handvoll Tollkirschen und giftiger Pilze verzehren und sich dann mit Bauchkrämpfen zwischen stacheligen Brombeersträuchern, Disteln und Brennnesseln wünschen, endlich sterben zu dürfen.

Der Vormittag war trüb und grau, und weil sie fröstelte, schürte sie das Feuer im Ofen und setzte sich nahe ans Sichtfenster. Sie schaute minutenlang fasziniert in die Flammen. Die Wärme war so angenehm, dass auch Raul sich davor auf den Boden fläzte und döste.

Sie schlang die Arme um sich und stand auf. Trotz der gemütlichen Atmosphäre hatte sich eine unangenehme Nervosität in ihr breitgemacht. Natürlich hatte sie mit ihrem Auftrag zu tun. Es war immer noch zu früh, um mit der Redaktion Kontakt aufzunehmen und den Tag zu besprechen. Die erste Redaktionssitzung startete zwar um neun, aber Sani kam meist später, da sie ihre Termine stets auswärts als Frühstücksgespräche vereinbarte. Emmi hoffte, dass sie nicht neuerlich durch die feuchte Klamm würde stapfen müssen. Sie musste an den roten Schuh denken, der aus dem Geröll geragt hatte. Was, wenn an dem Schuh ein Fuß gewesen wäre? Ein Körper? Eine Leiche?

Vor dem Bücherregal hielt sie inne und betrachtete die Buchrücken. Ein paar Romane kannte sie, die meisten sagten ihr aber nichts. Eine typische Männerbibliothek, fand sie, denn die Geschichten handelten überwiegend von Abenteurern und Schlachten, außerdem erinnerte sie das Regal verdächtig an die Auswahl im Katalog, und als sie einen kurzen Gegencheck machte, bestätigte sich ihre Vermutung. Offenbar bezog Sandberg nicht nur den Katalog, er bestellte auch regelmäßig seine Lektüre daraus.

Sie stemmte die Hände in die Hüften und sagte laut zu sich selbst: »Dann geht also wieder einmal bald die Welt unter, oder was?«

Sie schüttelte den Kopf, denn das Bild, das sie bislang von dem ruhigen, freundlichen Kollegen Simon Sandberg gehabt hatte, war nun ein anderes geworden. Offenbar führte er ein Doppelleben, informierte sich über die Apokalypse und hing Verschwörungen nach. Im Büro war er der stille Mann, der von seinem Glaskasten aus die Dienste überwachte und den täglichen Ablauf der Zeitungsredaktion betreute, hin und wieder mit kleinen Aufmerksamkeiten wie Pralinen für gute Stimmung sorgte, ansonsten aber keine Ambitionen zu haben schien, ins Rampenlicht zu geraten. Das inhaltliche Herz der Zeitung war Sani, Sandberg war so etwas wie das Gedächtnis. Wenn Emmi so darüber nachdachte, war Sandberg eine graue Maus, ein unscheinbarer Mitarbeiter, den man gern übersah, weil er eben keiner von denen war, die sich vordrängten und die große Bühne brauchten. Sie musste grinsen. Wahrscheinlich war er in seinem anderen Leben ein wilder Kerl, der sich kopfüber in jedes Abenteuer warf, das sich ihm bot. Das komplette Gegenteil eines Leisetreters.

Emmi blickte sich um. Was tat sie eigentlich hier in diesem seltsamen Haus? Da fiel ihr Blick wieder auf den Wald, der sie herausfordernd anzublicken schien.

EIN WIMPERNSCHLAG ZU EWIGSCHWARZ

Die Wiese war noch nass, als Emmi auf das finstere Baumreich zuschritt, das sie trotz der nächtlichen Phantasmagorien anzog wie ein Magnet. Der Waldweg wurde von den ersten Bäumen umschlossen, ein Tor zu einer finsteren Burg. Ihr Handy vibrierte. Sie zog es aus der Hosentasche, und am Display erschien eine Nachricht von Sandberg.

»Wie geht es dir?«

»Gut.« Weil sie das Gefühl hatte, das sei zu wenig, schickte sie ein Smiley hinterher. Es freute sie, dass Sandberg sich nach ihr erkundigte. Wenigstens einer, dachte sie.

»Wie gefällt dir das Haus?«

»Skurril. Aber sehr gemütlich.«

»Skurril?« Jetzt war es an Sandberg, ihr ein Smiley zu schicken. »Hast du alles entdeckt?«

»Meinst du mit *alles* den Keller, der ausreicht, um wochenlang zu überleben, ohne an die Oberfläche zu müssen?« Diesmal zwei Smileys.

Zurück kam ein grinsendes Gesicht, das die Zunge herausstreckte. »Hoffen wir, dass du ihn nicht brauchst.«

Emmi musste auf den Weg achten, um nicht über Wurzeln zu stolpern.

Ehe sie antworten konnte, schrieb Sandberg weiter: »Du machst das übrigens spitze. Sani ist begeistert. Die Onlineartikel performen, und in der Zeitung füllst du Doppelseiten.«

Artikel, die *performen*. Sie war noch jung, aber selbst Emmi konnte sich an eine Zeit erinnern, in der solche Vokabeln in der Branche nicht vorkamen. *Performen* klang für sie so, als wären Texte ein Showprogramm, das unterhaltsam war oder eben nicht.

»Wer weiß, vielleicht ergibt sich ja noch eine andere heiße Story in den Bergen«, hakte Sandberg nach.

Emmi zögerte. Irgendwie klangen seine Worte so, als ahnte er etwas.

»Das ist gut möglich.«

»Ach ja? Bist du etwa schon einer auf der Spur?«

Emmi schmunzelte, dann tippte sie: »Vielleicht. Ich muss mich erst ans Landleben gewöhnen. Wer weiß, was hier alles normal ist und was nur mir als Stadttussi seltsam vorkommt.«

»Du bist vieles, nur keine Tussi. Wenn du Hilfe brauchst, melde dich jederzeit.«

»Danke.«

»Und sonst versteck dich eben im Keller.« Wieder ein Smiley.

»Wozu ist der eigentlich wirklich?«

»Er gibt einem ein Gefühl der Sicherheit. Wenn es so weit ist.«

»Glaubst du etwa auch, dass die Welt bald untergeht? Schweben wir in akuter Gefahr?« Ein Smiley mit rollenden Augen. »Simon?«

»Ja?«

»Sagst du mir, wenn es so weit ist?« Wieder ein Smiley. Diesmal einer, der ein völlig übertriebenes Lachen mit Lachtränen zeigte.

»Mach ich. Kurz bevor uns allen die Luft ausgeht und es mit einem Wimpernschlag ewigschwarz wird.«

Danach verabschiedete er sich, und Emmi starrte noch eine Weile auf das Display. *Mit einem Wimpernschlag ewigschwarz.* Wie das klang.

Sie steckte das Handy weg und sah sich um. Sie hatte einmal gelesen, dass Bäume auf vielfältige Art und Weise miteinander kommunizierten und auch ein Gedächtnis hatten. Sie unterhielten sich angeblich mittels elektronischer Signale ihrer Wurzeln oder über Pilzgeflechte im Boden. Ob die Bäume sich im Augenblick über Emmi unterhielten? Was sie wohl über die Fremde dachten, die da durchs Unterholz schlich?

Den Fehler, Raul nicht anzuleinen, machte Emmi nicht mehr, und den seltsamen Leuten in den weißen Overalls begegnete sie auch nicht. Stattdessen fotografierte sie Bäume, die auffällige Kennzeichnungen aufwiesen. Sie wusste, dass bei Waldarbeiten oftmals Bäume markiert wurden. Entweder solche, die krank waren, oder jene, die es unbedingt zu schützen galt. Doch diese Markierungen waren anders. Hier waren auf manche Rinden kryptische Zeichen notiert worden, Buchstaben- und Zahlenkombinationen, die wie mathematische Formeln aussahen. Sie war überzeugt davon, dass sie mit den Leuten in den weißen Overalls zu tun hatten. Und sie ahnte, dass die Zeichen nichts Gutes bedeuteten.

Routine kann ein Geschenk der Zeit sein, sie ist aber auch die Mutter der Nachlässigkeit, und so war keine Stunde vergangen, als Emmi – vertieft in Gedanken – neuerlich unaufmerksam wurde. Ihr glitt die Leine aus der Hand, und Raul nutzte prompt die Chance, um abermals Reißaus zu nehmen. Emmi rief seinen Namen, fluchte und hetzte ihm hinterher. Sie hatte das Gefühl, in den letzten Tagen schwächer geworden zu sein, aus dem Schnupfen war tatsächlich eine Erkältung geworden. Der Hund rannte also los, und auch die Leine verhedderte sich nicht wie erhofft im Wurzelwerk.

Emmi sprang in einen Hohlweg, rutschte aus und landete auf dem Hosenboden – direkt vor den bestiefelten Beinen eines Mannes, der in Tarnfarben gekleidet vor ihr aufragte wie ein Mahnmal.

In einer Hand hielt er ein Gewehr mit Zielfernrohr, in der anderen Raul, der strampelnd versuchte, freizukommen. Der Mann hatte gewaltige Arme, und auf seinem breiten Rücken hing ein Rucksack mit Lederschlaufen, wie man ihn früher getragen hatte. Überhaupt fiel Emmi auf, dass der Mann *wie früher* gekleidet war, mit einem Hut wie auf alten Bildern und einem Lodenjanker über Knickerbockerhosen und hohen Schnürschuhen. Sein faltiges, schmales Gesicht verwies auf ein Leben voller körperlicher Arbeit, das er vorrangig im Freien zugebracht hatte. Seine Lippen waren dünn und wirkten streng, ein Oberlippenbart wucherte bis unter die Mundwinkel, und seine Augen funkelten wild und blau.

»Sakrament noch einmal, hab ich euch erwischt. Ich müsst den Köter auf der Stelle abschießen.«

Der Mann sprach in breitem Steirisch, und Emmi hatte zunächst Mühe, ihn zu verstehen. Sie wollte Raul an sich nehmen, doch der Mann wandte sich ab.

»Es tut mir leid, wirklich«, sagte Emmi.

»Leid, leid, natürlich tut's das. Und es wird dir noch viel mehr leidtun. Wart nur.«

»Bitte«, flehte sie jetzt, »Sie sehen doch, dass er mir ausgekommen ist. Er hängt ja noch an der Leine.«

»Das ist keine Entschuldigung. Du hast laut Landessicherheitsgesetz dafür Sorge zu tragen, dass der Hund ordnungsgemäß an der Leine g'führt wird …«

Der Mann klang jetzt, als würde er einen Gesetzestext rezitieren, und dabei verfiel er in die nasale Stimmlage eines Oberlehrers. Es wäre komisch gewesen, hätte es sich um eine andere Situation gehandelt. »Gemäß den gesetzlichen Bestimmungen sind die Halterinnen beziehungsweise Halter oder Verwahrerinnen beziehungsweise Verwahrer von Tieren verpflichtet, sie in einer Weise zu beaufsichtigen oder zu verwahren, dass dritte Personen weder gefährdet noch unzumutbar belästigt werden …«

Nein, der Mann *rezitierte* einen Gesetzestext – und er hätte Stimmenimitator werden können. Er machte das richtig gut.

»Was glaubst denn, was so ein Tier für einen Schaden im Wald anrichten kann? Warum denkt ihr jungen Leut denn net mit? Wieso seid ihr so egoistisch?«

»Aber er ist doch so klein …«

»Was? Du hast wirklich keine Ahnung, gell?«, bellte er jetzt weiter im Dialekt. Stoasteirisch, »Steinsteirisch«, es musste so etwas in der Art sein, dachte sie.

»So ein Hund schreckt das Wild auf. Das rennt sich die Lunge aus dem Leib vor Panik, findet die Futterstellen net mehr und wird dann irgendwo verenden. Aber euch ist so was ja wurscht. Ihr kennt die Viecher ja nur vom Teller.«

»Aber es ist doch Herbst, ich meine, da verendet das Tier doch nicht so leicht, oder? Können Sie nicht ein Auge zudrücken?«

»Was soll das heißen, es ist Herbst? Meinst etwa, nur weil der Wald so schöne Blätter hat, ist er ein besserer Ort für die Tiere? Und meinst, nur weil du nicht aus der Gegend bist, kannst dich dumm stellen, oder was? Ich bin jetzt seit fast vierzig Jahren hier Forstaufseher, aber so einen Blödsinn hab ich noch nie gehört.«

Emmi wusste selbst nicht, warum sie das mit dem Herbst gesagt und was sie damit gemeint hatte. Vielleicht hatte der Jäger ja recht. Sie dachte an die bunt gefärbten Blätter, die alles so gütig und märchenhaft harmlos aussehen ließen. Manchmal rutschten ihr die Sätze einfach so heraus. Es ärgerte sie, aber warum der Kerl so darauf herumhackte, war ihr auch nicht klar.

Der Jäger schimpfte indes weiter. »Ich habe jahrzehntelang Kinder unterrichtet. Da ist mir schon viel Blödsinn untergekommen. Ich war praktisch jeden einzelnen gottverdammten Tag mit Ausreden und lapidaren Entschuldigungen konfrontiert. Aber die Herbst-Ausrede, wenn man das überhaupt so bezeichnen kann, ist mir noch nie ...«

In diesem Moment fiel Emmi etwas Merkwürdiges auf. Ein helles Schimmern hinter dem Mann, etwas blitzte zwischen den Bäumen auf. Und dann sah sie es ganz deutlich: Ein weißer Overall war aufgetaucht, die Gestalt hatte sich zu ihnen umgewandt, sie kurz gemustert und war dann wieder verschwunden.

»Da, haben Sie das gesehen?«, rief Emmi. »Was sind das für Leute im Wald? Die mit den Overalls? Sie sind doch von hier. Sie müssen doch etwas wissen ...«

Unsicher drehte sich der Mann jetzt um. »Lenk net ab. Ich bin Jäger, mein Name ist Dieter Linden, und ich mahne dich hiermit ab.« Trotz seines immer noch strengen Tonfalls war deutlich zu merken, dass der Mann mit einem Mal die Lust am Schimpfen verloren hatte. Er war blass geworden und sprach plötzlich mit gepresster Stimme. »Nimm den Hund und geh in Gottes Namen nach Hause. Und lass dich hier nicht mehr blicken.« Er sah sich nervös um. »Jetzt geh schon.«

»Was? Aber das ist doch ... diese Leute da ...«

»Ich warne dich ein letztes Mal«, knurrte Linden und streckte ihr seinen Zeigefinger entgegen. »Ich kann dich abstrafen, ich kann deinem Hund einen Gnadenschuss geben, oder du lässt die Fragerei auf der Stelle bleiben und verschwindest aus diesem Wald. Am besten für immer. Ich frage mich sowieso, wie jemand wie du hierhergekommen ist. In diesen Wald. Ich denke, ich werde Nachforschungen anstellen und das Ganze bei der Behörde melden.«

»Was? Aber ...«

Emmi gab auf und marschierte mit Raul, den sie etwas zu fest im Arm hielt, durch den Wald davon. Sie war den Tränen nahe, so sehr ärgerte sie sich über diesen Kerl. Und sie ärgerte sich auch über Raul, den missratenen Hund, der immerfort das Weite suchte, als hätte er es nicht gut bei ihr. Und sie ärgerte sich obendrein über die Geheimnistuerei. Was ging hier vor? Wer waren die Leute in den Overalls?

Nach einigen Metern hatte Emmi beschlossen, sich nicht unterkriegen zu lassen. Sie wollte schon wieder kehrtmachen, um die Fremden zu beobachten, doch da sah sie Linden an einem der Bäume lehnen und den Kopf schütteln. Er machte eine Geste, die sie im ersten Moment nicht verstand. Er hob den Zeigefinger an den Mund und bedeutete ihr zu schweigen, dann wedelte er mit der Hand in der Luft. Sie solle weitergehen. Einfach weitergehen. Schnell.

Was war da nur los?

»BAUMLANG«

Wutentbrannt riss Emmi die Tür zu ihrem Haus auf und stürzte ins Innere. Nach wenigen Minuten schaute es am Küchentisch so aus, als hauste sie bereits seit Wochen dort. Auf einem Schreibblock hatten sich Ränder ihres Teehäferls gebildet, Stifte lagen verstreut um den Laptop, ein Teller, auf dem die Brösel von einer hastig eingenommenen Jause zeugten. Am Boden lagen ihre Turnschuhe, dazwischen ein angenagter Kauknochen von Raul und die achtlos fallen gelassene orange Windjacke, die Emmi im Wald getragen hatte. Im Ofen gloste nur noch ein Glutrest vor sich hin, ein paar Bücher aus dem Regal, in denen sie geblättert hatte, stapelten sich auf der Couch.

Emmi öffnete eine neue Datei und begann, ihre Erlebnisse in groben Stichworten aufzuschreiben, wobei sie sich diesmal vor allem auf die Beobachtungen im Wald konzentrierte. Außerdem machte sie sich Notizen zu jeder Person, die sie bislang im Dorf kennengelernt hatte, fügte ihr Handyfoto von den Plastikmännern hinzu und betrachtete nach etwa einer Stunde ihr Werk. Mittlerweile war sie felsenfest davon überzeugt, dass in diesem Wald Dinge vor sich gingen, die nicht in Ordnung waren. Mit den Leuten hier stimmte etwas nicht. Zuerst hatte der Jäger Emmi wilde Vorwürfe gemacht, sogar damit gedroht, ihrem Hund etwas anzutun, und dann benahm er sich plötzlich, als stünde er auf ihrer Seite, und wies sie an, zu verschwinden. Anstatt sich diese Kerle in den Overalls vorzunehmen, die offenbar irgendetwas Verbotenes mit den Bäumen anstellten, so wie die herumschlichen. Die schienen dem Jäger eine Nummer zu groß zu sein. So wie er sich aufführte, spielte er nur den starken Mann, wenn eine Frau mit einem winzigen Hund durch den Wald lief. Bei größeren Gegnern zog er den Schwanz ein. Ein typisches Exemplar eines peniblen Bürokraten, eines Natursheriffs, der alle argwöhnisch beobachtete und dann mit erhobenem Zeigefinger herumrannte, wenn er ein Vergehen wahrnahm, das auch im Gesetzbuch als solches definiert war. Ein Pedant, ein Wichtigmacher und Besserwisser. Emmi kochte vor Wut. Als sie ein Klopfen am Küchenfenster hörte, wäre sie vor Schreck beinahe vom Stuhl gestürzt.

Ein hagerer Mann mit grauem Stoppelbart stand draußen, doch das, was ihr sofort an ihm auffiel, war der weiße Overall, den er trug. Emmis Herz jagte ihr das Blut durch den Körper. Er winkte sie zu sich. Emmi benötigte einige Zeit, um den Schrecken zu verarbeiten, und kippte schließlich das Fenster.

Das bleiche Totenmaskengesicht des Mannes war furchterregend. Wegen seiner schier unglaublichen Größe – er war sogar größer als Severin – kam Emmi sofort der Name »Baumlang« in den Sinn. Er musste sich ducken, denn er war tatsächlich so groß wie ein Jungbaum, und das Fenster im Erdgeschoss war zu niedrig für ihn. Gebückt stand er vor ihr und blickte sie mit einer Miene an, die keinen Zweifel daran ließ, dass Emmi etwas Falsches getan hatte.

Sie fragte sich unwillkürlich, welcher Dorfbewohner wohl als Nächstes in ihrem Garten herumstreunen würde. Sie hatte schon davon gehört, dass die Uhren auf dem Land anders tickten, die Leute ihre Häuser nicht absperrten und die Gastfreundschaft eine ganz andere war. Aber sie musste sich erst daran gewöhnen, dass Fremde einfach ans Fenster klopften, anstatt am Tor zu läuten.

Mit schneidender Stimme fragte der Mann: »Was machen Sie hier?«

Ganz so schnell funktionierten die Buschtrommeln also doch nicht in dieser Gegend, es war offenbar noch nicht zu allen durchgedrungen, wer sie war.

»Gegenfrage: Was machen Sie auf meinem Grundstück?« Sie war erleichtert, dass ihr diese Worte recht schroff über die Lippen gekommen waren.

»Das ist nicht *Ihr* Grundstück. Ich wiederhole: Was machen Sie hier?«

»Wer will das wissen?«

Der Mann griff in seine Manteltasche und zückte eine Plastikkarte, als hätte er sie extra für diesen Zweck vorbereitet. Emmi kannte diese Geste aus unzähligen Filmen, und wenngleich man hierzulande nicht davon ausgehen konnte, dass der Kerl vom FBI oder von der CIA war, musste seine Dienststelle zumindest eine steirische Variante davon sein. Sie überlegte, wie das Pendant dieser Spezialtruppen der Polizei in Österreich hieß.

»Wir sind eine von der Gemeinde beauftragte Institution, und ich weise Sie hiermit darauf hin, dass Sie in dem Wald nichts verloren haben.«

Er streckte ihr die Karte immer noch hin. Emmi nahm sie

ihm durch den offenen Fensterschlitz ab und betrachtete sie. Darauf stand: »Forest Inc.«.

»Haben Sie mich verstanden?«

»Und Sie verstehen hoffentlich, dass ich die Polizei rufen werde, wenn Sie nicht augenblicklich verschwinden. Die *richtige* Polizei.«

Kaum hatte sie dies ausgesprochen, knallte sie das Fenster zu. Der Fremde und sie schauten sich jetzt durch die geschlossene Scheibe hindurch an. So lange, bis er seine Hand hob, mit dem Finger auf sie zeigte und damit ans Fenster tippte. Dann verzerrte sich der Stoppelbart zu einer eisigen Grimasse, ehe der Mann sich wegdrehte und davonging. Emmi rannte zur Tür und prüfte nach, ob sie verschlossen war. Sie lauschte eine Minute lang nach Schritten, einer zufallenden Autotür oder dergleichen. Nichts. Der Fremde war lautlos verschwunden, und es dauerte eine weitere Minute, bis sie sich wieder einigermaßen im Griff hatte.

Zurück am Schreibtisch betrachtete Emmi die Karte. »Forest Inc.«. Was hatte das zu bedeuten?

Sie bemerkte, wie ihre Hand zitterte, dann gab sie den Begriff in den Computer ein und wartete gespannt darauf, was er über diese merkwürdige Gesellschaft ausspucken würde. Das Ziffernblatt drehte sich wieder, dieses Mal so lange, bis »Kein Internetanschluss« auf dem Monitor erschien. Sie überprüfte die Kabel, versuchte es am Handy, doch auch hier gab es im Augenblick kein Netz. *Zum Teufel.*

Ihre Atmung beruhigte sich erst allmählich. Wer weiß, was der Grund dafür war, dass Menschen in weißen Overalls durch die Wälder streiften und irgendwelche Mittel in Baumwurzeln spritzten. Möglicherweise geschah hier, fernab des städtischen Gewusels, etwas, das den Lauf der Dinge ganz wesentlich beeinflusste. Und sie, Emmi, war durch Zufall in eine große Story gestolpert.

Sie stand auf, öffnete die geheime Tür in den Keller und suchte die Regalreihen ab. Als sie es sah, wusste sie, dass sie genau danach gesucht hatte. Fein säuberlich in einen Karton verpackt, lag eine Dose Pfefferspray zwischen den Gaskartuschen und Konserven.

SCHIACH

Eine Stunde später saß Emmi im Wirtshaus. Die Redaktion hatte angerufen, und sie hatten vereinbart, dass sie sich heute ausschließlich um die Story mit den vermissten Personen kümmern sollte. Sie hatte soeben aufgelegt, als Severin in die Stube krachte und sofort ihren Blick suchte.

»Wir haben den zweiten Schuh«, sagte er nur. »Und leider auch das Mädchen dazu.«

Als sie mit Severin das Ende des Höllgrabens erreichte, hatte sich ein starker Kopfschmerz bei Emmi eingenistet. Ihre Nase war rot, und der Hals kratzte. Ihre Befindlichkeit durfte im Augenblick jedoch keine Rolle spielen. Die Straße war mittlerweile bis zu den letzten Häusern freigeräumt worden. Das allerletzte Stück führte jedoch über eine aufgeweichte Wiese, die von Geröll umspült worden war. Hier sanken sie bis zu den Knöcheln ein. Einmal mehr war Emmi Severin dafür dankbar, mit ihr die Gummistiefel besorgt zu haben.

Emmi geriet bald außer Atem, aber auch das war jetzt zweitrangig. Die Gruppe, auf die sie zusteuerten, beobachtete sie schweigend. Die Männer standen mit hängenden Schultern auf einem Berg von ineinander verkeilten Baumstämmen. Weiter hinten rauschte der Bach vorüber.

»Deine Berichte waren okay, sonst dürft ich dich nicht mal in die Nähe lassen«, sagte Severin neben ihr. »Aber ich warne dich. Das wird jetzt schiach.«

Die Luft war hier frischer und feuchter als in Rabenwald,

das Licht grau, sodass alles ringsum seine Farbe zu verlieren schien. Als stünde die Welt an diesem Ort unter einem ewigen Dämmerlicht.

Emmis Knie zitterten, und sie ahnte, dass sie das, was sie gleich sehen würde, ihr Leben lang nicht vergessen würde. Im Hintergrund hörte sie, wie Autotüren krachten, eine ganze Reihe von Polizeifahrzeugen hatte die Stelle erreicht, wo der Traktor geparkt war.

»Darf sie das?«, hörte sie jemanden fragen. Es war einer der Arbeiter, die ganz oben am Holzhaufen balancierten.

»Hat keiner was anderes gesagt«, gab Severin zurück und schob Emmi an einem Mann vorbei, der ihr die Sicht verdeckte. Zwei Schritte weiter, und Emmi versank in einer tiefen Pfütze, die sie beinahe bis an den Rand ihrer Gummistiefel einsinken ließ. Doch sie regte sich keinen Millimeter weiter. Eine Frau fixierte sie aus blassen Augen, über deren Pupillen Fliegen krabbelten.

Das Haar der Frau lag verkrustet auf dem Kopf wie eine schiefe Perücke. Den Körper sah Emmi vor lauter Astwerk und Matsch nicht. Keine zwei Armlängen von der Frau entfernt ragten zwei Beine aus dem Holzstapel. Der Rest des Körpers war von Schlamm, Fichtenzweigen und Wiesenfetzen verdeckt. An einem Fuß steckte ein roter Schuh, am anderen nicht.

Emmi blickte sich um. Manche der anwesenden Männer betrachteten ihre eigenen Zehenspitzen, als wären sie der letzte Halt in dieser Welt, andere starrten sie aus leeren Augen an. Severin kratzte sich immer wieder am Kopf, was Emmi selbst hier draußen, wo das Rauschen des Baches so laut war, dass sie es unmöglich hören konnte, in den Ohren schmerzte.

»Alle zurücktreten. Was macht die Frau da? Sie, kommen S' her da. Um Gottes willen. Gehen S' da weg.«

Emmi blickte wie in Trance auf. Bemerkte plötzlich, dass auch Severin sie ganz entsetzt anschaute. Da registrierte sie, dass sie wankte. Sie schaute zu ihren Schuhen hinab. Zu ihren im Schlamm versunkenen Zehenspitzen. Und dann sah sie ihn, den Haarschopf, der vor ihren Füßen hervorlugte.

Sie schrie auf. Stolperte rückwärts. Fiel über einen Baumstamm. Klatschte mit dem Gesicht in den Dreck. Das Rauschen des Baches war jetzt ohrenbetäubend laut. Als Emmi von starken Händen hochgezogen wurde, konnte sie ihre eigenen Schreie kaum noch hören. Die Augen mit den Fliegen. Der Fuß ohne Schuh. Der Haarschopf vor ihren Beinen. Sie sah die Bilder immer wieder vor sich. Ja, das war wirklich *schiach*.

IM FIEBER

Die Männer brachten Emmi zurück zu den Polizeifahrzeugen, wo auch ein Wagen des Roten Kreuzes stand. Sie wurde versorgt, in eine Decke gehüllt, und ein Einsatzleiter der Feuerwehr sowie ein Gemeindebediensteter gaben ihr ein paar Informationen, die sie für ihren Bericht verarbeiten konnte.

Es stellte sich heraus, dass es sich bei den Toten um Eva Zaunschirm und ihre beiden Kinder Constanze und Oliver handelte. Sie waren offenbar doch im Wochenendhaus gewesen und vom Unwetter überrascht worden, fortgespült …

Der Ehemann und Vater der Kinder, ein Kriminalpolizist in Graz, sei bereits verständigt worden. Er habe zum Zeitpunkt des Unwetters in der Stadt zu tun gehabt und sei nun auf dem Weg herauf in die Obersteiermark. Emmi fragte gar nicht, ob es ihr nach seiner Ankunft möglich sein würde, mit ihm zu sprechen. Schon allein der Gedanke kam ihr pietätlos vor. Sie hatte keine Lust mehr darauf, verzweifelte Menschen zu befragen. Schon gar nicht solche, die nicht nur ihr Hab und Gut, sondern auch ihre Liebsten verloren hatten. Und sie hatte den Eindruck, dass auch Severin nur noch nach Hause wollte.

Sie hatte sich noch nie in ihrem Leben so leer und ausgelaugt gefühlt. Dieser Zustand änderte sich nur, wenn sie an den Moment dachte, als sie ihre Fußspitzen betrachtet und den Körper darunter gesehen hatte.

Die Tränen wollten nicht aufhören zu fließen. Ihre Hände zitterten. Es kostete sie enorme Kraft, die Bilder zu verdrängen, und sie war überzeugt davon, von einem Augenblick auf den anderen um Jahre gealtert zu sein. Sie hatte schon von solchen Spontanalterungen gehört, womöglich hatte sich ihr Haar bereits in ein greises Grau verfärbt. Wenn nur diese Bilder im Kopf nicht gewesen wären.

Zurück in Rabenwald schrieb Emmi den Artikel, ohne sich später daran erinnern zu können. Sie trank zwei Tassen heißen Kamillentee und bediente sich dabei eines Vorrats, den Sandberg in einer Küchenlade angelegt hatte.

Gemeinsam mit Raul fuhr sie am Abend noch einmal zur Greißlerei, wo die dralle Ladenbesitzerin sie bereits zu erwarten schien. Sie funkelte Emmi aus neugierigen kleinen Stecknadelaugen an und verströmte schon von Weitem den Geruch nach Zwiebeln.

»Haben S' schon gehört von den Toten drüben in der Klamm?«

Bevor Emmi antworten konnte, ging die Tür erneut auf, und eine Großmutter kam mit ihrem Enkelkind zur Tür herein. Trällernde Worte der Begrüßung schwebten durch den Laden, und Emmi war prompt vergessen. Sie schickte ein stilles Stoßgebet gen Himmel – sie hätte nicht gewusst, was sie hätte antworten sollen. Vielleicht: »Ja, ich bin auf eine der Leichen getrampelt.« Oder: »Gut möglich, dass die Frau mit den Fliegen im Aug schon tot war.« Emmi hielt sich an einem der Regale fest. Ihr war heiß. *Bitte jetzt nicht umkippen.*

»Um Himmels willen, Sie glühen ja.« Die Ladenbesitzerin stand plötzlich wieder neben ihr.

Emmi erschrak. Wie hatte sie das geschafft?

»Na, kommen S', ich geb Ihnen einen Lindenblütentee mit, der hilft, und dann fahren S' nach Hause und gehen sofort ins Bett. Versprochen?«

Emmi lächelte dankbar. Die Wuchtbrumme konnte ja richtig nett sein. »Versprochen.«

Als sie zurück in Sandbergs Hütte war, fühlte sich Emmi bereits so geschwächt, dass sie den Weg hinauf ins Schlafzimmer unter dem Dach nicht mehr schaffte, also legte sie sich auf die Couch im Erdgeschoss.

Sie hatte sich einen Sessel danebengerückt, auf dem die Teetasse dampfte. In ihrer Toilettentasche hatte sie eine Packung Ibuprofen gefunden und eine Tablette geschluckt. Raul hatte sich zu ihr auf die Couch gesellt, hielt es dort aber nicht lange aus, da Emmi der Schüttelfrost plagte und sie sich ständig hin und her wälzte. Also fläzte sich der kleine Hund auf den Boden.

Der Schlaf wollte nicht kommen. Immer wieder schrak Emmi hoch, weil sie die spukhaften Alptraumgestalten der jüngsten Ereignisse vor sich sah.

Sie musste dann doch irgendwann eingeschlafen sein, denn der Tee war plötzlich eiskalt. Überhaupt war es in dem ganzen Zimmer eisig kalt. Sie registrierte, dass ein Fenster offen stand. Atemwolken kräuselten sich aus ihrem Mund. Als sie aufblickte, saß die tote Frau auf dem Sessel neben ihr und blinzelte sich die Fliegen aus den Pupillen. Entsetzt stöhnte Emmi auf. Beinahe wäre sie über Raul gestolpert und der Länge nach hingefallen. Da grinste die tote Frau, und aus ihrem Mund kroch ein Käfer.

Weinend tastete sich Emmi zum Lichtschalter, und als die Helligkeit den Raum flutete, verschwand die Spukgestalt. Das Fenster war geschlossen. Der Tee dampfte immer noch.

Im Morgengrauen, das sie seit Stunden herbeigesehnt hatte, quälten Emmi erneut starke Kopfschmerzen. Auch die Augenlider taten ihr weh, so wie jeder Muskel ihres Körpers.

Sie trank eine Tasse Tee um die andere, wankte zwischendurch immer wieder auf die Toilette. Die ganze Nacht über hatte sie erfolgreich vermieden, einzuschlafen, um nur ja nicht wieder dieses alptraumhafte Schreckgespenst heraufzubeschwören.

Raul stand winselnd vor der Tür. Kein Wunder. Es war bald helllichter Tag, und der Arme musste sicher längst Wasser lassen.

Sie öffnete die Tür einen Spaltbreit, sodass der Kleine in den Garten flitzen konnte. Emmi war gerade im Begriff, die Tür wieder zu schließen, als sie eine Stimme hörte.

»Emmi?«

Nein. Sie wollte niemanden sehen, sich vor allem nicht blicken lassen, und doch gab es keine andere Möglichkeit, als den Kopf ins Tageslicht zu stecken und hinauszuschauen. Severin stand auf der anderen Seite des Zauns und musterte sie besorgt.

»Ich hab von der Gallerin gehört, dass es dir nicht gut geht, und wollte fragen, ob du etwas brauchst.«

»Wer ist die Gallerin?«

»Ihr gehört der Laden, in dem du gestern eingekauft hast.«

Die Wuchtbrumme heißt also Gallerin. Passt irgendwie. »Es geht schon«, gab Emmi zurück. »Ich brauch nur Schlaf.«

»Du siehst aber nicht so aus, als würdest du sonst nichts brauchen.« Severin war plötzlich dicht vor ihr und befühlte ihre Stirn. »Du hast Fieber.«

Wie hatte er das gemacht? Wie hatte er so schnell bei ihr sein können? Hatte sie etwa Aussetzer? Halluzinierte sie? Fand dieses Gespräch gerade tatsächlich statt?

»Ja, tut es«, sagte er, und Emmi stellte schockiert fest, dass sie nicht unterscheiden konnte zwischen dem, was sie dachte, und dem, was sie wirklich aussprach, dass sie nicht mehr wusste, was wirklich geschah und was nicht.

Severin schob sie durchs Wohnzimmer und legte sie wieder auf die Couch. »Sperr nicht ab. Ich bin gleich wieder da.«

Sie musste eingeschlafen sein, denn als sie die Augen wieder öffnete, war es dunkel im Raum. Sie lauschte in die Finsternis, hörte Schritte im Vorzimmer. Langsame, schlurfende Schritte. Sie setzte sich auf. Schloss die Augen.

Bitte nicht. Bitte keine Alpträume mehr.

Sie öffnete sie wieder. Da stand die Frau mit den Fliegen auf den Pupillen wieder vor ihr. Sie fixierte Emmi. Das zerzauste Haar fiel feucht und schmutzig über ihre Schultern. Sie trug nur ein verdrecktes Shirt und zerrissene Jeans. Insekten krochen auf ihr herum. Da riss sie den Mund auf. Zeigte auf Emmi. Und brüllte. Und rannte auf sie zu.

Emmi schrie auf. Ihr Herz raste. Sie wimmerte. Und dann schlangen sich plötzlich Arme um sie. Warme, kräftige Arme drückten sie an eine breite Brust. Jemand sagte: »Alles gut. Es ist alles gut. Beruhige dich.« Nein, nicht jemand. Das war Severin. Severin, ihr Engel. »Ich sagte doch, ich bin gleich wieder da. Ich wollte dich nicht erschrecken.«

»Du hast mich nicht erschreckt. Das war *sie*.«

»Wer?«

»Die tote Frau.«

Er seufzte und klang dabei, als hätte er schon so etwas befürchtet. »Hier, trink das. Schmeckt nicht gut, aber hilft dir dabei, zu vergessen.«

»Was ist das?«

»Ein Saft aus Mädesüßblüten. Ich hab auch noch Tabletten mitgebracht, ein Fieberthermometer, eine Wärmeflasche und Honig.«

Als Emmi in der Nacht aufwachte, war das Fieber endlich fort. Sie stand auf und erblickte einen Schatten auf dem Sessel. Fast hätte sie vor Schreck wieder aufgeschrien, doch dann erkannte sie, dass Severin dort saß und schlief. Sie weckte ihn, bedankte sich bei ihm und schickte ihn nach Hause. Als sie von der Toilette zurückkam, war er verschwunden. Emmi blieb wach, bis der Morgen graute.

»VERSCHWINDEN SIE!«

»Emmi.«

Sie hörte die Stimme am Telefon nur ihren Namen sagen und wusste sofort, wer es war. »August.«

Sekundenlanges Schweigen, dann legte er ungeduldig los: »Also gut. Ich weiß ja, dass du stur bist, aber du solltest jetzt wirklich nach Hause kommen. Du hattest deinen Spaß, und du hast das auch durchaus gut gemacht, alle Achtung.« August Schwarz meinte es nicht so, dessen war sich Emmi bewusst. »Aber man muss auch ehrlich sagen, dass es für uns alle besser wäre, würde *ich* wieder an die Front gehen. Die erste Reihe ist nichts für dich, Emmi. Die Pausen zwischen den Berichten sind zu lang. Alle werden unrund …«

»Nein, August. Erstens wird niemand unrund außer dir, denn die Pausen sind gar nicht zu lang. Und zweitens …« Sie wollte gerade sagen, dass sie die halbe Nacht mit Fieberschüben und Alpträumen verbracht hatte, verkniff es sich aber. Es würde ihm bloß Wind in die Segel seiner Angriffe blasen. »Zweitens gefällt es mir hier.«

»Ah, es *gefällt* dir also.« Wieder eine ungemütliche Pause, und dann: »Hey, Emmi. Du fehlst mir. Weißt du, während du dich dort in der Pampa vergnügst, bin ich hier der einsame, traurige Wolf.«

Es überkam sie ganz plötzlich. Seine Worte, ihr Klang, ihr Unterton, die Pause davor, alles schmerzte sie so sehr, dass sie die Tränen nicht mehr unterdrücken konnte. Wie dumm sie doch gewesen war, sich mit diesem Mann einzulassen, der sie in Wirklichkeit mit keiner Faser seines Daseins vermisste. Aber vor allem wurde ihr eines in diesem Moment bewusst: Sie vermisste ihn ebenfalls nicht.

»August?«

»Ja?«

»Ruf mich nicht mehr an.«

Natürlich verhielt sich Emmi nicht vernünftig, was bedeutet hätte, zumindest einen weiteren Tag im Bett zu verbringen. Sie hatte vielmehr das Gefühl, dass sie wieder in den Wald musste. Ausgerechnet dorthin, wo ihr die Erlebnisse der vergangenen Tage mehr Fragen als Antworten beschert hatten. Dennoch war sie davon überzeugt, die Bäume gerade jetzt zu brauchen, und die frische Luft würde ihr bestimmt auch guttun. Auf den Gedanken, dass die Anziehung der Bäume fast schon etwas Pathologisches hatte, kam sie freilich nicht.

August, dieser »Baumlang« und der Jäger glaubten doch nicht im Ernst, dass sie sich so einfach einschüchtern ließ. Manche Männer neigten zu herrischem Auftreten – eine Gewohnheit, die wohl noch von uralten Zeiten herrührte. Emmi hielt sich zwar nicht für eine Kriegerin, die ständig auf ihre Rechte pochte, aber sie hatte es satt, dass man andauernd auf ihrem ohnehin nicht gerade ausgeprägten Selbstbewusstsein herumtrampelte.

So schlüpfte sie also wider alle Vernunft in ihre immer noch etwas lädierten Sneakers, die Jeans und die orange Jacke und nahm die Abkürzung durch die kniehohe Wiese. Glitzernd hing der Morgentau in den Blättern, und ihre Schuhe und Hosenbeine wurden bald feucht, doch davon ließ sie sich nicht beirren. Sie bildete sich ein, der Wald würde sie freudig empfangen. Knisternd begrüßte sie das Astwerk, und ein leichter Wind ließ die jüngeren Bäume sogar Verbeugungen machen. Es schien, als hätte der Wald seine neue Besucherin endlich akzeptiert.

Emmi lief mit solcherart kruden Gedanken durch den Wald, achtete diesmal aber darauf, Raul nicht von der Leine zu lassen. Sie hatte das Gefühl, ewig so weitermarschieren zu können, und erreichte schließlich vom Hohlweg aus eine etwas breitere Forststraße, die wohl seit Ewigkeiten nicht mehr benutzt wurde, da auf ihr bereits junge Bäume und Sträucher wucherten. Auf einer Anhöhe erhaschte sie einen Blick zwischen etwas lichter stehenden Bäumen hindurch und fand, dass der Wald hier unendlich aussah. Sie hatte Geschichten gehört, in denen Menschen in solchen Wäldern untergetaucht waren und sich von dem ernährt hatten, was ihnen die Natur gab, und wenn sie an das frühe Mittelalter dachte, eine Zeit, in der hier viel weniger Menschen gelebt hatten und der Wald das ganze Land beherrscht hatte, wurde ihr fast mulmig zumute. Prompt sah sie den Wald, der sie umgab, mit anderen Augen. Er war wieder finsterer geworden, dichter und unergründlicher.

Sie blickte den Weg, den sie seit einer Weile eingeschlagen

hatte, zurück und musste feststellen, dass hier wahrscheinlich im ganzen letzten Jahr keine Menschenseele gegangen war. Vielleicht sogar noch länger. Sie schaute sich um. Die Bäume starrten knorrig und verwachsen auf sie herab und wirkten wie die Mitglieder eines alten Kriegerstamms. Dicht an dicht reihten sie sich aneinander und ließen dazwischen kaum Platz zum Durchkriechen, und als Emmi der Gedanke kam, dass sich der Wald sogar bewegte, ihr vielleicht den Weg zu versperren gedachte und sie sich im Gestrüpp verirren könnte, machte sie kehrt. Auch Raul schien darüber erleichtert zu sein, denn er lief aufgeregt vor ihr her, wobei er stets darauf achtete, nicht zu sehr an der Leine zu ziehen.

Erst als sie nach einer guten Stunde wieder einen offenbar häufig frequentierten Forstweg erreichten, atmete Emmi durch. Sie wandte sich um und bildete sich ein, einzelne Baumkrieger würden ihr nachblicken. Augen zeichneten sich auf den Rinden ab, Äste krümmten sich um Waffen. Ihre Sinne spielten verrückt. Kein Wunder bei dem, was sie in den letzten Tagen erlebt hatte.

Einen Augenblick lang spielte Emmi mit dem Gedanken, doch auf Augusts Angebot zurückzukommen und hier die Zelte abzubrechen. Sie hatte die Storys ja geschrieben, viel Stoff gab es jetzt ohnehin nicht mehr, und die Interviews mit den Politikern und Katastrophenschutzbehörden konnte sie auch von Wien aus führen. So schlimm es klang: Für sie war der Job so gut wie erledigt. Die Tragik des Unwetters hatte sie hinlänglich beschrieben, genauso wie das Drama die Todesfälle betreffend. Was blieb jetzt noch? Nichts als Wiederholungen. Ganz automatisch würden die Artikel von Tag zu Tag kleiner und von anderen tagesaktuellen Themen abgelöst werden.

Emmi vernahm ein Geräusch, drehte sich um und wäre vor Schreck beinahe umgefallen. Keine zehn Meter entfernt steuerte eine Gestalt aus dem Unterholz direkt auf sie zu. Der Mann schien sie noch nicht bemerkt zu haben, und Emmi sah, dass er Mühe hatte, nicht zu stürzen. Er war ziemlich unpassend gekleidet für einen Waldspaziergang. Schwarze Halbschuhe, eine Cordhose und ein Kurzmantel ließen ihn eher wie einen

Wiener Geschäftsmann erscheinen. Einen Geschäftsmann, der schon lange nicht mehr geschlafen hatte, seine Kleidung seit ein paar Tagen trug und eine Dusche vertragen könnte. Ein Pilzsammler war er offensichtlich auch nicht.

Fluchend sprang der Mann über einen Ast und musste sich bei der unsauberen Landung auf der Forststraße mit einer Hand abstützen. Seine Hose war nicht nur schmutzig, sondern auch eingerissen, und auch mit seinen Händen schien er zuletzt schon mehrmals auf dem Boden gelandet zu sein. Als er aufstand und die Handflächen aneinanderrieb, um sie einigermaßen sauber zu bekommen, bemerkte er Emmi und hob die Augenbrauen.

»Guten Tag.« Seine Stimme klang wie die sonoren Synchronsprecher im Fernsehen. »Sie machen einen Spaziergang?«

Emmi nickte. »Ja. Im Wald ist's herrlich«, erwiderte sie und ärgerte sich sogleich darüber. Sie klang wie eine esoterische Großstädterin, die zum ersten Mal so etwas wie Natur entdeckte.

»Ja, da gebe ich Ihnen recht. Beobachten Sie mich schon länger?«, antwortete der Mann.

»Nein, gar nicht«, sagte Emmi viel zu schnell.

»Ich muss Sie leider bitten, zurück ins Dorf zu gehen. Dies ist heute kein Ort für einen Spaziergang.«

Emmis Alarmglocken schrillten. Sie blickte sich um, doch sie sah keine Typen in weißen Overalls, die Proben entnahmen oder den Bäumen Flüssigkeiten injizierten. Stattdessen bemerkte sie Absperrbänder, wie sie die Polizei zur Tatortsicherung verwendete.

»Was ist passiert?«, wollte sie wissen.

Anstatt zu antworten, berührte sie der Mann am Oberarm und wies ihr mit sanftem Druck den Weg die Forststraße zurück. Sie ließ es geschehen. Er ging eine Weile neben ihr her.

»Mein Name ist Lukas Wagner. Ich bin Inspektor der Kriminalpolizei, und es tut mir leid, dass ich Ihren Waldspaziergang hier unterbrechen muss.«

Emmi hörte nur halb hin, denn ihr Blick schweifte weiterhin suchend zwischen den Bäumen umher. Sie erkannte jetzt weitere

Personen im Wald, einige von ihnen trugen Handschuhe, andere machten sich Notizen. Und dann bemerkte sie auch Linden, den Jäger.

Emmi hielt inne und war zunächst irritiert. Linden machte einen bedrückten Eindruck, gekrümmt stand er da und schwankte in die Welt hinein.

»Hören Sie …«

Als sich Wagner zögernd räusperte, wurde Emmi klar, warum Linden so teilnahmslos wirkte. Er stand nicht etwa nur so herum, sondern er hing mit einem Seil um den Hals an einem dicken Ast, und sein Körper baumelte im Wind. Das Holz knarzte, und das Geräusch war jetzt fast ohrenbetäubend laut, obwohl sie es auf die Entfernung eigentlich gar nicht hören *konnte*. Linden drehte sich, und sein aufgedunsenes Gesicht starrte sie nun direkt an. Als würde er noch ein letztes Mal »Verschwinden Sie!« rufen.

4
LUKAS WAGNER

»Kommen Sie, ich begleite Sie ein Stück. Sie sehen ja ganz blass aus.«

»Aber haben Sie nicht zu tun?«

»Meine Arbeit ist getan. Jetzt sind andere am Zug.«

Erst als sie bereits gut ein Dutzend Schritte gegangen waren, merkte Emmi, dass Inspektor Wagner sie am Arm genommen hatte.

Auf einem Baumstumpf ließ sie sich schließlich nieder und versuchte, wieder einen klaren Gedanken zu fassen.

Wagner hockte sich vor sie hin und forschte in ihrem Gesicht. »Geht es wieder?«

»Schon gut, alles gut.«

»Wirklich? Ich bringe Sie auch gern zu einem Sanitäter.«

Emmi schüttelte den Kopf. »Ich habe ihn erst vor ein paar Tagen gesehen.«

»Wen, den Toten?«

»Ja, es war keine erfreuliche Begegnung. Das ist der Jäger. Linden heißt er. Er hat meinen Hund gefangen und gedroht, ihn zu erschießen.« Plötzlich fuhr Emmi hoch. »Raul, mein Hund. Er ist schon wieder –«

»Nein, nein«, sagte Wagner und hob die Hand, in der er die Leine hielt, »ich hab ihn.«

Tatsächlich, Raul saß da und betrachtete die beiden interessiert.

»Sagen Sie …« Wagners Blick wurde ein wenig düsterer. Er verfing sich irgendwo im Dickicht hinter Emmis Schulter. »Kennen Sie diese Leute auch? Sind Sie ihnen schon einmal begegnet?«

Emmi drehte sich um und konnte nicht glauben, was sie da sah. Eine Gruppe bunt Gekleideter stieg barfuß durchs Unterholz. Einige von ihnen umarmten Bäume, andere legten sich ins Laub und wälzten sich auf dem Boden. Sie schätzte, dass sie etwas jünger als sie selbst waren. So wie sie aussahen, hätten sie einem Kostümfilm der siebziger Jahre entsprungen sein können oder dem Ensemble des Musicals »Hair«.

Wagner schnalzte mit der Zunge, und da bemerkte Emmi, dass zwei uniformierte Polizisten auf die seltsame Gruppe zusteuerten. Manche von ihnen schienen sichtlich verwundert darüber, dass ihnen mitten im Wald Polizisten über den Weg liefen.

Es war absurd, und Emmi hatte kaum Gelegenheit, sich zu erholen. Da hing mitten im Wald ein Mann mit einem Strick um den Hals an einem Ast, und jetzt torkelte auch noch ein Haufen argloser Esoteriker durchs Unterholz. Bis vor wenigen Minuten hatte sie noch gedacht, mutterseelenallein im Wald zu sein, und nun das. Nur der Umstand, dass dieser Lukas Wagner an ihrer Seite war, beruhigte sie, denn seine Gegenwart löste eine seltsame Erleichterung in ihr aus. Fast so, als wäre alles in Ordnung, solange er da war.

Die Polizisten unterhielten sich mit den jungen Leuten, die daraufhin widerstandslos kehrtmachten und abzogen.

»Waldbadende«, sagte Wagner, und es war nicht zu überhören, wie verächtlich es klang. Als sich die Polizisten nun ihnen zuwandten, drehte sich Wagner weg.

»Gehen wir noch ein Stück. Was treibt Sie eigentlich in den Wald? Wohnen Sie hier in der Nähe?«

»Ich arbeite hier.«

Wagner warf einen Blick in die Baumkronen. »Hier? Was ist denn das für ein Beruf, der Sie an einen so schönen Ort bringt?«

Sie lächelte. »Ich bin Journalistin. Und ich erhole mich hier von den Schrecken im Nachbartal. Im Höllgraben gab es ja dieses Unwetter, und ich habe darüber berichtet.« Emmis Blick wanderte durch den Wald. Sie hatten den Leichnam mittlerweile vom Baum geholt. Die Waldbadenden hatten sich etwas abseits versammelt. Sie und Wagner verloren die Szene langsam aus dem Blickfeld. »Wenn ich gewusst hätte, was man hier so alles erlebt, wäre ich wahrscheinlich in der Stadt geblieben.«

Wagner fixierte seine Fußspitzen. »Es ist hier draußen nicht immer so.«

»Ja, aber weil es nun so ist, sollte es die Welt erfahren.«

Der Polizist runzelte die Stirn. »Ist es dazu nicht schon zu spät? Wäre es nicht besser gewesen, zuvor zu berichten?«

»Worüber?«

Wagner hielt inne und funkelte sie plötzlich wütend an. »Worüber? Vielleicht darüber, dass die Flüsse und Bäche auf Teufel komm raus reguliert werden, dass der Stausee rund zwei Kilometer entfernt einen viel zu hohen Wasserspiegel führt, dass die Verklausungen nicht rechtzeitig geräumt werden, dass die Bauern die Baumstämme viel zu nahe an Wasserläufen lagern, die dann bei Überflutungen mitgeschwemmt werden ... Reicht Ihnen das? Ist das Stoff genug für Ihre Zeitung und die ehrenwerte Leserschaft? Oder ist es euch lieber, von Tod und Verderben zu berichten? Natürlich ist es das. Was ist schon eine Story wert, die nur dazu beiträgt, dass eine Katastrophe *nicht* passiert? Ihr Journalisten seid doch alle gleich.«

Emmi hatte sich ein paar Schritte von Wagner entfernt. Sie streckte die Arme aus. »Geben Sie mir bitte den Hund wieder.«

»Wie?« Verblüfft schaute Wagner den Hund in seinen Armen an. Offenbar hatte er ihn hochgehoben.

Emmi nahm Raul an sich. »Wissen Sie was? Ich marschiere jetzt da lang, und Sie gehen wieder zurück an die Arbeit. Ich denke, das ist besser so.«

Ohne eine Antwort abzuwarten, entfernte sich Emmi mit einem mulmigen Gefühl. So nett der Polizist anfangs gewesen war – sie war nun froh, so viel Abstand wie möglich zwischen sich und ihn zu bringen.

An der nächsten Biegung drehte sie sich noch einmal um.

Wagner stand immer noch an Ort und Stelle und musterte sie.

Doch das, was sie hinter ihm im Unterholz sah, verwunderte sie noch mehr. In dem Moment, als sie Lindens Leichnam zudeckten, tauchte ein kahler weißer Plastikmann hinter einem Baum auf. Auch er starrte Emmi an und hob dann seinen Zeigefinger in ihre Richtung.

Die Gänsehaut kroch an Emmis Armen entlang, denn sie

wusste, wer der Kerl war. Er war schon einmal in ihrem Garten gewesen.

DER URLAUBSANTRITT

Zurück in der Hütte am Waldrand stürzte sich Emmi – wohl mehr, um sich abzulenken, als aus reinem Eifer – in die Arbeit. Ausgerüstet mit einer Kanne Kamillentee und einer Handvoll Zwiebackscheiben, brachte sie eine Reihe von Telefoninterviews zum weiteren Verlauf der Rettungsarbeiten hinter sich und lieferte die Artikel prompt an die Redaktion. Sie missachtete ihre schweißnasse Stirn, die Taschentücher auf dem Tisch häuften sich zu grotesken weißen Bergen, und ihr Hals schmerzte beim Schlucken. Solange sie an den Artikeln arbeitete, konnte sie den Ärger und ihre Unsicherheit verdrängen.

Als alles erledigt war, kehrten die unangenehmen Bilder jedoch zurück. Was ging hier vor? Der Wald hatte heute sein friedfertiges, die Herzen berührendes Antlitz abgelegt und war zu einem fremden, kaltherzigen Ort geworden. *Da war eine Leiche im Geäst.*

Während Emmi in Gedanken versunken dasaß, löste sich eine Vitamin-C-Brausetablette, die Severin ihr in der Nacht dagelassen hatte, zischend in einem Glas mit kaltem Wasser auf.

Als ihr Telefon läutete, verschluckte sie sich fast, hob aber dennoch ab.

»Hey, Emmi, komm nach Hause, du bist erlöst.« Offenbar hielt niemand in der Redaktion etwas von langen Begrüßungsfloskeln. Sani Kovacic' Stimme bellte durch den Äther wie ein Vizeleutnant beim Antreten im Kasernenhof. »Was ist, hat es dir die Sprache verschlagen?«

»Nein, ich hab nur einen Zwiebackbrösel im Hals gehabt. Alles gut.«

»Zwieback? Bist du etwa krank? Kein Wunder, bei dem Sauwetter bei euch.«

So schlecht fand Emmi es gar nicht. Das Unwetter war ja praktisch vorüber gewesen, als sie hier angekommen war.

»Jedenfalls, du hast deine Sache prima gemacht.«

Prima. Das passte nicht zu ihr. Nicht zu Wien. Nicht zu Kovacic.

»Kannst stolz sein. Ich bin es jedenfalls.«

»Danke.«

»Also, ab nach Hause!«

»Da wär noch was.«

»Was denn?«

»Eine Leiche im Wald.«

Am anderen Ende der Leitung raschelte es. Offenbar ließ Sani sich in einen ihrer Ledersessel fallen. »Erzähl.«

Emmi berichtete ihr, was vorgefallen war, und wartete wieder eine halbe Ewigkeit, bis Sani eine Antwort formuliert hatte.

»Selbstmorde bringen wir nicht, das weißt du.«

»Ich weiß. Aber ich hab das Gefühl, dass in dieser Gegend etwas faul ist. Lass mich noch ein paar Tage recherchieren. Vielleicht ergibt sich ja noch etwas.«

»Nein. Das ist mir zu dünn.«

Emmi überlegte. »Gut, wie wär's damit: Ich hab noch ein paar Tage Urlaub. Wenn sich keine Story ergibt, ist der Urlaub verbraucht, wenn doch, dann hab ich ihn mir verdient.«

Sie konnte Sanis Grinsen regelrecht sehen.

Als das Gespräch kurz darauf beendet war, seufzte Emmi zufrieden. Was war das schon wieder für ein Tag! Krank. Homeoffice auf dem Land. Und wieder eine Leiche.

Sie trank das Brausegetränk in einem Zug aus, dann lief Raul schwanzwedelnd zur Tür, und Emmi wusste, dass im nächsten Moment jemand klopfen würde. So war es auch.

DAS ZELTFEST

Severin Moser stand an ihrer Türschwelle. Auf seinen Wangen hatten sich rote Flecken gebildet. Er sah aus, als wäre er gelaufen.

»Wie geht es dir?«

»Meinst du das Fieber oder den Umstand, dass ich ständig Leichen sehe?«

Die Flecken in seinem Gesicht wurden intensiver. »Das ist verrückt, ich weiß. Aber weißt du, was noch verrückter ist? Im Dorf findet heute ein Zeltfest statt. Eigentlich sollte es abgesagt werden, wegen der Katastrophe im Höllgraben, aber nun haben sich die Verantwortlichen entschlossen, es doch abzuhalten und eine Benefizveranstaltung daraus zu machen. Sie wollen für die Opfer des Unwetters sammeln. Das Fest wurde wochenlang vorbereitet … Jedenfalls hab ich mich gefragt, ob …«

Warum stotterte er so herum? »Ja, ich kann das sicher in einen Artikel einbauen. Natürlich. Ist ja für eine gute Sache.«

»Was? Nein! Ich meine, ja, das wäre nett, aber ich wollte dich etwas anderes fragen. Also, hättest du vielleicht Lust, mit mir hinzugehen? Es wird dich bestimmt auch ein bisschen ablenken.«

Emmi schaute den riesenhaften Mann an und konnte es nicht glauben. Sie kannten einander kaum, trotzdem hatte er eine halbe Nacht an ihrer Seite gewacht – und jetzt sollten sie auch noch miteinander ausgehen?

»Ich hab gestern noch Fieber gehabt.«

»Ich weiß.« Er wechselte das Standbein und massierte seine Hände. »Wenn du nicht mehr willst, begleite ich dich auch wieder heim. Du kannst jederzeit abbrechen. Ich glaub aber, es würde dir guttun, nach all den Grauslichkeiten, die zuletzt passiert sind.«

»Du meinst, die schreckliche Gemeinde Rabenwald ist gar nicht so schrecklich?«

Sie lächelten einander an.

Sie hatte sich am Nachmittag noch einmal hingelegt, danach geduscht und sich umgezogen. Als sie am Abend die Tür öffnete, traf sie fast der Schlag. Da stand ihre Begleitung in Lederhosen, einem karierten Hemd und einem Wolljanker vor ihr und sah aus wie aus einem Trachtenmoden-Katalog.

Severin lachte. »Was ist? So schauen wir halt aus.«

»Aber pass ich da überhaupt hin? Ich hab ja kein Kostüm.«

Jetzt wurde Severins Lachen noch lauter. »Kostüm? Das ist doch keine Faschingsparty. Das passt schon, so wie du ausschaust. Jeder kommt, wie er will, und du siehst großartig aus.«

Als er das gesagt hatte, entstand eine kurze Pause, und Emmi konnte sich des Gefühls nicht erwehren, dass sie inszeniert war. Sie hatte Severin schnell durchschaut, denn natürlich hatte er sich vorgenommen, gleich am Beginn etwas Nettes zu ihr zu sagen. Nur war er damit zu schnell und plump herausgeplatzt. Sie fand es trotzdem süß und lächelte. »Danke.«

Sie vergewisserte sich noch, dass Raul mit dem Kauknochen zu tun hatte und genug Wasser in seiner Schüssel war, zog die Tür hinter sich zu und folgte Severin auf die Straße hinaus. Sie trug Jeans mit den weißen Sneakers, die sie irgendwie wieder sauber bekommen hatte, einen pinken Pullover und eine dünne hellblaue Jacke und hoffte inständig, dass sie damit kleidertechnisch nicht völlig danebenliegen würde.

Sie spazierten eine Weile durchs Dorf, und Emmi betrachtete die Häuser im Licht der untergehenden Sonne. Kleine geduckte Behausungen mit Holzzäunen rundherum, Allradfahrzeugen in den Carports und Schaukeln unterm Apfelbaum. Dazwischen hin und wieder ein mächtiger Wall mit aufgeschichtetem Holz und ein Bauernhof dahinter. Die winzige Greißlerei der Gallerin kannte sie schon, daneben befanden sich das Gasthaus und das Gemeindeamt.

»Und? Wie gefällt's dir hier bei uns? Ich meine, wenn man die Leichen mal ausblendet.«

»Ganz gut«, erwiderte sie und merkte gleich, dass diese Antwort zu kurz gewesen war, um das Gespräch am Laufen zu halten. »Abgesehen davon, dass mir der Wald unheimlich ist.«

Severin schmunzelte. »So gesund, wie alle sagen, ist der Wald gar nicht, frag den Jäger.« Keiner von ihnen lachte, und Severin hob nur die Schultern, wie um sich zu entschuldigen. »Alle im Dorf reden darüber. Auch wenn der Linden bei keinem so richtig beliebt war, ist es doch arg, dass er sich aufgehängt hat. Das passt gar nicht zu ihm. Aber wer weiß schon, was in ihm vorgegangen ist. Der war schon immer ein Eigenbrötler, kein angenehmer Mensch. Seine Frau ist auch nicht einfach. Wahrscheinlich ist ihm alles zu viel geworden. In die Menschen kannst du halt nicht reinschauen.«

»Mir wär's ehrlich gesagt lieber, wir würden heute Abend nicht über dieses Thema sprechen«, unterbrach ihn Emmi. Das war schroffer rübergekommen, als sie gewollt hatte, aber Severin schien es nichts auszumachen.

»Jedenfalls, alles in allem ist der Wald sicher immer noch gesünder als die Stadt. Aber pass auf, dass du nicht zu einem richtigen Waldler wirst.«

»Was ist denn ein Waldler?«

»Ein Waldmensch, ein Waldliebhaber, ein Waldverrückter.«

»Aha.«

»Ist eine Wortkreation von mir.«

»Aha«, sagte Emmi wieder, dann lachten beide.

Während sie durch die Siedlung marschierten, begegneten sie keiner einzigen Menschenseele. Dafür lag ein merkwürdiges Wummern in der Luft, das immer wieder von tiefem Brummen unterbrochen wurde. Emmi blickte sich um. Auf den Bergspitzen war noch kein Schnee. Konnte es also sein, dass irgendwo in den zerklüfteten Hängen Gerölllawinen abgingen, deren Grollen bis hierher zu hören war? Sie hatte von Gegenden in der Steiermark gehört, in denen mehrmals am Tag das Gebrüll der Berge zu vernehmen war. Früher hatte sie das als Schauergeschichten abgetan, aber mittlerweile zweifelte sie nicht mehr daran. Sie traute dieser Gegend alles zu.

Erst als sie die letzten Häuser am anderen Ende von Rabenwald erreicht hatten, wurde das Brummen und Dröhnen klarer, und der vermeintliche Lawinenabgang erwies sich als das polternde Gedröhn einer Volksmusikkapelle, deren Lautsprecher viel zu stark eingestellte krachende Bässe ausspuckten.

Vor ihnen öffnete sich ein breites Feld, ein Acker, auf dem ein Meer von Autos parkte. Doch das war nicht der Fuhrpark, den sie von den Festen rund um Wien kannte, denn hier standen keine polierten E-Limousinen oder schicke Stadtflitzer und Cabrios in fröhlichen Farben, das war eher eine Ansammlung schuftender Dieselmotoren, weißer Pick-ups mit riesigen schmutzigen Reifen, alter, zerkratzter Kombi-Modelle und sogar Traktoren. Und dahinter, zwischen den Einsatzfahrzeugen der Freiwilligen Feuerwehr und des Roten Kreuzes, glänzte ein gewaltiges weißes Festzelt in den letzten Sonnenstrahlen. Jetzt war Emmi klar, wo all die Leute aus dem Dorf waren.

Junge Burschen und Mädchen in Feuerwehrmontur wiesen die in Kolonnen herannahenden Autos in den Acker ein, vor einem Reifen saß ein Mädchen im Dirndl und kotzte sich gelben Brei auf die Schürze, während ihr Begleiter die Hände auf der Kühlerhaube abstützte und zugleich stöhnte und kicherte. Kinder spielten Abfangen, und die uniformierten Musikanten einer Marschmusikkapelle verließen soeben das Zelt. Offenbar war das Fest schon länger am Laufen. Von drinnen war jetzt der dumpfe Bass einer flotten Polka zu hören.

»Das pumpert schön«, grinste Severin. Da Emmi ihn irritiert ansah, wiederholte er: »Pumpern. Kennst du das Wort nicht? Tuschen. Es tuscht. Oder es klescht.« Er überlegte noch einmal fieberhaft. »Das Geräusch meine ich, das Dröhnen.«

Emmis Blick hellte sich auf. »Ach so, ja, weiß ich eh. Glaubst, ich kenn pumpern nicht?«

Severin bedachte sie mit einem skeptischen Seitenblick.

In Wahrheit hatte sie ihm gar nicht richtig zugehört, denn der heranrollende Lärm und das gewaltige Zelt zogen sie gänzlich in den Bann. In diesem Moment wurde ihr klar, was für ein elendes Stadtkind sie doch war. Sie war tatsächlich noch nie zuvor bei einem richtigen Zeltfest gewesen, kannte das nur von »Bergdoktor«- oder »Landkrimi«-Folgen aus dem Fernsehen, aber live und in echt war sie noch nie in eine Bierzeltatmosphäre eingedrungen. Und natürlich war sie völlig falsch adjustiert. Nur die wenigsten trugen hier Jeans, geschweige denn pinke Pullover.

Aber das sollte bald ihr geringstes Problem sein.

EIN BITTERER ABEND

Nachdem Severin die ersten Schulterklopfer ausgeteilt und eingesteckt und Emmi bei einigen Typen am Eingang vorgestellt hatte, packte er sie plötzlich an der Hand und zog sie hinter sich her durch die Menge. Im Zelt herrschte ein ohrenbetäubender Lärm. Sie drängten sich an einen der Getränkeausschänke, und Minuten später hielt Emmi einen Pappbecher mit Bier in der Hand. Es war unglaublich heiß hier drinnen, und erleichtert stellte sie fest, dass das kalte Getränk ihren Körper etwas abkühlte.

Severin schob sich dicht an sie. »… dir?«

»Wie bitte?«

»Gefällt's dir?«

»Ja.«

Schon nach diesen wenigen Worten wusste Emmi, dass sie hier nach kurzer Zeit ihre Stimme verlieren würde und die Entscheidung, hierherzukommen, anstatt sich gründlich auszukurieren, wohl nicht die beste gewesen war.

»Mir taugt's, weil's eh immer weniger zum Feiern gibt.«

Ihr war nicht entgangen, dass seine Lippen ihr Ohr berührt hatten, und als er sich zu ihr hinunterbeugte, musste sie sich an seiner Schulter festhalten, um nicht nach hinten zu kippen. Der Lärm war derart überwältigend, dass man sich wohl oder übel näherkommen musste. Ob das Severins Absicht gewesen war?

Bald hielten sie beide das zweite Bier in der Hand.

Offenbar kannte hier jeder jeden. Nicht nur dass Severin mehrmals umarmt, geküsst und abgeklatscht wurde, im ganzen Zelt fielen Emmi immer wieder Männer auf, die wie Ringer eng umschlungen durch die Menge torkelten, und Mädchen, die kichernd im Kreis standen. Die Bierbankreihen waren dicht gefüllt, je älter das Publikum, desto grauer und grüner die Tracht. Manche ließen sogar ihre Hüte auf, was Emmi verwunderte, wo das Tragen von Hüten in der Stadt doch nahezu gänzlich aus der Mode gekommen war. Manschettenknöpfe blitzten, dralle Busen drohten aus engen Dekolletés zu quellen, und der Duft nach Kartoffelsalat, Wiener Schnitzel und Semmeln mit Kotelett und Ketchup lag in der Luft.

Moser hatte recht gehabt, denn Emmi fiel mit ihren Jeans tatsächlich nicht weiter auf, was womöglich auch daran lag, dass einige der Waldbadenden von heute Morgen anwesend waren. Sie saßen etwas abseits und wirkten wie Hobbits in einem Meer aus Orks, denn tatsächlich erschienen die Einheimischen größer, dunkler und wilder als die eingeschüchterten Städter, die die Bäume lieber umarmten, als Brennholz aus ihnen zu machen. Die meisten trugen natürlich das trachtige »Kostüm«, wie Emmi es zuvor genannt hatte. Die Männer kurze Lederhosen mit bis an die Knie gezogenen Stutzen und karierte oder weiße Hemden, die Frauen bunte Kleider mit Schürzen, Dirndln eben.

Emmi nippte am dritten Bierbecher innerhalb weniger Minuten und beobachtete, wie Severin sein Getränk in einem Zug hinunterkippte. Sie versuchte, sich an den Weg hierher zu erinnern, denn so wie es aussah, würde ihr Begleiter bald betrunken zusammenklappen. Sie jedenfalls wollte keinesfalls so enden wie das kotzende Mädchen vor dem Zelt und nahm sich vor, nicht allzu lange zu bleiben.

Plötzlich dröhnte eine Stimme an ihr Ohr, begleitet von einer bewusstlos machenden Atemwolkenmischung aus Zigarettenrauch und Bier. »Also du bist die Neue beim Sandberg draußen.«

Ein Arm, so breit und lang wie eine Anakonda, legte sich um ihre Schultern und ließ ihre Knie kurz einknicken. Der Arm reichte so weit um sie herum, dass ihr Kopf in eine Achsel gedrückt wurde und eine Hand, die so dick wie eine Pranke war, auf dem Ansatz ihrer Brust landete.

»He!« Emmi versuchte, sich loszumachen. Schweißgestank stieg ihr in die Nase. Plötzlich schmerzte ihre Brust, und ehe sie registrierte, dass der Kerl sie gerade gekniffen hatte, ließ er abrupt von ihr ab.

Severin stand vor ihnen und funkelte den Mann drohend an. »Schleich dich«, knurrte er.

»Oida …«

»Du sollst dich schleichen, hab ich gesagt!«

Emmi stand daneben und war immer noch fassungslos. Ein Kreis hatte sich um sie gebildet. Der Kerl, der sie gezwickt hatte, war einen Kopf kleiner als Severin, wirkte aber unberechenbar und angriffslustig. Sein Antlitz lief jetzt rot an, und fast hätte Emmi nicht nur eine Zeltfest-Schlägerei erlebt, sie wäre sogar der Grund dafür gewesen. Doch im letzten Moment tauchten drei massige Kerle in Feuerwehruniformen auf, bauten sich zwischen den Streithähnen auf und beendeten die Auseinandersetzung. Severin packte Emmi am Arm und zog sie hinter sich her.

Sie setzten sich etwas abseits auf eine der Bierbänke. Emmi fragte sich, wie es dazu gekommen war, dass sie abermals einen Bierbecher in der Hand hielt, und Severin brüllte ihr eine Entschuldigung ins Ohr.

»Aber du kannst doch nichts dafür.«

»Doch. Ich wollte dich nicht in so eine Lage bringen.«

In den nächsten Minuten – oder waren es Stunden? – beobachteten sie, wie sich zahlreiche Paare die Schwerkraft verachtend über die Tanzfläche drehten. Irgendwann hatten sie sich an die Lautstärke gewöhnt, sie brüllten sich zwar weiterhin an, verstanden einander aber besser. Zwischendurch, wenn die Musik eine Pause machte und sie immer noch so laut schrien, dass es alle hören konnten, kicherten sie, und Emmi fiel auf, dass ihre Stimme dabei unnatürlich hoch klang. Sie mochte das nicht, es ließ sich nach zu vielen Bechern Bier aber nicht mehr ändern. Sie mussten wie zwei frisch Verliebte klingen, und diesen Gedanken fand Emmi noch komischer. Sie und Severin, *nie und nimmer*.

Dass die Stimmung kippte, merkte sie zunächst nicht. Severin rückte näher und ergriff ihre Hand. Es roch jetzt nach Frankfurter Würsteln, und im Hintergrund wurde jemand von der Rettung versorgt, was Emmi angesichts der ausgelassenen Kulisse gar nicht sonderlich aufregte. Sie blickte in Severins Augen, die glasig geworden waren. Er mache sich Sorgen, schrie er in eine Polka hinein. Soweit sie verstehen konnte, hatten ihn der Tod der Frau mit den Kindern und jener des Jägers doch sehr mitgenommen. Dass sie das alles habe mit ansehen müssen, tue ihm leid. Er wisse, wie das sei, wenn man dem Tod ins Auge blicke …

Wie auf ein Zeichen wurde das Licht im Zelt gedämpft, das Gedränge war mittlerweile längst nicht mehr so beängstigend wie am Anfang. Die Menge johlte, ein Bass leitete einen langsamen Takt ein, etwas für Liebespaare. Emmi entspannte sich, jetzt konnten sie einander besser verstehen, doch plötzlich stand sie auf der Tanzfläche, ihr Kopf wurde an Severins verschwitzte Brust gedrückt. Und noch etwas hatte sich geändert: Seine Arme schlangen sich wie dicke Äste um ihren Rücken.

Emmis Gedanken rotierten, und sie versuchte, nüchtern zu werden. Ihr Rücken straffte sich.

»Pst«, machte Severin, »ist schon gut. Alles ist gut, so wie es ist. Entspann dich. Wir lernen uns gerade kennen.«

Jetzt war Emmi auf einen Schlag nüchtern. Es kostete sie eine nicht geringe Kraftanstrengung, den Klammergriff ihres unfreiwilligen Tanzpartners zu lockern.

»Lass mich«, keuchte sie.

»Aber warum?«

»Weil ich … das nicht will.«

Sie bemerkte Severins entrückten Gesichtsausdruck. Er erwachte offenbar nur höchst unfreiwillig aus einem Tagtraum, und plötzlich wurde Emmi bewusst, wie gefährlich die Situation war. Im Zelt befand sich eine Hundertschaft bärenstarker, angetrunkener Kerle, die mit jedem Schluck Bier noch mehr Testosteron zu produzieren schienen. Severin auf der Tanzfläche einfach stehen zu lassen, ihn sogar noch wegzuschubsen, könnte nach hinten losgehen, er würde ihr das wahrscheinlich nicht verzeihen.

»Bitte. Ich will nach Hause. Lass mich.«

Sein Griff lockerte sich nur sehr langsam. Zu langsam.

»Ich sagte, du sollst mich lassen!« Unmittelbar vor Emmis wütendem Ausbruch war das Lied verstummt, die letzten Töne verklangen, und das halbe Zelt musste ihre Worte gehört haben. Einige in der Nähe prusteten los, andere starrten mit offenen Mündern zu ihnen herüber, fasziniert von der Aussicht auf eine Szene.

Sie sah noch Severins zornrotes Gesicht vor sich, als sie das Zelt durch den Seitenausgang verließ und die kalte Nachtluft ihr vor Augen führte, dass sie doch etwas Schlagseite hatte. Und obendrein plötzlich wieder starkes Halsweh und Kopfschmerzen.

Im fahlen Licht der spärlichen Straßenlaternen suchte sie den Weg zurück zu Sandbergs Haus. Auch wenn das Dorf nicht allzu groß war, verirrte sie sich, musste bei einer Sackgasse kehrtmachen und kämpfte dabei auch noch gegen einen hartnäckigen Schluckauf an, der zwischenzeitlich so heftig war, dass sie befürchtete, das halbe Dorf damit zu wecken – zumindest jene Hälfte, die nicht oder nicht mehr beim Zeltfest war.

Sie erreichte ihr neues Zuhause erst nach einer halben Ewigkeit und fingerte in ihrer Hosentasche nach dem Haustürschlüssel. Da nahm sie eine Bewegung unter dem Lichtkegel der Straßenlaterne wahr. Sie fuhr herum und erkannte den Mann sofort.

Lukas Wagner, der Polizist aus dem Wald, hob beschwichtigend seine Arme und zeigte Emmi seine Handflächen. »Bitte, ich wollte Sie nicht erschrecken.«

Wagner machte jedoch einen erschreckenden Eindruck. Sein Haar klebte ihm wie nasses Gras am Schädel, er trug immer noch dieselbe verschmutzte und zerrissene Kleidung wie am Vormittag, und sein Nuscheln verriet, dass auch er bereits einiges an Alkohol intus hatte. Ihr fiel jetzt auch auf, dass er Mühe hatte, sich aufrecht zu halten.

»Ich will nur wissen, was Sie hier machen.«

Er kam über die Straße auf sie zu, und Emmi schätzte die Entfernung zu ihm gerade so groß ein, dass sie es schaffen konnte, aufzusperren, durch die Tür zu huschen und wieder abzusperren. Wenn sie flink war. Sehr flink.

»Wissen Sie, ich frag Sie, weil es mich wundert. Sonst schreiben die Medien ja auch immer über alles. Jede Kleinigkeit, die kein Schwein interessiert, steht in den Zeitungen. Nur darüber, dass im Höllgraben längst Maßnahmen fällig gewesen wären, die so eine Katastrophe verhindern hätten können, habt ihr kein Wort verloren.«

Emmi fiel der Schlüssel aus der Hand. Aus den Augenwinkeln nahm sie wahr, dass Wagner schon das Gartentor erreicht hatte.

»Warum?«, rief er jetzt und öffnete das Tor. »Warum kommen Sie erst jetzt?«

»Diese Frage werden wir heute nicht mehr erörtern«, hörte Emmi plötzlich eine Stimme aus dem Halbdunkel am Rand des Lichtschimmers, den die Laterne warf. »Ich glaub, wir gehen jetzt alle schlafen.«

Severin Moser war plötzlich aufgetaucht und fasste Wagner an der Schulter. Der drehte sich mit rot unterlaufenen Augen zu seinem neuen Gegenüber um. Wagner warf ihr einen kurzen Blick zu, schüttelte Mosers Hand von seiner Schulter und verschwand, ohne ein weiteres Wort zu verlieren, in der Dunkelheit.

Emmi konnte es nicht fassen. Das war das zweite Mal innerhalb weniger Stunden, dass Severin sie aus einer unangenehmen Situation gerettet hatte.

Sie öffnete die Tür, Raul flitzte an ihr vorüber und wedelte hopsend um Severin im Kreis herum.

»Raul, komm jetzt!«, rief Emmi. Sie wollte nur noch ins Haus. »Raul!«

Doch der Hund reagierte nicht.

Severin hob ihn hoch und kam auf Emmi zu. »Hör zu, es tut mir leid, ja? Ich hab mich danebenbenommen. Ich bin zu weit gegangen, das Bier, die Musik … es war zu viel.«

Aus einem ersten Impuls heraus wollte Emmi zornig reagieren, doch das wäre garantiert schwach und weinerlich rübergekommen, und das wollte sie auf gar keinen Fall, also hielt sie den Mund.

Das verunsicherte Severin offenbar noch mehr. Er trat verlegen von einem Bein aufs andere und blickte um sich, als befürchtete er, es könnte ihn jemand beobachten. Hoffte er darauf, dass sie ihn hereinbitten würde?

Sie nahm ihm Raul aus den Armen. »Danke, dass du mir den Typen vom Hals geschafft hast.«

»Wer war das?«

»Ein Polizist.«

»Oh. Dann hab ich mir ja den Richtigen ausgesucht.«

Auch wenn Emmi nicht danach war, huschte ihr ein Lächeln übers Gesicht. »Wir sollten jetzt schlafen gehen. Du. Und ich auch.«

Severin verstand. »Aber vergiss nicht, abzusperren.«

»Natürlich.«

Der Zorn in ihr war fortgewischt. Im Tonfall ihrer eigenen Stimme hatte sie es herausgehört, das Versöhnliche. Das Zugeneigte. Hätte sie ihn doch hereinbitten sollen?

Sie ging ins Haus und sperrte ab.

Als sie in der Küche war, fiel ihr noch etwas ein, und sie lief zurück zur Tür. »Und danke noch einmal für den Abend!«, rief sie in die Dunkelheit hinaus.

Doch Severin war schon weg. Und niemand antwortete ihr.

RAUL

Am nächsten Tag saß Emmi im Auto, noch bevor die Sonne richtig aufgegangen war.

Die Aussicht, Rabenwald hinter sich zu lassen, hatte zunächst ein seltsames Ziehen in der Brust ausgelöst, so als verspürte sie eine Verbundenheit mit diesem Ort, was ihr umso absurder vorkam, als ihr hier doch bislang wenig Schönes widerfahren war. Den Entschluss, zurück in die Stadt zu fahren, hatte sie ganz plötzlich gefasst. Ausschlaggebend war ein Erlebnis mit Raul gewesen.

Sie war aufgestanden, durch das Zwielicht des heranbrechenden Tages getapst und hatte Raul auf der Couch sitzen sehen. Der Hund hatte sie angestarrt. Sie hatte das Gefühl gehabt, dass er zitterte, und tatsächlich hatte er leise gewinselt, als sie ihn in die Arme nahm. Etwas stimmte nicht mit ihm, hatte sie gedacht. War er krank? Lag es an diesem Ort?

Der zweite Gedanke hatte ausgereicht, um Tempo in ihren Tagesbeginn zu bringen. Sie hatte sich gewaschen und angezogen, eine Tasse Kamillentee getrunken und zwei Scheiben Brot dazu gegessen – und nun saß sie im Wagen und fuhr durch den Wald. Ihr Entschluss stand fest: Der Hund musste fort von hier.

Der Wald wich irgendwann breiten Feldern, die Berge im Hintergrund verloren sich im Dunst. Zwei Taschentuchpäckchen später tauchten die gewaltigen Schuhschachteln vor ihr auf, die die Ausläufer von Wien markierten, die Industriehallen und Cargo-Center, die mit aufwendigen Auf- und Abfahrten umgarnten Bauklötze der Einkaufscenter. Die Stadt war nicht mehr weit. Ihr war heiß und kalt zugleich.

Von außen sahen Wiener Gemeindebauwohnungen abstoßend aus. Ihre grauen Fassaden mündeten direkt in Asphaltgehsteige, und ihr abweisender Kasernencharakter machte einen depressiv. Doch die Innenhöfe, um die sie sich wanden, waren meist erstaunlich attraktiv. Auch jetzt, als Emmi den Lärm der Hauptstraße hinter sich ließ, in eine der Öffnungen des Gemeindebaus abzweigte und aus dem Halbdunkel in den Hof kam, war sie überrascht, wie still es hier plötzlich war. Die Verkehrsgeräusche waren in den Hintergrund gerückt, sie glaubte sogar, ihr Herzklopfen zu hören.

Als sie die Wohnung ihrer Mutter betrat, die Schuhe auszog und am Esstisch in der Küche Platz nahm, kam sie lange nicht zu Wort. Ihre Mutter wuselte zwischen den Schränken hin und her, schlichtete Servietten, Teller und Besteck in einen Korb und plapperte unentwegt von einer großen Gartenparty, die sie im Innenhof veranstalten wollten. Eine Party, die mehrere Tage lang dauern würde und die als Gegenpol gegen all das Schlechte gerichtet sei, das sich draußen, hinter den Mauern des Gemeindebaus, befand. Emmi nervten die Stimmungsschwankungen ihrer Mutter. An einem Tag klang sie depressiv, am nächsten hüpfte sie quietschvergnügt durch die Wohnung. Das Schlimme war, dass Emmi beiden Emotionen nicht traute und die Befürchtung hegte, ihre Mutter wolle einfach Aufmerksamkeit.

Die Siedlung, in der sie wohnte, war eine Art Hippiekommune. Die Leute seien alle sehr entspannt, pflegte ihre Mutter immer zu sagen, und sie wolle ihr letztes Lebensdrittel noch einmal so richtig genießen. Spaß haben. Keine Probleme mehr, davon habe sie in ihrem Leben genug gehabt. Emmi wusste, dass sie damit ihren Vater meinte, den sie selbst seit Jahren nur noch sporadisch zu Gesicht bekam. Und sie meinte wohl auch Emmi, ihre Tochter.

»Mama, ich muss mit dir reden.«

Doch ihre Mutter reagierte nicht, sie verschwand in der Vorratskammer und kam Sekunden später mit neuen Utensilien heraus. Sie pfiff jetzt vor sich hin, das Lächeln, mit dem sie Emmi begrüßt hatte, schien auf ihrem Gesicht festgefroren zu sein.

»Mama …«

Plötzlich schnellte ihre Mutter herum und richtete den ausgestreckten Zeigefinger auf sie. »Nein. Wir reden jetzt nicht über dich und deine Probleme.« Ihre Stimme zitterte, und in ihren Augen flackerte kurz so etwas wie Zorn auf. Kurioserweise blieb das Lächeln immer noch an ihrem Gesicht haften. »Ich weiß ganz genau, was du vorhast, Kind. Ich kenne dich. Wenn du so schaust, wenn du die Schultern so hängen lässt, ja wenn du dich überhaupt bei mir blicken lässt, dann geht es bestimmt wieder nur um die Redaktion. Um irgendwelche Geschichten aus der Welt der schlechten Nachrichten. Und von denen hast du in letzter Zeit ja selbst genug geschrieben. Hab ich recht?«

»Mama …«

»Ich sag dir was, ich will keine Nachrichten über eine untergehende Welt mehr sehen. Keine angstmachenden Wetterberichte. Keine Artikel über Kriege oder Terroranschläge lesen. Und von irgendwelchen Seuchen will ich auch nichts mehr hören.«

»Mama, ich …«

»Magst du Kuchen? Ich hab einen Apfelkuchen gebacken. Ist noch ganz warm. Hier, nimm dir ein Stück.«

Sie hat ja recht, dachte Emmi, stand aber dennoch auf. »Nein, danke. Ich muss gehen. Und ich muss Raul hierlassen.«

Das Lächeln noch auf den Lippen, den Mund offen und den Kuchenteller in der Hand, verharrte ihre Mutter mitten in der Bewegung. »Was soll das heißen: *hierlassen*? Bei wem?«

»Na, bei dir natürlich. Er ist ja auch dein Hund.«

»Mein Hund, mein Hund. Du hast ihn doch die ganze Zeit.«

»Ja, weil er mir leidgetan hat. Bei dir kam er ja tagelang nicht aus der Wohnung. Aber er ist noch immer dein Hund, und dort, wo ich jetzt hingehe, ist es zu gefährlich für ihn. Ich muss mich konzentrieren.«

»Aha. Und wie lange musst du dich konzentrieren?«

»Keine Ahnung, Mama. Eine Weile eben. Bitte sei lieb zu ihm. Er ist ein Braver.«

»Ich weiß, dass er ein Braver ist. Er ist ja mein Hund.«

Während ihre Mutter Raul streichelte, verdrehte Emmi die Augen.

Kurz darauf stand sie wieder auf der Straße und schaute nicht mehr zurück. Der Trennungsschmerz war scharf und gemein. Aber eine seltsame Ahnung, die sie freilich nur als lahme Rechtfertigung für ihre Entscheidung, Raul zurückzulassen, abtat, sagte ihr, dass sie dem Hund soeben das Leben gerettet hatte. Der Wald hätte ihn nicht noch einmal laufen lassen. Emmi rieb sich mit beiden Handflächen das Gesicht, bis es ganz rot war. Das half dabei, ihre sonderbaren Gedanken wenigstens für einen Moment zu verdrängen.

IN DER REDAKTION

Laura war am Telefon kurz angebunden. Sie habe zu tun, und außerdem sei momentan »alles nicht so prickelnd«.

»Was meinst du damit?«

»Na, es fängt schon in der U-Bahn an. Alle sind mies drauf. In der Arbeit sowieso. Du bist nicht da. Yvette ist im Burn-out, die ganze Welt –«

»Yvette ist *was*?«

Der Arzt habe es attestiert, erzählte Laura. Yvette befinde sich in Therapie, habe sich zurückgezogen.

Emmi stellte sich vor, wie sie den ganzen Tag vor der Glotze saß und tränenüberströmt alte Filme schaute. Sie nahm sich vor, ihre Freundin bald zu besuchen. Zuerst musste sie jedoch in die Redaktion.

Sani Kovacic erwartete sie schon in ihrem Büro. Die Tür stand offen, und Emmi wurde von einer offensichtlich gut gelaunten Chefredakteurin hereingewunken, was von beiden Sekretärinnen mit steinernen Blicken verfolgt wurde. Die Palastwache mochte es nicht, wenn man sie einfach überging.

»Na, was ist? Bleibst du uns erhalten und kommst zurück, oder versumperst du im steirischen Urwald?«

Emmi ging nicht auf die Frage ein, sondern ließ die Vorfälle noch einmal in kurzen Worten Revue passieren. Sie wusste, dass Sani manchmal von einem Moment auf den anderen das Interesse verlor oder ihr einfiel, dass ein weiterer Termin wartete. Am Ende ihrer Ausführungen heftete sich der Blick ihrer braunen Augen auf Emmi. Sie konnte sich gut vorstellen, dass die Chefredakteurin eine gewisse Anziehungskraft auf Männer ausübte, auch wenn ihr vorgeschobenes Kinn und die Art, wie sie einen ansah, ungemein dominant wirken konnten. Aber viele mochten das ja.

»Gib mir noch ein bisschen Zeit«, sagte Emmi. »Ich hab das Gefühl, dass da etwas vor sich geht. Vielleicht ist das sogar eine noch größere Story als das Unwetter.«

»Eine größere Story als ein Unwetter, bei dem drei Menschen ums Leben gekommen sind?«

Emmi erwiderte Sanis Blick und sagte entschlossen: »Möglicherweise, ja.«

Als sie Sanis Büro verließ, kam ihr Schwarz entgegen, der offenbar ebenfalls gerade auf dem Weg ins Büro der Chefredakteurin war. Sie blieb kurz stehen und grüßte ihn, doch Schwarz hielt den Kopf geradeaus und flog steif an ihr vorüber.

»Mach dir nichts draus«, sagte Sandberg ein paar Minuten später. Sie saßen einander in der Cafeteria im Erdgeschoss gegenüber. »Er hat sich selbst entlarvt und ist demnach nichts anderes als ein eifersüchtiger Kollege.«

Emmi wollte schon erwidern, dass es ihr lieber gewesen wäre, er wäre aus anderen Gründen eifersüchtig gewesen, hielt sich jedoch zurück. Sie wunderte sich darüber, überhaupt solche Gedanken zu haben, so wenig, wie sie für ihn empfand.

»Es geht eben immer ums Gewinnen«, hörte sie Sandberg sagen. »Manchmal auch in der Liebe.«

Sie wechselten das Thema und kamen auf das Haus in Rabenwald zu sprechen.

»Was hat es mit dem Keller auf sich?«

»Ich hab jahrelang viel investiert, um mir und meiner Frau ein Refugium zu bauen, einen Ort, wo wir monatelang ausharren könnten, wenn die Welt einmal aus den Fugen gerät.«

»Und jetzt?«

»Jetzt? Jetzt pflege ich Linda tagein, tagaus. Krebs im Endstadium. Sie leidet. Aber sie ist tapfer.«

Du leidest und bist tapfer, dachte Emmi.

»Deshalb bin ich froh, wenn jemand auf das Haus achtet. Häuser sollten nicht allzu lange leer stehen, weißt du?«

Eine Zeit lang schwiegen sie, bis Sandberg plötzlich den Kopf hob. »Wie sind die Leute zu dir? Die Rabenwalder sind keine einfachen Zeitgenossen.«

Emmis Gesicht hellte sich auf. »Manche sind sehr nett«, sagte sie, und Sandberg schaute ihr so lange lächelnd ins Gesicht, bis Emmi rot wurde. »Alles okay«, sagte sie dann noch und wusste nicht, warum.

Da griff Sandberg nach ihrer Hand und drückte sie. »Das freut mich sehr für dich.«

TAGTRÄUME

Die Herbstsonne strahlte glasklar, keine Wolke weit und breit, und im Rückspiegel verschwand die Stadt am Horizont. Emmi hatte keine Zeit, die Wetterlage genauer in Augenschein zu nehmen, musste beim Fahren geradeaus schauen. Hin und wieder hatte sie das Gefühl, eine Rauchsäule zwischen den Häusern aufsteigen zu sehen. Ob das bereits die Vorboten einer untergehenden Welt waren? Ob sie auch den Innenhof erreicht hatten, in dem ihre Mutter so tat, als wäre alles in Ordnung?

Um eine Panikattacke zu vermeiden, hörte sie einen Podcast, den sie vor langer Zeit heruntergeladen hatte. Nach ein paar Minuten ging ihr das belanglose Plaudern über die Französische Revolution und ihre filmische Aufarbeitung jedoch auf den Geist, und sie drehte das Gerät wieder ab. Eine apokalyptische Stimmung machte sich in ihr breit. Ein Schweigen, das sie anbrüllte. Sie pfiff vor sich hin, ließ es aber ebenso bald wieder bleiben. Das Schweigen kreischte sie nun noch lauter an.

Was, wenn wirklich …?

Ein kurzer Signalton, gefolgt von einem gelb leuchtenden Lämpchen am Armaturenbrett, lenkte sie ab. Das Benzin ging zur Neige. Fast im selben Moment bemerkte sie das Schild einer Tankstelle und blinkte, um die Autobahn zu verlassen. Die leicht abschüssige Abfahrt machte einen langen Bogen, der schon vom Zubringer aus gut einsehbar war. Als sie einen Blick auf diese Rampe warf, konnte sie kaum glauben, was sie sah. Sie ließ den Wagen ausrollen, dachte fieberhaft nach und entschloss sich im letzten Moment, doch auf der Autobahn zu bleiben. Sie riss das Lenkrad herum. Hinter ihr hupte jemand und blinkte wie wild auf, als er sie überholte. Fast im Schritttempo fuhr Emmi auf dem Pannenstreifen weiter und starrte auf die schier endlose Kolonne, die zur Tankstelle führte.

Im Geiste überschlug sie die Entfernung bis Rabenwald und stellte fest, dass sie das niemals schaffen würde. Mit der Tankwarnung im Augenwinkel konnte man jedoch noch gut und gerne fünfzig Kilometer zurücklegen. Wäre sie erst einmal in der Steiermark, würde sich bestimmt eine Gelegenheit ergeben, eine andere Tankstelle aufzusuchen. Bestimmt.

Minuten später ließ sie den Wagen auf dem Pannenstreifen neuerlich ausrollen. Sie stellte den Motor ab und wartete. Während sie das tat, atmete sie ganz bewusst ein und aus. Der Wind fuhr durch die geöffneten Seitenfenster und versuchte, sie mit seinem Singsang einzulullen. Doch der Gesang der Welt war bald kaum noch zu vernehmen, denn hinter ihren Ohren hallte ihr Herzschlag wider.

Es dauerte noch eine Weile, bis die gespenstische Atmosphäre von ihr abließ und sie wieder ruhiger atmete. Alles würde gut werden. Das wurde es doch immer. Sie sehnte sich nach einem Fernsehapparat und einem der Filme, die Yvette immer besänftigten, manchmal sogar zum Lachen brachten. Und sie fragte sich, warum sie ständig solche Panikattacken hatte.

WIE VIEL PECH KANN MAN HABEN?

Keine halbe Stunde später waren die Berge bereits bedrückend nahe gerückt und engten Emmis Blickfeld ein. Die Luft war geradezu bissig kalt. Emmi verschränkte die Arme. Sie hatte aufgehört, mit dem Fuß gegen den Vorderreifen zu treten. Zunächst hatte sie noch versucht, jemanden mit dem Handy zu erreichen, obwohl sie es längst besser hätte wissen müssen. Es gab hier im Bergland so gut wie kein Netz. Was sollte sie also tun? Den Wagen stehen lassen und bis zum Dorf marschieren? Die Sonne hatte sich bereits halb hinter die Bergspitzen gedrängt. Nicht mehr lange und sie würde die Straße im Dunkeln entlanggehen müssen. Wäre es da nicht besser, im Auto zu warten, bis die Nacht vorüber war? Dort könnte sie wenigstens schlafen.

Seit sie vor ein paar Minuten hier gestrandet war, war kein einziger Wagen an ihr vorbeigefahren. Überhaupt hatte es den Anschein, als wäre der Verkehr hier draußen zum Erliegen gekommen. Sie fühlte sich wie auf einer unendlich langen Geraden irgendwo in den kanadischen Wäldern. Wie hatte sie nur so dämlich sein können, die Tankstelle auf der Autobahn einfach links liegen zu lassen? Hier auf der Landesstraße gab es weit und breit keine Tankstelle, das hätte sie wissen müssen. Hätte sie bei ihren Fahrten zuvor doch nur besser achtgegeben.

Sie schaute zum Waldrand hinüber. Anfangs nur beiläufig, mit der Zeit aber immer häufiger. Der Wind fuhr in den Blätterwald und regte die Bäume zum Wispern an, und weil Emmi das Gefühl hatte, dass sie ihr etwas sagen wollten, hörte sie genauer hin. Es klang wie ein flehentliches Bitten. Als würden die Bäume um Hilfe rufen. Die Rufe wurden immer energischer, und die Bitten erinnerten bald an Drohungen. Der Wind schien jetzt sogar die Sonne anzuschieben, die plötzlich zur Gänze hinter einem Bergkamm verschwand und eine fahle Dämmerung zurückließ, die den Wald abrupt näher rücken ließ.

Emmi wollte sich schon ins Auto setzen, als sie ein sich näherndes Motorgeräusch wahrnahm. Auf der Hügelkuppe sah sie ein Auto. Sie winkte vom Straßenrand aus, und tatsächlich: Der Wagen wurde langsamer, blinkte und blieb stehen. Als der Fahrer ausstieg, konnte sie es kaum fassen.

Lukas Wagner erschien ihr hinter dem Steuer noch schmaler und unausgeschlafener als sonst. Dunkle Augenringe, eingefallene Wangen und rissige Lippen zeugten von einer Reihe von schlaflosen Nächten. Im Grunde entsprach er dem Klischee eines Kriminalbeamten. Wahrscheinlich ermittelte er seit Wochen in einem Mordfall, während der Aktenstapel auf seinem Schreibtisch in erschreckende Höhe wuchs. Und jetzt noch dieser Fall in der Einöde, den man ihm offensichtlich auch aufs Auge gedrückt hatte, obwohl es doch klar zu sein schien, dass sich der Jäger selbst umgebracht hatte. Das alles hätte sie eigentlich für ihn einnehmen können. Nach einer Dusche und mit frischem Gewand hätte er sogar ganz attraktiv wirken können. Doch sein frustrierter Charakter und die nachlässige Art, wie er mit sich und seinem Körper umging, machten es ihr schwer, mit ihm klarzukommen.

Er hatte sie wortlos in sein Auto einsteigen lassen und fuhr einsilbig in die Dämmerung. Irgendwann fing er dann doch an zu reden. Das mit ihrem Auto werde sich schon regeln, hier heraußen gebe es etliche Bauern, die genug Benzin gebunkert hätten, um noch ein paarmal zwischen Wien und dem Dorf hin- und herfahren zu können. Die schlechte Stimmung im Land werde sich auch bald wieder legen, sie sei nur einer menschlichen Eigenschaft geschuldet, die seit einigen Jahren immer stärker ausgeprägt sei – der Hysterie. Aber hier draußen gebe es etwas, das das alles ein wenig dämpfe. Den Wald. Der beruhige die Menschen. Man müsse ihn nur hüten. Pflegen.

Emmi war irritiert von dem seltsamen Zeug, das Wagner brabbelte. Um ihn bei Laune zu halten, wollte sie das Gespräch über die Bäume trotzdem fortsetzen.

»Wissen Sie, wie viele Bäume es auf der Erde gibt?«, fragte sie in das Schweigen hinein, das sich schon wieder auszubreiten drohte.

»Keine Ahnung.«

»Ich hab es gegoogelt. Drei Billionen. *Billionen.*«

Wagner schürzte beeindruckt die Lippen. »Eine Menge.«

»Nur einmal angenommen, alle Bäume dieser Welt wären fort. Von einem Moment auf den anderen. Was würde passieren?«

Weil Wagner nicht gleich antwortete, hakte sie nach. »Hm? Was glauben Sie?«

Wagner blickte immer noch starr geradeaus und wirkte hoch konzentriert, so als wären sie mitten im dichten Stadtverkehr. In Wahrheit jedoch war ihr Fahrzeug weit und breit das einzige auf der Straße. »Ich glaube, es würde nur ein paar Wochen dauern, bis wir sterben«, antwortete er. »Wenn es auf der ganzen Welt keine Bäume mehr gäbe, dann würden wir ersticken. Schon ein kleinerer Baum produziert zehntausend Liter Sauerstoff am Tag, damit können zehn Menschen überleben. Sie entnehmen außerdem das Kohlendioxid aus der Luft. Bäume sind Staubfilter, senken die Temperatur, vermindern die Windgeschwindigkeit, und allein in Mitteleuropa ernähren sich fast siebentausend Tierarten von Bäumen. Sie würden aussterben. *Wir* würden aussterben.« Er schnipste mit den Fingern einer Hand. »Einfach so.«

Emmi starrte Wagner eine Zeit lang an. Dann blickten beide wieder geradeaus auf die Straße. Der Wald war einmal mehr ein Stück näher gerückt.

Einfach so, dachte Emmi.

»Aber lassen Sie sich von solchen Gedanken nicht die Laune verderben. Außerdem geht der Tag zur Neige, und mit dem Dämmerlicht kommt die Depression. Sie werden sehen, morgen erscheint alles in einem anderen Licht.«

Emmi tat sich schwer, ein ungläubiges Lächeln zu unterdrücken.

»Was ist? Warum finden Sie das komisch?«

»Weil ausgerechnet *Sie* das sagen. Als ob Sie die gute Laune in Person wären.« Emmi bereute augenblicklich, das gesagt zu haben. Sie fuhren in Serpentinen einen Berg hinauf, links und rechts nichts als tiefster Wald. Die Scheinwerfer bohrten ihre Lichtkegel bereits in unergründliches Schwarz. Wenn er sie jetzt einfach aus dem Wagen warf, würde sie …

Wagners Brustkorb hob und senkte sich. »Wissen Sie was?« Seine Stimme überschlug sich. Speicheltropfen landeten auf dem Armaturenbrett. »Ich erzähle Ihnen jetzt einmal etwas. Eine Geschichte. Eine Story. So wie sie mir erzählt wurde. Und so wie ich sie mir zusammenreime. So wie sie passiert sein *muss.*« Das letzte Worte spie er ihr förmlich entgegen. »Damit Sie mich besser verstehen. Damit Sie meinen Zorn besser einschätzen können.«

Während Wagner seinen Blick wieder auf die nächtliche Straße vor sich richtete, klammerte sich Emmi an den Sicherheitsgurt. Sie wagte nicht, ihn zu unterbrechen.

EVAS SCHICKSAL

Aus Evas Gesicht sprach das Entsetzen. Der kleine Bach vor ihrem Haus war verschwunden. An seiner statt hatte sich ein reißender Fluss über die Wiese und die Hofdurchfahrt ausgebreitet. Das Auto im Carport stand bis zum Kofferraumdeckel im Wasser, die Blumentöpfe waren verschwunden, die Gartenmöbel schwammen an ihr vorüber, in der Scheune krachte es. Offenbar war ein Regal umgefallen. Aber das alles war nicht so furchtbar wie das, was sich anbahnte. Durch die zuckenden Blitze hindurch sah sie eine Wasserwand auf sich zukommen, eine Sturzflut, vielleicht zehn, zwölf Meter hoch. Sie trug Baumstämme mit sich, die senkrecht mit den Wassermassen mitgeschoben wurden.

Eva schätzte die Entfernung bis zur nahen Waldböschung hinterm Haus ab. Das müsste sich ausgehen. In wenigen Schritten müssten sie hoch genug klettern können, um der Flut zu entgehen. Sie zögerte.

Weiter hinten die Straße entlang bemerkte sie jetzt das blinkende blaue Licht eines Feuerwehrwagens. Doch er verschwand wieder, als eine ganze Reihe Bäume umknickte und diese wie Dominosteine auf die Straße stürzten. Eva überlegte keine Sekunde länger, nahm ihre beiden Kinder an den Händen, rannte mit ihnen zurück ins Haus und die Treppe hinauf.

Als sie im Obergeschoss ankamen, krachte die Wasserwand gegen die Fassade. Fenster splitterten. Das Wasser schoss in die Räume. Ein Baumstamm rammte die Außenwand, spießte sie regelrecht auf und drang von Raum zu Raum auf sie zu. Verfehlte sie nur um einen halben Meter.

Eva zog die Leiter zum Dachboden von der Decke. Schob die Kinder hoch. »Los, los, macht schnell!«

Gierig leckte die braune Gischt an ihren Beinen hoch. Eine Eiseskälte packte sie.

Oben angekommen, tastete sich Eva durch die Dunkelheit. Sie öffnete das Dachfenster. Die Wassermassen waren nun so hoch, dass sie ihr Haus, das in einer kleinen Mulde lag, fast zur Gänze überspülten. Und der Pegel stieg noch weiter.

Eva zog die Kinder nacheinander aus der Dachluke. Sie rief verzweifelt um Hilfe und wusste gleichzeitig, wie sinnlos das war. Sie konnte in dem Lärm, der sie umgab, ja kaum ihre eigene

Stimme hören. Sie überlegte fieberhaft: Wenn sie die Kinder vorsichtig über die Dachschräge ins Wasser gleiten ließe und ihnen dann selbst folgte, würden sie von der Strömung direkt zum Waldrand getrieben werden. Und wenn nicht – Eva blickte in die von Blitzen und Scheinwerferlichtern durchwirkte Nacht –, dann würden sie schon irgendwo anlanden können. Irgendwann musste das Wasser ja abfließen. Die Kinder kreischten, und wahrscheinlich brüllte sie auch, denn ihre Lunge schmerzte. Sie beschloss, die beiden doch nicht loszulassen, und sprang mit den Kindern, von denen sie eines links und eines rechts im Arm hielt, ins eiskalte Wasser. Sie würde sie niemals loslassen. Niemals.

Augenblicklich wurden sie vom Haus weggerissen. Verzweifelt wehrte sich Eva gegen die Strudel, die sie hinabziehen wollten. Immer wieder stieß sie im Wasser gegen unsichtbare Gegenstände. Äste peitschten sie. Sie ließ die Kinder nicht los, obwohl eines von beiden nur noch schlaff in ihrem Arm hing. Eine schreckliche Wunde klaffte am Kopf des Buben. Erneut stieß Eva gegen Trümmer. Ein Teil davon musste den Jungen getroffen haben. Sie versuchte, ihn hochzuheben, da entglitt ihr das Mädchen. Eva wimmerte. Konnte weder schreien noch strampeln. Ihre Kräfte verließen sie. Im Hintergrund vernahm sie das Heulen der Sirenen. Sie sausten alle drei die reißende Flut entlang.

Die Bäume in den Wellen wirbelten herum wie Zahnstocher. Ein Ast schrammte ihr übers Gesicht. Sie verlor beinahe die Besinnung. Blinzelte. Holte Luft. Dann überspülte die Sturzflut sie und riss sie und die Kinder mit sich fort.

Eine Minute später waren sie wieder vereint, verwickelt, verkeilt und verwoben mit dem angeschwemmten Geröll. Erschlagen und ertrunken zugleich. Aufgespießt und gefangen in einem Haufen zusammengeschobenen Unrats.

»Erschlagen und ertrunken«, wiederholte Wagner und wischte sich die Tränen aus dem Gesicht. »So muss es gewesen sein. Niemand weiß genau, was passiert ist. Aber so muss es gewesen sein. So stelle ich es mir vor. Tag um Tag, Stunde um Stunde. Pausenlos.«

Sie fuhren schweigend durch den Wald, bis sie Rabenwald erreichten. Als sie vor dem Gasthaus haltmachten, starrte Wagner eine halbe Ewigkeit aufs Lenkrad. Emmi wagte nicht, ihn anzusprechen.

»Ich werde ihre Stimmen nie wieder hören.«

Emmi wusste nicht, was sie sagen konnte, um ihn abzulenken. Sie hatte das unbestimmte Gefühl, in Gefahr zu schweben. Der Mann war am Durchdrehen.

»Warum sagen Sie denn nichts?«

Emmi fuhr erschrocken hoch.

»Ich fasse es nicht. Ihnen ist das alles egal, nicht wahr? Sie sitzen nur da und hören zu, sind in Gedanken wahrscheinlich weit weg.«

Der Mann begann wieder hemmungslos zu heulen.

»Nein, ich ...« Sie tastete nach dem Türgriff.

»Ja, lauf nur davon. Ihr Medien macht es euch leicht. Für die Menschen interessiert ihr euch in Wirklichkeit gar nicht. Euch geht es nur um die Sensation. Um das Drama.«

Er sah sie aus geschwollenen Augen an, und Emmi erschrak, denn sein Gesicht war zu einer verzerrten Fratze geworden. Da fasste sie sich ein Herz, stieß die Tür auf und rannte auf das Gasthaus zu.

Als sie die Pforte erreicht hatte, bemerkte sie, dass Wagner ihr nicht gefolgt war. Er hatte seinen Wagen gestartet und war einfach weitergefahren.

WEIN UND ZIRBENSCHNAPS

»Es tut mir leid. Ich kann nur mehr Flaschenbier ausschenken. Neue Fässer gibt's erst in ein paar Tagen. Lieferprobleme. Ich kann auch keine Kartenzahlung annehmen, schon ausgeschaltet. Aber immerhin bin *ich* da.« Er grinste. »Heutzutage kann ja kaum ein Dorf mehr behaupten, einen echten Wirt zu haben. In den meisten Orten bestehen die Zentren nur noch aus einer Reihe von Automaten, aus denen man Zigaretten, Getränke und ein paar Gläser Gulasch rausdrücken kann.«

Der Wirt wirkte jetzt, im schummrigen Licht des Lokals, sympathischer als bei ihrem ersten Besuch. Und er war offenbar auch weit weniger wortkarg. Emmi war diesmal der einzige Gast und schob ihm einen Fünfziger über den Tresen.

»Einen Wein bitte.«

»Welchen?«

»Egal. Hauptsache, eine ganze Flasche.«

Diese Antwort hatte der Wirt nicht erwartet, und ein unsicheres Lächeln huschte über sein Gesicht. »Welchen?«, wiederholte er.

»Irgendeinen weißen.«

Kurze Zeit später hatte sich der Wirt darum gekümmert, dass ihr Auto abgeholt wurde. Er hatte einen Freund angerufen, der Mechaniker war. Der würde demnächst vorbeikommen, den Autoschlüssel abholen und ihren Wagen abschleppen. Man wisse nie, vielleicht sei es ja nicht das fehlende Benzin, sondern etwas anderes, hatte der Mechaniker gemeint. Er werde ihn sich ansehen.

Emmi zuckte mit den Schultern und überließ dem Wirt den Schlüssel. Danach trank sie. Und erzählte. Von ihrer Begegnung mit den Leichen, von dem seltsamen Kriminalbeamten Wagner, sogar von August und ihrer Mutter. Als sie mit ihrer Tirade fertig war, fühlte sie sich leer und unendlich müde.

»Der geht aufs Haus.« Der Wirt schenkte ihr ein Glas Schnaps ein, der Farbe nach musste es ein Zirbengebräu sein. Nachdem er sich ebenfalls ein Stamperl eingegossen hatte, hob er das Glas und sagte: »Das hilft schneller.« Kurz darauf machte er eine Bemerkung, die in beeindruckender Effizienz zusammenfasste, was Emmi zuletzt erlebt hatte: »Alles scheiße.«

Emmi trank den Zirbenschnaps aus und wischte sich mit dem Handrücken über den Mund wie ein Bauarbeiter. »Ja, Sie sagen es. Alles scheiße.« Aber das Zirberl schmeckte hervorragend.

Wenig später – oder war es bereits *viel* später (wie nach einer Narkose hätte sie nicht sagen können, wie viel Zeit inzwischen vergangen war)? – lag sie auf der Eckbank am Stammtisch. Der Wirt brachte ihr eine Decke und setzte sich zu ihr. Vor ihr auf dem Tisch stand die leere Flasche Wein wie eine Trophäe. Und es war nicht jene, die Emmi zu Beginn des Abends bestellt hatte.

Ihr war schwindelig, der Raum um sie herum drehte sich, das Kerzenlicht flammte einmal auf wie bei einer Feuersbrunst, dann war es wieder so klein wie das Flämmchen eines Streichholzes.

Der Wirt schien unaufhörlich zu reden, ein stetes Brabbeln, das Emmi unweigerlich wegdösen ließ. Er sprach von Josefa Linden, der Frau des Jägers, der sich im Wald erhängt hatte. Sie tue ihm leid, hocke daheim im Rollstuhl, und keiner kümmere sich um sie. Auch wenn sie im Dorf als Schreckschraube verschrien sei, das wünsche man dann doch niemandem. Was für eine traurige Geschichte, dachte Emmi noch.

Sie war schon im Halbschlaf, als sie etwas murmelte.

»Wie?«, fragte der Wirt. Es war ihm jetzt deutlich anzusehen, dass er selbst schon etwas Schlagseite hatte. »Was hast du gesagt?«

»Es ist so weit. Die Welt geht unter«, wiederholte Emmi. Und dann dämmerte sie in einen unruhigen Schlaf.

NEUE KRÄFTE

Sie erwachte von den Toten. So fühlte es sich jedenfalls an. Sie war aus einer unendlichen Schwärze wiedergekehrt. Erst nach und nach flackerten die ersten Erinnerungen auf: der Zirbenschnaps, der Wirt, die Theke, die Stammtisch-Bank. Das Licht stach ihr durch die Lider, und es dauerte eine Weile, bis sie es schaffte, sie zu öffnen. Die Morgensonne brach durchs Fenster, und mit den ersten Sonnenstrahlen des neuen Tages preschten die Kopfschmerzen über sie herein wie eine Herde durchgegangener Pferde. Pferde. Hunde. Raul. Verdammt, sie war schon wieder den Tränen nahe. Der Hund fehlte ihr. Als sie versuchte, aufzustehen, merkte sie, dass nicht nur ihr Kopf schmerzte, sondern auch die Schultern.

»Trink das«, hörte sie eine Stimme ganz in der Nähe.

Als sie sich blinzelnd aufrichtete, sah sie den Wirt vor sich sitzen. Er machte ein besorgtes Gesicht. »Hab selten ein junges Mensch gesehen, das so viel saufen kann.«

Mensch? Ihr Gesicht musste Fragezeichen genug sein.

»So nennen wir Frauen hier bei uns. Ihr aus der Stadt verstehts wirklich nicht viel.«

Emmi hatte im Augenblick keine Lust auf Sprachunterricht und reagierte nicht darauf.

Er schenkte wie gestern zwei Gläser Zirbenschnaps ein und trank sein Glas aus, ohne ihr zuzuprosten. »Hab noch Vitamintabletten gefunden. Die bringen dich wieder auf Trab. Hast Hunger? Du musst was essen. Wurst, Käse? Hab auch selbst gemachte Marmelade.«

Emmi konnte sich nicht erinnern, eine Antwort gegeben zu haben, ihr Zeitgefühl war wohl noch nicht ganz wiederhergestellt, aber wenige Augenblicke später stand ein Teller vor ihr, angefüllt wie bei einem gierigen Hotelgast am Frühstücksbüfett. Wurstblätter hingen über den Tellerrand und streiften den Tisch, auf ihnen türmten sich Paprikaringe und Tomatenstücke, daneben lagen eingerollte Käsescheiben. Liptauer, Kürbisaufstrich und Marmelade in winzigen Schalen sowie ein Brotkorb, der für zwei hungrige Forstarbeiter gereicht hätte, ergänzten das Angebot.

Sie habe keinen Hunger, klärte sie den Wirt auf. Minuten

später hatte sie dennoch den halben Teller leer gegessen. Aus einer Tasse duftete Kaffee, den der Wirt, wie er erzählte, mit einer Espressomaschine auf der Herdplatte zubereitet habe, dazu gab es einen Krug Orangensaft, den sie ebenfalls bald ausgetrunken hatte. Erst danach, nach einer halben Ewigkeit, schaute sie den Wirt an und bedankte sich. Sie war wieder zu Kräften gekommen, und auch wenn die Fassungslosigkeit der letzten Nacht sie immer noch im Klammergriff hielt, hatte sich mit dem neuen Tag eine wilde Entschlossenheit bei Emmi eingestellt. Sie würde sich nicht unterkriegen lassen, nicht von Leichen, nicht von der Erwartungshaltung der Redaktion, nicht von heulenden Polizisten und schon gar nicht von fremden Kerlen in weißen Overalls.

Als sie das Essen bezahlen wollte, lehnte der Wirt ab. Sie solle gehen, am besten weit weg, und diesen Ort und all seine Gespenster hinter sich lassen. *Gespenster.*

Emmi war nun hellwach. Sie nahm ihren Rucksack an sich und stand auf. Als sie schon an der Tür war, hörte sie den Wirt noch »Gott schütze dich!« rufen. Ein Wunsch, der ihr seltsam anachronistisch vorkam. Gott war keine Größe in ihrer Welt. Aber gut, sie war hier nicht in ihrer Welt. Und als sie sich draußen vor dem Wirtshaus befand, blickte sie wie so oft in den letzten Tagen verwundert über die Straße. Keine Menschenseele weit und breit. Als ob sie sich alle im Wald verkrochen hätten, um dort an einer geheimen Kultstätte geschnitzten Fratzen zu huldigen.

Emmi schlug die Richtung ein, die sie zu dem Haus führen würde, das der Wirt ihr zuvor beschrieben hatte. Dem Haus, in dem eine Frau, um die sich niemand kümmerte, in einem Rollstuhl saß.

5
FIEBER

DIE HEXE

Das Haus befand sich etwas abseits des Dorfes, dort, wo das Tal breiter wurde und fußballfeldgroße Weideflächen offenbarte. Es lag in der Mitte einer solchen Weide, umgeben von niederen Büschen und einem Wildzaun, und sah aus wie die einsame Hütte eines Großgrundbesitzers, der zwar gewaltig viel Land, aber kaum ein Dach über dem Kopf hatte. Als Emmi die Gassen des Dorfes verlassen hatte und auf das Gebäude zuging, spürte sie den Blick aus dem Haus schon von Weitem. Je näher sie ihm kam, desto mulmiger wurde ihr, als würde von diesem Gemäuer etwas Böses ausgehen. Aber da konnte doch nichts Böses sein. Es sei denn, sie wurde von einer im Rollstuhl vermodernden Leiche überrascht, was ja durchaus möglich war, wenn sich, wie der Wirt erzählt hatte, wirklich niemand um die Frau sorgte.

Emmi schlug sich auf die Wange, um diese Gedanken zu vertreiben. Der Rucksack klatschte im Takt ihrer Schritte auf den Rücken, und sie merkte, dass sie unter dem Haaransatz zu schwitzen begonnen hatte. Dennoch blieb ihr Schritt energisch, und sie bildete sich einmal mehr ein, dass sie zu neuen Kräften gekommen war.

Der Weg zum Haus machte eine kleine Schleife und führte die letzten Meter geradeaus auf die Eingangstür zu. Die Tür stand offen, und tatsächlich wurde Emmi von einer Frau im Rollstuhl erwartet.

Sie war ganz in Schwarz gekleidet und hatte ein Gesicht, dessen Haut im Nacken mit einer Klammer gespannt zu sein schien. Auch die Haare waren streng zurückgebunden. Die knochigen Finger lagen auf den Rädern des Rollstuhls. Auf ihrem Schoß ruhte eine Flinte.

»Stopp!«, schrie die Alte plötzlich. »Keinen Schritt weiter, oder ich schieße dich über den Haufen.« Mit diesen Worten packte sie das Gewehr und zielte auf Emmi.

Die hielt verblüfft inne. Die Art und Weise, wie die Frau nach der Waffe gegriffen und sie auf sie gerichtet hatte, sah so geschmeidig aus, dass es sich hier zweifellos um eine geübte Schützin handelte. Instinktiv hob Emmi die Arme. Auf keinen Fall wollte sie Josefa Linden zu einer fatalen Bewegung ihres rechten Zeigefingers provozieren. Josefa Linden, diesen Namen hatte ihr der Wirt genannt.

»Bitte!«, rief Emmi. »Nehmen Sie die Waffe runter. Sie machen mir Angst.«

»Du stehst auf meinem Grund und Boden. Wer muss da Angst haben, Schätzchen?«

Emmi registrierte, dass sie sich innerhalb des Zauns befand, der rund um das Grundstück führte. Wahrscheinlich würden alle Gerichte der Welt Josefa Linden freisprechen, denn sie war allein und im Rollstuhl schutzlos einer Fremden ausgeliefert. Einer Fremden, die, wie Emmi jetzt auch wieder einfiel, mit einem Pfefferspray in der Seitentasche des Rucksacks bewaffnet war. Sie könnte sich zur Seite rollen, das Spray ziehen und die Alte vom Stuhl sprühen. Emmi hätte sich am liebsten eine Ohrfeige verpasst, weil sie sich in letzter Zeit immer häufiger in solch absurde Gedankengänge verstrickte.

»Ich bin hier, weil ich das Gefühl habe, dass mit diesem Ort etwas nicht stimmt.«

»Hä? Was kümmert mich das? Ich kenne dich nicht. Mach, dass du hier wegkommst.«

»Und ich bin hier, weil ich finde, dass der Tod Ihres Mannes seltsam vonstattenging.«

Das Gewehr in den Armen der Frau schwankte leicht.

»Bitte, nehmen Sie die Waffe runter. Sie machen mir wirklich Angst mit dem Ding.« Emmi schaute direkt in den Lauf des Gewehrs. »Ich glaube, dass mit dem Wald etwas passiert und Ihr Mann deshalb sterben musste.« Eine Schweißperle rollte Emmi über die Stirn, kollerte über den Nasenrücken und tropfte von ihrer Nasenspitze zu Boden.

Endlich senkte sich die Flinte. Josefa Linden legte sie wieder in ihren Schoß, drehte den Rollstuhl herum und verschwand in der Dunkelheit des Hauses. Unschlüssig stand Emmi da und wartete.

»Na, brauchst du eine Extraeinladung, oder was? Komm endlich herein«, hörte sie die Stimme der Frau aus dem Inneren des Hauses, und Emmis Angst vor dem Bösen darin kehrte zurück. Es vergingen ein paar Sekunden, bis sie den Mut aufbrachte, einen Schritt vor den anderen zu setzen und in die Schwärze hinter der Tür einzutauchen.

Die Schwelle war ein abgewetzter Balken, der speckig glänzte und von Tausenden Schritten in den letzten Jahrzehnten, vielleicht sogar Jahrhunderten zeugte. Sie musste sich ducken, so niedrig war die Tür. Mit dem nächsten Schritt stand sie auf den unebenen Dielen eines Vorraums, der nur von einem Rechteck am Ende des Ganges Licht erhielt. Das Rechteck bildete die Tür in ein weiteres Zimmer.

»Schließ die Tür hinter dir und beeil dich, bevor ich es mir anders überlege und dich doch noch erschieße. Wie lange soll ich noch auf dich warten?«

Emmi erschrak. Die Stimme klang im Haus noch eine Spur härter und erbarmungsloser, und als ob von ihr eine hypnotische Aura ausginge, rührte sie sich folgsam und tastete sich auf das helle Rechteck zu. Erst jetzt bemerkte sie, dass sich das Licht dahinter bewegte, und nun vernahm sie auch das Knistern der Flammen eines offenen Kamins.

Als sie im Türrahmen stand, blickte sie in eine gemütliche Stube, die, ähnlich wie in Sandbergs Hütte, von einer mit Polstern und Decken versehenen Holzbank umrandet war. Augenblicklich fühlte sich Emmi müde und hätte sich am liebsten auf die Bank gelegt.

»Was ist mit dir? Geh hinein.«

Emmi schrie auf und machte einen Satz nach vorn. Josefa Linden war direkt hinter ihr aus der Finsternis aufgetaucht. Als Emmi sich umdrehte, sah sie, wie sich der Rollstuhl aus der Dunkelheit schälte, die Schwärze schien vor dem blassen Gesicht der Frau regelrecht zurückzuweichen. Langsam rollte Josefa Linden näher, und Emmi war in diesem Moment sicher, dass sie einer leibhaftigen Hexe gegenüberstand.

»Jetzt setz dich schon und sprich endlich«, schnarrte die Alte. »Denn glaub mir, viel Zeit bleibt uns nicht mehr.«

JOSEFAS RAT

Als Emmi geendet hatte, konnte sie die Tränen nicht mehr stoppen. Sie nahm das Taschentuch entgegen, das ihr die Alte reichte, schnäuzte sich, doch immer wieder flossen neue Tränenbäche. Die Bilder der Ereignisse, mit denen sie in letzter Zeit konfrontiert worden war, drängten sich ihr immer wieder aufs Neue auf.

So lange, bis die Frau im Rollstuhl mit der flachen Hand auf den Tisch schlug.

»Jetzt hör schon auf damit, das bringt niemandem etwas und am allerwenigstens denen, die von uns gegangen sind.«

»Es ... tut mir leid«, stotterte Emmi und kam sich plötzlich schrecklich hysterisch vor. »Es tut mir leid. Sie hätten doch viel eher Grund, die Nerven zu verlieren, schließlich ist ja Ihr Mann gestorben.«

Josefa Lindens Lippen bebten, zugleich bekam ihr Gesicht einen harten, unerbittlichen Zug. Mit einem unwilligen Geräusch wischte sie durch die Luft, als wollte sie ihre Emotionen vertreiben. »Papperlapapp«, sagte sie und räusperte sich sogleich, da ihre Stimme brach. »Papperlapapp«, wiederholte sie nun kräftiger, »vergangen ist vergangen. Was soll's? Was bringt es uns, uns mit dem Schmerz der Vergangenheit aufzuhalten? Was zählt, ist die Zukunft, und die ist für meinesgleichen kurz genug. Für deinesgleichen übrigens auch.«

Emmi brauchte einige Zeit, um sich zu beruhigen, was ihr aufgrund der sonderbaren Bemerkung der Alten etwas leichterfiel. Was meinte sie damit? Wie konnte sie nur so hart zu sich sein? Machte ihr der Tod ihres Mannes denn gar nichts aus? Doch anstatt sie zu fragen, runzelte Emmi nur die Stirn. Das würde sich schon aufklären, jetzt wollte sie mit ihrer Recherche weiterkommen. Sie wollte wissen, was die Polizei von alldem hielt.

»Welche Polizei? Hier war niemand von der Polizei.«

Erstaunt hob Emmi den Kopf und blickte der Alten ins Gesicht. Zwei stechende schwarze Punkte musterten sie unter zusammengezogenen Brauen.

»Aber nach dem Tod Ihres Mannes muss doch jemand hier gewesen sein. Die Polizei macht das doch immer, zu den Angehörigen gehen, meine ich …«

»Hier war nur dieser Dorftrottel, das Mädchen für alles und alle, der Severin.«

»Sie meinen Severin Moser?«

»Ja, wen denn sonst, sapperlot! Gibt ja keinen anderen mit diesem Namen weit und breit. Der Severin hat mir das von meinem Dieter berichtet. Sonst traut sich eh keiner her. Seitdem seine Frau und das Kind gestorben sind, ist dem alles wurscht. Der hat nicht einmal vor mir Angst.«

Emmi war bestürzt. Severin hatte Frau und Kind verloren? Sie versuchte jedoch, ihre Gedanken wieder auf Frau Linden zu fokussieren.

Dass sich sonst keiner ins Haus der alten Linden wagte, konnte Emmi gut verstehen. Freiwillig ging bestimmt niemand hier herauf. Obwohl …

»Aber da *muss* doch die Polizei kommen und wenigstens die Standardfragen stellen, ob Ihr Mann Probleme gehabt hat oder Feinde oder ob er sich in letzter Zeit anders als sonst verhalten hat. Das ist doch in solchen Fällen üblich.« Ihre Gedanken schweiften abermals ab und streiften Lukas Wagner, den Polizisten, den sie an dem Tag im Wald getroffen hatte. Sie konnte sich nicht vorstellen, dass er nicht sofort die Frau des Toten aufgesucht hatte, um sie zu informieren und ihr seine Hilfe anzubieten.

»… Mächte im Spiel …«

Emmi schrak hoch. »Wie bitte?«

Die Alte schlug wieder mit der flachen Hand auf den Tisch. »Sakrament, hör mir zu, wenn ich mit dir red! Ich sagte, da sind ganz andere Mächte im Spiel. Mächte, denen mein Dieter auf der Spur war. Ich habe ihn immer gewarnt. Ich habe ihm gesagt, lass die Finger davon. Kümmere dich um die Viecher und lass die Menschen. Vor allem die Fremden. Aber er wollte ja nicht auf mich hören, faselte immer irgendwas von Leuten, die durch den Wald schweiften. Und eines Tages ist er dann sogar mit Baumproben zurückgekommen. Er hat felsenfest behauptet, dass die Fremden den Bäumen etwas antun, deshalb hat er Proben von Rinden entnommen und sie in ein Labor in der Stadt geschickt.«

»Nach Wien?«

»Ja, in die große Stadt halt. Dieter war außer sich, er war immer mehr von der Vorstellung besessen, dass es den Bäumen nicht gut geht und dass die Fremden etwas damit zu tun hätten. Weißt, Schätzchen, wir mögen hier heraußen nämlich keine Fremden.«

Ach, was du nicht sagst. Emmi biss sich auf die Lippen und wartete so lange schweigend, bis die Alte von selbst weitersprach.

»Dieter war deshalb sogar beim Bürgermeister. Er hat ihm alles erzählt.«

Josefa Linden holte ein Stofftaschentuch aus den Tiefen ihres schwarzen Rocks und schnäuzte sich lautstark. Danach steckte sie das Tuch wieder zurück, zog aber noch einmal geräuschvoll Rotz durch die Nase.

»Ja, mein Mann ist richtig wütend geworden, weil der Bürgermeister nichts unternommen hat. Der wollte alles unter den Tisch kehren, so tun, als ob nichts wär. Er hat dem Dieter sogar gedroht, er werde ihm die Lizenz entziehen lassen und so einen Blödsinn. Aber ich habe ja schon vorher gewusst, dass der Fladischer zu nichts gut ist außer für die Fotografen von der Rundschau. Vor denen baut er sich auf wie ein Baumhaus, aber sonst ist er zu nichts nutze. Ich weiß noch, wie fassungslos mein Dieter war, weil der schnauzbärtige Widerling nichts in die Wege geleitet hat. Weißt du, der Fladischer war schon früher so. Er hat sich nie um die Anliegen der Leute geschert, geschweige denn um die unserer Region. Er hat sich stattdessen jahrelang in der Partei angebiedert, alle eingelullt und um den Finger gewickelt. Vor den Wahlen hat er eine Schlammschlacht veranstaltet, seinen Gegner zu einer lächerlichen Figur abgestempelt, bis der aufgegeben und später sogar frustriert den Ort verlassen hat. So wurde der Fladischer dann Bürgermeister, und seither muss er sich mit irgend so einem Zeug am Sessel festgeklebt haben, denn von dem kriegt ihn seit Jahren keiner mehr weg.«

Emmi massierte ihre Hände und hatte zunehmend das Gefühl, das Weite suchen zu müssen. Josefa Linden redete sich immer mehr in Rage, und Emmi traute der Alten trotz ihres Handicaps zu, dass sie mit einem Mal über sie herfallen würde, um ihr die Augen auszukratzen.

Plötzlich kam ihr ein Gedanke, der sie erschütterte. Erst jetzt erfasste sie, was Josefa Linden ihr da gerade erzählt hatte. »Aber das würde ja heißen, dass der Bürgermeister das alles weiß. Das mit den Bäumen und den seltsamen Männern im Wald.«

Die Frau starrte sie mit hartem Gesichtsausdruck an, als wollte sie ihr sagen: Du dumme Kuh, merkst du etwa erst jetzt, dass hier etwas faul ist?

Emmi erhob sich mit weichen Knien. Sie musste hier raus.

»Wo willst du hin?«

»Ich … ich muss gehen.«

»Du gehst nirgendwohin.«

Emmi erstarrte. Jetzt war es also so weit. Sie rechnete damit, jeden Moment von Josefa Linden angefallen zu werden. Vielleicht war der Rollstuhl nur eine perfide Tarnung und die Behinderung nichts als ein Vorwand. Josefa Lindens Beine kamen ihr mit einem Mal auch nicht entstellt oder vom Muskelschwund dünn und gebrechlich vor. Emmi ballte die Fäuste. Sie würde sich zur Wehr setzen.

»Du musst etwas essen.«

»Nein, ich …« Warum wollte alle Welt plötzlich, dass sie etwas aß, wo sie im Dorf doch angeblich keine Fremden mochten und sie am liebsten zum Teufel schickten?

»Sehe ich so aus, als würde ich Widerspruch dulden?«

Die nächsten zehn Minuten verbrachte Emmi staunend. Sie hatte seit ihrer Kindheit niemanden mehr erlebt, der einen Herd mit Holz heizte. Damals, im Haus ihrer Großeltern in der Südsteiermark, fast schon in Slowenien, da hatte es zu Pfingsten nach Poganzen geduftet, einer Mehlspeise aus Germteig, Topfen und Grieß. Im Ofen hatte das Holz geknistert. Dazu hatte es für sie Tee mit Kräutern aus dem Garten gegeben, und die Großeltern hatten einander dreijährigen Grauburgunder von ihrem Lieblingsweinbauern eingeschenkt.

Oma und Opa lebten schon lange nicht mehr. Das Haus gab es auch nicht mehr. Und auch Poganzen hatte sie seit damals keine mehr gegessen. Den Wein allerdings – mittlerweile hatten andere Leute den Hof übernommen – würde sie sich demnächst wieder genehmigen, so viel stand fest …

Mit geschickten Handgriffen machte die Alte nun Feuer, stellte eine Pfanne auf die Herdplatte und deckte den Tisch. »Es gibt nicht viel, aber die Suppe wird dir guttun. Du schaust aus, als könntest du eine warme Mahlzeit brauchen. Und wer weiß, in dieser Welt könnte es durchaus passieren, dass das zu einer Besonderheit wird, die man nicht alle Tage bekommt.«

Während die Suppe langsam heiß wurde, murmelte die Alte weiter, und es klang fast so, als spräche sie mit sich selbst. »Die Welt bricht auseinander. Ich seh das schon lang. Der Wind bringt gelben Sand, die Wolken ziehen viel zu schnell, die Vögel schreien wie am Spieß, das Wild schreckt unaufhörlich, und im Garten laufen Füchse und Dachse im Kreis, als wüssten sie nicht, ob sie Jäger oder Gejagte sind. Aber viel beunruhigender ist, was aus den Menschen wird. Hast nicht gemerkt, wie sie immer eigensinniger werden? Angefangen hat es damit, dass kaum einer mehr eine feste Bindung eingehen wollte. Heiraten, das war den meisten zu langfristig. Dann wollten sie nicht mehr arbeiten. Und als Rechtfertigung hörte man immer öfter: ›Ich bin, wie ich bin.‹ Oder: ›Man muss mich akzeptieren, wie ich bin.‹ Oder: ›Ich kann tun und lassen, was ich will.‹ Na, fällt dir auf, welches Wort am häufigsten vorkommt? Ich, ich, ich …« Diesmal knallte die flache Hand der Alten auf die Anrichte neben der Herdplatte, sodass der Deckel der nun schon kochenden Suppe schepperte.

Emmi schluckte.

Josefa Linden ließ sich nicht helfen, schob Teller auf den Tisch, dann folgten die Löffel und schließlich das dampfende Suppengebräu.

»Alles und jeder ist rücksichtsloser geworden, und ich sag dir auch, warum. Weil wir ein großer Organismus sind, so wie der Wald. Und auch wenn wir das als Individuen nicht verstehen können, so stumm und dämlich wie einzeln stehende Bäume sind, weiß der Organismus als Ganzes längst, was passiert. Er weiß, dass er untergeht. Und im Untergang rafft jeder noch einmal alles an sich, was er zu fassen kriegen kann. Wirst schon sehen, heute sind es die Nachbarn, denen wir ein Hackl ins Kreuz hauen, morgen die eigenen Kinder ...«

Emmi starrte mit klopfendem Herzen auf ihren Teller. Es gab Rindsuppe mit Nudeln, und obwohl sie zuvor ausgiebig gefrühstückt hatte, ließ ihr allein der Duft das Wasser im Mund zusammenlaufen. Sie musste an sich halten, um nicht in gieriges Schlürfen zu verfallen.

»Das, was du hier erlebt hast, tut mir leid«, sagte die Alte plötzlich fast mitfühlend. »So ein junges Ding wie du sollte solche Sachen nicht sehen. So viel Tod.« Nach einem schweigsamen Moment fuhr die Alte fort: »Du solltest weg von hier.«

»Ich bin Reporterin. Ich kann nicht einfach weggehen.«

»Soso, *Reporterin*.« Josefa Linden spie das Wort fast aus. »Und du glaubst, ein Artikel in einem Schmierblatt wird die Probleme lösen?«

»Das weiß ich nicht. Aber vielleicht kann er helfen, den Tod Ihres Mannes aufzuklären.«

Die Alte spannte die Lippen. »Sind dir denn die Zeichen nicht genug?«

»Was für Zeichen?«

Josefa Linden schnalzte so energisch mit der Zunge, dass ihre Spucke in Emmis Suppenteller landete. »Na, das, was ich vorhin gesagt hab. Dass etwas nicht in Ordnung ist. Mit dem

Wald. Und mit den Leuten. Schau, dass du weiterkommst. Die Menschen hier sind alle falsch.«

Sie schlürfte jetzt selbst, und Emmi spürte eine eigentümliche Vertrautheit zwischen ihnen. Als ob sie beide durch einen seltsamen Schicksalsstrang miteinander verbunden wären. Merkwürdig war das schon, das musste sie zugeben. Vor ein paar Minuten hatte sie noch damit gerechnet, dass die Alte über sie herfallen würde, jetzt fühlte sie sich plötzlich auf geheimnisvolle Weise zu ihr hingezogen.

»Dieses Dorf ist anders. Hier ist ein Fremder nicht nur nicht willkommen, hier ist er in Gefahr. Ich würde mich an deiner Stelle auf niemanden verlassen. Mir ging es anfangs genauso. Ich habe gedacht, ich könnte den Menschen hier vertrauen. Vor allem vom Severin bin ich enttäuscht.«

»Severin Moser? Warum denn?«

Die Alte wischte sich mit dem Handrücken über den Mund, was signalisierte, dass sie mit dem Essen fertig war. Sie griff nach Emmis Teller, aus dem diese gerade mit dem Löffel etwas Suppe schöpfte, und zog ihn von ihr weg, obwohl er noch halb voll war.

»Es ist genug jetzt«, murmelte die Alte.

Verblüfft stellte Emmi fest, dass sie wieder in ihre unberechenbare grimmige Laune von vorhin verfallen war. Emmis Alarmglocken schrillten, dennoch fragte sie nach. »Was ist mit Severin Moser?«

»Na, was wohl? Er ist wie alle anderen, dieser Haderlump. Mein Mann hat ihm vertraut. Er hat ihm alles erzählt. Dass die Bäume zerbröseln, dass der Wald krank ist. Er hat gedacht, Moser sei sein Freund. Aber er hat nur gelacht und ihm auf die Schulter geklopft und gemeint, er sehe schon Gespenster. Das viele Waldgehen mache ihn verrückt. Verrückt. Ja, das hat er gesagt. Mein Mann sei verrückt.«

»Die Bäume zerbröseln?« Emmi war verwirrt. Die Alte sprach von Dingen, die Emmi trotz der merkwürdigen Erlebnisse der letzten Tage nicht einordnen konnte.

Plötzlich drehte die Alte den Rollstuhl um und raste auf

Emmi zu, die erschrocken hochsprang. »Was hast du mit dem Moser zu schaffen? Steckst du Schlampe etwa mit ihm unter einer Decke?«

»Um Gottes willen, was ist mit Ihnen? Nein, ich stecke mit niemandem unter einer Decke.«

»Raus hier!«, brüllte Josefa Linden.

»Aber –«

»Verschwinde, sonst …!«

Suchend tastete der Blick der Alten durchs Zimmer, und Emmi wusste genau, was das zu bedeuten hatte. Sie überlegte fieberhaft, wo sie das Gewehr abgestellt hatte.

Emmi drehte auf dem Absatz um und eilte zur Tür. Sie wollte sie öffnen, doch sie war versperrt. Emmi riss daran, aber erfolglos. Eine Panikwelle rollte über sie hinweg. Da vernahm sie das schmatzende Geräusch der Rollstuhlreifen hinter sich. Die Alte kam aus der Küche in die Finsternis des Vorraums. Sie grinste dämonisch. Auf ihrem Schoß lag die Waffe, eine Büchse mit Zielfernrohr und Schalldämpfer. Niemand würde merken, wenn hier Schüsse fielen.

»Gehen die verschlossenen Türen bei euch in der Stadt von allein auf?«

Emmi hob die Hände schützend vor ihren Bauch. »Bitte … lassen Sie mich gehen.«

Im Gesicht der Alten war nichts als kalte Gleichgültigkeit auszumachen. »Nur wenn du deinen widerlichen Rucksack mitnimmst.«

Emmi blickte in die Küche. Sie würde ganz nah an der Alten vorbeimüssen.

»Nun geh schon!«, brüllte Josefa Linden.

Zitternd bewegte Emmi sich auf den Rollstuhl zu, zwängte sich daran vorbei und lief in die Küche. Als sie wieder im Flur war, stand die Eingangstür offen. Ein letztes Mal blickte sie auf, und da war wieder dieser versöhnliche Blick, der Josefa Linden wie eine freundliche ältere Dame erscheinen ließ, der man keinen Wunsch abschlagen konnte.

»Schätzchen«, sagte sie, »wenn du etwas tun willst, dann fahr wenigstens in den nächsten Ort, denn du machst mir nicht den Eindruck, als würdest du in die Stadt zurückkehren wollen. Bring dich also wenigstens nicht in Gefahr, und wenn du Glück hast, lese ich demnächst nichts von dir in der Zeitung.«

»So schnell wird der Artikel nicht erscheinen.«

Ein Schatten glitt über Josefa Lindens Gesicht. »Ich meinte deine Todesanzeige.«

DER BRIEF

Kurz darauf stand Emmi am Waldrand und starrte auf die Bäume, die sie zu mustern schienen wie ein Rudel wilder Tiere. Es knisterte und wisperte, doch sie atmete tief ein und aus und war Sekunden später im Dickicht verschwunden.

Diesmal gab es keinen Hund, der an der Leine zog, trotzdem hatte sie das Gefühl, als zöge etwas an ihr. Als lockte sie eine unbestimmte Macht immer tiefer in den Wald hinein. Um die Stelle, an der Dieter Linden am Baum gebaumelt war, machte sie einen großen Bogen. Ansonsten schien sie nur wenige Möglichkeiten zu haben, sich den Weg, den sie einschlug, selbst auszusuchen. Sie fröstelte, obwohl ihr bald die Schweißperlen auf der Stirn standen, und erst als es fast schon zu spät war, erkannte sie, dass sie die ganze Zeit über unbewusst einem Geräusch gefolgt war. Dem Geräusch menschlicher Stimmen.

Sie ließ sich zu Boden gleiten und lauschte. Als sie den Kopf hob und zwischen den zarten Bäumchen eines Jungwalds aus Buchen hindurchspähte, sah sie die weißen Overalls. Aus einem plötzlichen Impuls heraus beschloss Emmi, nicht lockerzulassen und sie zu verfolgen.

Die Fremden durchkämmten den Wald nach einem bestimmten System. Ganz vorne gingen zwei Männer, die Tablets in der Hand hielten, deren sonores Piepsen wie eine Art Wegweiser funktionierte. Sobald das Piepgeräusch energischer wurde, blieben sie stehen. Ein weiterer Plastikmann eilte herbei und markierte die Stelle mit einer Kombination aus Zahlen und Buchstaben, die er von dem Gerät ablas. Die letzte Gruppe schien die betroffenen Bäume zu impfen. Mit großen Kanülen in den Händen hockten sie auf dem Boden und injizierten den Wurzeln der Baumriesen eine Flüssigkeit.

Emmi machte Fotos davon, kroch der Gruppe hinterher und war darauf bedacht, dabei keine Geräusche zu verursachen.

Als die Plastikmänner einen Waldweg erreichten, entdeckte Emmi einen Lieferwagen. Die Fremden packten ihre Gerätschaften ein und machten sich daran, sich ihrer Schutzanzüge zu entledigen. Emmi kroch ein Stück näher, zoomte an die Gruppe heran, doch im Halbdunkel des Waldes reichte die Qualität der Handykamera nicht aus, um die Gesichter erkennen zu können. Sie näherte sich also noch ein Stück. Stieg auf einen Ast. Das Knacken brüllte förmlich durch den Wald. Die Plastikmänner blickten in ihre Richtung. Emmi hielt sich nicht lange damit auf, zu hoffen, dass sie nicht entdeckt worden war. Sie machte kehrt und hetzte durchs Unterholz zurück ins Dorf.

Es wurde bereits dunkel, als sie auf dem Stuhl vor ihrem Laptop einnickte. Sie hatte während der letzten Stunden schon ein paarmal aufstehen müssen, um ihren Kreislauf in Schwung zu bringen. Doch es half nichts, die Müdigkeit war zu mächtig.

Nachdem sie aus dem Wald zurückgekommen war, hatte sie geduscht, eine Kleinigkeit gegessen und sich dann im Internet über die Plastikmänner schlaugemacht. Es gab nicht viel mehr als eine leere Homepage von »Forest Inc.«, die »in Arbeit« war. Ebenso wenig konnte sie über zerbröselnde Bäume herausfinden. Es war, als jagte sie einer Phantasie hinterher, Trugbildern, die nur sie gesehen hatte. Über dem Entwurf eines Artikels war sie schließlich eingenickt. Nun beschloss sie, endlich doch ins Bett zu gehen.

Sie klappte den Laptop zu, knipste das Licht in der Küche aus, und nach einer Katzenwäsche im Badezimmer schleppte sie sich auf die Treppe zu. An der Eingangstür blieb sie plötzlich wie angewurzelt stehen. Da lag ein Brief halb unterhalb des Türblatts. Jemand musste ihn während der letzten Stunden durchgeschoben haben.

Sie beugte sich hinab und betrachtete den Umschlag skeptisch. Während sie vergeblich nach einem Absender suchte, schloss sie die Tür auf, schaute zur von trübem Laternenlicht erhellten Straße hinaus, doch da war keine Menschenseele.

Sie setzte sich auf die Treppe und öffnete den Brief.

Und zog die Fotos heraus.

Eines zeigte den Tisch, an dem sie gerade gearbeitet hatte, und ihre Unterwäsche, die immer noch über dem zweiten Stuhl hing. Auf einem weiteren war die offene Badezimmertür zu sehen. Und das letzte Foto fokussierte eine nackte Silhouette hinter der Duschwand. Der Duschwand im Badezimmer dieses Hauses. Und die Silhouette zeigte ihren nackten Körper.

Emmi sprang auf, versperrte die Eingangstür, schloss alle Fenster.

In diesem Moment ging der Strom aus.

EINE FAST DURCHWACHTE NACHT

Emmi hätte augenblicklich ihre Sachen packen und aus dem Dorf verschwinden können, und niemand hätte es ihr übel genommen. Wahrscheinlich wäre das sogar die einzig richtige Entscheidung gewesen: ins Auto zu springen und zum nächsten Polizeiposten zu fahren.

Doch in der plötzlich eingetretenen Finsternis, in der die unheilvollen Bilder aus dem Brief vor ihrem inneren Auge nachschwangen wie ein alptraumhafter Film, waren es vor allem Trotz und Zorn, die sie keinen Gedanken an Flucht verschwenden ließen. Vielleicht war dies auch die Nacht, die in ihr zu einer dauerhaften Veränderung führte, denn unter das Herzklopfen, das der Schock über die Bilder verursacht hatte, mischte sich nun eine wilde Entschlossenheit. Emmi wollte sich keinesfalls unterkriegen lassen und dachte immer wieder daran, dass ihre Ängste im Morgengrauen verschwinden würden, denn dies war doch eine der magischen Fähigkeiten heranbrechender Tage: Sie verdrängten mit ihrem Licht nicht nur die Finsternis der Nacht, sondern auch düstere Gedanken.

Und so saß Emmi bald im Lichtschein einer tanzenden Kerzenflamme am Küchentisch. Ihre Hände lagen flach auf der Tischplatte, daneben hatte sie einen Schnitzelklopfer platziert, der ihr zur Not als Waffe dienen sollte. Ein Messer schien ihr zu gefährlich. Außerdem war sie sich nicht sicher, ob sie die Skrupellosigkeit aufbringen würde, damit wirklich auf einen Körper einzustechen.

Was hätte sie jetzt darum gegeben, Raul zu ihren Füßen zu wissen. Hunde sind wachsamer als Menschen. Er hätte die Gefahr gewittert, während sie nur versuchen konnte, nicht durchzudrehen.

Mitternacht verstrich. Die Stunde des Wolfes verstrich. Und schließlich dämmerte es. Die Nacht gab ihre Schatten frei und zeigte Emmi, wie sie am Küchentisch lag. Die Finger ihrer Hand hatte sie um den Schnitzelklopfer geschlungen, jederzeit bereit, damit zuzuschlagen, als wäre er ein Streithammer in einer mittelalterlichen Schlacht.

Und dann klopfte es an der Tür.

VORBEREITUNG ZUM KAMPF

»Wer ist da?«

Emmi stand mit dem Klopfer in der einen und dem Pfefferspray in der anderen Hand im Vorzimmer. Ihr Gesicht war zerknautscht von der Nacht. Hätte sie sich in diesem Moment in einem Spiegel betrachten können, sie wäre vor sich selbst erschrocken und zurückgewichen. Sie sah aus wie eine verwirrte Hexe: schwarze Ringe unter den Augen, rissige, blutleere Lippen, eingefallene Wangen, ein gehetzter Blick.

Sie hustete trocken und spürte, dass die Kopfschmerzen wieder da waren. Sie fühlte sich matt und krank.

Von der anderen Seite der Tür meldete sich Severin.

Sie öffnete nur einen Spaltbreit. Sie wollte nicht, dass er sie so sah. Sie wiederum konnte auch nur eine Gesichtshälfte von ihm sehen.

»Hallo, Emmi.« Er klang besorgt und musterte sie. »Ich wollte fragen …« Seine Augenbrauen hoben sich. »Ist alles in Ordnung?«

»Ja, ich bin nur grad aufgestanden.«

»Alles klar. Also, im ganzen Ort ist der Strom ausgefallen. Falls du etwas brauchst, ich meine, falls ich dir bei etwas helfen kann, ich würde gern … helfen …«

Im ganzen Ort.

Und prompt kam Severin angelaufen. Er war immer zur Stelle. Als dieser seltsame Lukas Wagner vor ihrer Tür stand, tauchte er als Schutzengel auf, er nahm sie mit zum Zeltfest, spielte den fürsorglichen Nachbarn. Doch wie hatte die alte Linden gestern noch gesagt? Severin wusste von den Plastikmännern, er wusste von den merkwürdigen Vorfällen im Wald. Er wusste viel mehr, als er bislang hatte durchblicken lassen.

Emmi musterte ihn aus schmalen Augen. Es war fast zum Lachen, wie sich der klobige Kerl jetzt anstellte. Nur weil sie so abweisend war und die Tür nicht ganz öffnete, war er verunsichert. Mit seinen Pranken konnte er bestimmt Baumstämme ausreißen und Autos anheben, aber jetzt glich er eher einem Schulbuben, der sich in die Hosen gemacht hatte – oder im Begriff war, es zu tun. Er benahm sich geradezu lächerlich, dachte Emmi und schämte sich gleichzeitig dafür, dass sie sich so unnahbar gab.

»Ich brauche keine Hilfe«, erwiderte sie, und ihre Stimme

klang härter, als sie gewollt hatte. Dann machte sie einen Schritt zurück, ließ die Tür vor seiner Nase zufallen und sperrte zweimal ab.

Im Badezimmer inspizierte Emmi die Dusche. Bei dem Gedanken, dass jemand hier in diesem kleinen Raum gewesen war, während sie nackt unter der Dusche gestanden hatte, lief ihr ein kalter Schauer über den Rücken. Sie wäre vollkommen hilflos gewesen, wenn … Sie kniff dic Augen zusammen und klatschte sich die letzten Reste des eiskalten Wassers ins Gesicht, das noch in den Rohren gewesen war. Fiel der Strom aus, arbeiteten auch die Wasserpumpen nicht.

Sie erinnerte sich an die Stadt, wo vor gar nicht allzu langer Zeit ebenfalls das Wasser abgestellt worden war. Das hatte sie dazu gebracht, die Nerven zu verlieren. Jetzt war es umgekehrt. Das bisschen Wasser weckte ihre Lebensgeister.

Kein Strom, das bedeutete, dass sie sich vorbereiten musste. Und welches Haus eignete sich dafür besser als dieses? Emmi öffnete den Kühlschrank, packte die Lebensmittel – es war ohnehin kaum mehr als Milch, Käse, Butter und etwas Wurst – in einen Korb und stellte diesen im Garten in eine schattige Ecke gleich unterhalb des Küchenfensters. Tagsüber wurde es derzeit im Schatten nie wärmer als zehn Grad, in der Nacht war es fast frostig, das würde reichen.

Danach stapelte sie Holz in der Diele auf, damit würde sie den Schwedenofen beheizen, sobald es zu kalt wäre. Auf diese Weise müsste sie das Haus nicht verlassen. Sie schlug die Hacke, die sie draußen gefunden hatte, in ein Holzscheit und fand es plötzlich sicherer, das Werkzeug als Waffe im Haus zu haben.

Sie versicherte sich, dass die Tür verschlossen war, musterte ihre Umgebung wie ein künftiges Schlachtfeld, bis ihr Blick auf die Tür der Abstellkammer in der Diele fiel. Sie ging hinein und schob das Regal beiseite.

Wenig später stand sie im Keller und nahm die Utensilien, die dort gelagert waren, genauer in Augenschein. Da war auch das Dieselaggregat, doch sie wollte es nicht benutzen, denn wenn es funktionierte und sie im Dorf die Einzige mit Strom wäre, würde das nur die Aufmerksamkeit der Bewohner auf sich ziehen. Und Aufmerksamkeit bekam sie derzeit für ihren Geschmack ohnehin genug.

Sie bemerkte einen Rucksack, der gut gefüllt war. In den Seitentaschen befanden sich zwei Taschenlampen, ein Messer, Streichhölzer und ein Erste-Hilfe-Set. Außerdem fand sie einen Regenponcho, eine Gaskartusche und einen Gaskocher sowie einen Blechbecher, zudem eine Karte der Region, einen Kompass und in einer Tupperbox Pumpernickel, drei Dosen mit Aufstrichen und einige Tabletten, die laut Verpackung zum Reinigen von Wasser geeignet waren.

Sie schulterte den Rucksack und wollte sich schon umdrehen, als sie eine Schachtel entdeckte, die ihre Aufmerksamkeit erregte. Darauf war eine Schreckschusspistole abgebildet. Sie nahm die Schachtel genauer unter die Lupe, las »Kaliber 6mm Flobert« und zog eine Waffe heraus, die wie eine Spielzeugpistole aussah. Der Metallschlitten war in Gold gefasst, die Pistole war zweischüssig. Emmi runzelte die Stirn. Sie hatte noch nie in ihrem Leben eine Waffe in der Hand gehabt, geschweige denn benutzt. Was sollte sie also jetzt damit? Sie stellte fest, dass sie geladen war, zuckte mit den Schultern und steckte sie in den Rucksack. Die letzten Tage hatten vieles verändert. Auch sie selbst.

Wieder im Erdgeschoss, hängte sie den Rucksack über die Kommode neben der Eingangstür. Danach ging sie in die Küche und bereitete sich mit dem Gaskocher ein Ei zu, bekam dadurch noch mehr Hunger und gönnte sich ein üppiges Frühstück mit den Leckereien aus dem »Garten-Kühlschrank«.

Sie schaltete den Laptop ein, der, wie auch das Handy, noch genügend Akkureserve hatte, und schrieb weiter an ihrem Erfahrungsbericht. Eine absurde Geschichte. Als sie damit fertig war, wusste sie, was sie zu tun hatte.

DER RAUSWURF

Emmi stapfte durch das Dorf und direkt auf das Gemeindeamt zu. Sie wollte den Bürgermeister sprechen, den sie im Zuge ihrer Recherche für einen ihrer Artikel bereits kennengelernt hatte. Bürgermeister wussten in so kleinen Orten immer alles. Emmi hatte nicht länger vor, still und heimlich zu recherchieren, sondern wollte gleich mit der Tür ins Haus fallen.

»Hey, was hast du vor?«

Alle Entschlossenheit wich plötzlich aus Emmis Gesicht, und sie fuhr erschrocken herum.

Severin stand vor ihr und musterte sie von oben bis unten. Emmi platzte der Kragen. »Verfolgst du mich etwa?«

»Was? Nein«, lachte er. »Was denkst du denn von mir? Aber das Dorf ist halt nicht sehr groß.«

Da musste sie ihm recht geben. »Ich bin auf dem Weg zum Bürgermeister.«

»Zum Fladischer? Warum das denn?«

Die seltsam gedehnte Art, wie Severin den Namen ausgesprochen hatte, entging Emmi nicht, ebenso wie sein fast belustigter Blick.

»Ich bin Reporterin, schon vergessen? Wir haben immer Fragen.«

»Aha. Darf ich dich begleiten? Ich muss auch zu ihm.«

»Ach, was du nicht sagst. Und weswegen?«

»Dorfangelegenheiten. Da gibt's immer was zu bereden.«

Spätestens jetzt war Emmis Argwohn endgültig geweckt.

Während sie Seite an Seite über den Dorfplatz auf das Gemeindeamt zugingen, meinte Severin, dass Fladischer wahrscheinlich schlechte Laune wegen des Zeltfestes haben würde, das immerhin das größte Ereignis im Dorf war. »Es ist jedes Jahr das Gleiche. Obwohl er dank einer großzügigen Spende für den Polizeiball garantieren kann, dass im Umkreis des Festes keine Verkehrs-, Alkohol- und Führerscheinkontrollen durchgeführt werden, ist es wieder zu Polizeieinsätzen gekommen, weil sich ein paar Idioten geprügelt haben. So etwas nimmt den Fladischer immer sehr her, weil er gern seine Ruhe hat und kein Aufsehen erregen will. Ganz abgesehen davon, dass die Katastrophe im Höllgraben solche Schlägereien noch sinnloser erscheinen lässt.«

Emmi hegte die Befürchtung, dass ihre Gegenwart die schlechte Laune des Bürgermeisters noch verschlimmern würde. Immerhin war sie aus Wien. Und Leute aus der Stadt störten meistens die selige Ruhe auf dem Land. Vor allem, wenn dort plötzlich Leichen und mysteriöse Plastikmänner auftauchten.

Wie zur Bestätigung fügte Severin hinzu: »Das wird bestimmt nicht angenehm. Fladischer tickt wie die meisten hier. Er mag keine Fremden und rühmt sich damit, all die Deppen von seinem Dorf fernzuhalten. Hier im Wald, in den Bergen, geht die Welt als Letztes unter, das ist seine Meinung. Die Steiermark sei kein Ort für schlechte Nachrichten, soll Fladischer einmal gesagt haben. Und wäre er gläubig, also so gläubig, dass es über den jährlichen Kirchenbeitrag hinausginge, dann würde er sogar behaupten, die Steiermark sei das Paradies.«

Durch ein offenes Fenster sah Emmi, wie die Sekretärin – von Severin, dessen Redeschwall kaum zu bremsen war, erfuhr sie, dass sie Loretta hieß – heftig auf die Tastatur einer uralten Schreibmaschine drosch. Wahrscheinlich musste sie wegen des Stromausfalls auf das Oldtimer-Modell zurückgreifen. Nur der Lärm einer Baustelle seitlich vor dem Eingang übertönte das Geräusch der fliegenden Tasten. Als sie näher kamen, stand Loretta auf und schloss krachend das Fenster. Sie war offensichtlich genervt.

Auf der Straße bearbeiteten zwei Gemeindebedienstete – Severin grüßte sie mit ihren Vornamen Luis und Karl – gerade eine Blumenkiste aus Waschbeton. Sie mussten sie mit einem Betonschneider zerlegen, um einen neuen Stellplatz zu schaffen. Severin raunte, dass man auch einen Hubstapler hätte nehmen können, um sie zum Altstoffsammelzentrum zu bringen, aber die beiden wollten das Ding offenbar unbedingt zerschneiden.

Emmi und Severin betraten das Gemeindeamt. Der Parkettboden knarzte unter ihren Schritten. Loretta blies so lautstark Luft aus der Nase, dass Emmi unwillkürlich einen Schritt zurückwich, nachdem sie ihr Anliegen vorgebracht hatte. Die Sekretärin stand abrupt auf, ihre Stöckelschuhe hämmerten auf den Boden ein. Sie öffnete eine Tür und sagte: »Da ist jemand für dich.« Sie blickte über die Schulter zurück und machte ein strenges Gesicht. »*Ohne* Termin.«

Hinter Loretta sah Emmi eine massige Gestalt, die sich mit kräftigen Armen auf eine Schreibtischplatte aus dunklem Mahagoni stützte und soeben im Begriff war, sich hinzusetzen. Ihr Kopf lief rot an.

»Wie oft habe ich dir schon gesagt, dass du nicht so plötzlich in mein Büro krachen sollst, Loretta.«

»Zwei Herrschaften wollen dich sprechen. Der Moser Severin und eine Fremde.«

Fladischer brachte nur ein »Mhm« zustande. Loretta schickte ihm einen kurzen, undurchschaubaren Blick, trat dann zur Seite, und Severin schob sich an ihr vorüber. Er machte ein niedergeschlagenes Gesicht.

Emmi folgte ihm. Sie musterte Loretta und fand ihre kleine Phantasiegeschichte von vorhin bestätigt – diese Frau war so zornig, dass sie sich am liebsten zu Hause in ihrem Bett verkrochen und ihre schlechte Laune in den Polster gebrüllt hätte. Dann bemerkte Emmi, wie Fladischers Augen sie taxierten. Seine Finger suchten auf der Tischplatte nach einer Packung Zigaretten.

»Na gut«, kratzte seine Stimme wie die eines Gangsters in einem Mafiafilm. »Was kann ich für euch tun?«

Eingehüllt in eine anschwellende Rauchwolke, saß der kleine, feiste Kerl hinter seinem wuchtigen Schreibtisch, glotzte sie aus runden, stecknadelkopfgroßen Augen an und ähnelte dabei tatsächlich immer mehr einem sizilianischen Mafiaboss. Sein Handy läutete, doch er ließ sich davon nicht stören. Er schaffte es tatsächlich, einen Rauchkringel auszupusten, der sogleich tanzend durch den Raum schwebte.

Der Bürgermeister kam um den Tisch herum und begrüßte Severin und sie. Das heißt, Severin reichte er zwar die Hand, schaute ihn dabei aber nicht an, sondern hatte den Blick fest auf Emmi geheftet. Dann steckte er sich die Zigarette in den Mund, ging auf sie zu und fasste ihre Hand mit beiden Händen so lange, bis Severin sie vorgestellt hatte.

»Soso, das ist also Emmi Beinhart. Ich lese Ihre Artikel sehr aufmerksam, wissen Sie.«

»Danke.« Mehr fiel Emmi dazu nicht ein.

»Da wohnt jetzt also eine rasende Reporterin im Haus des alten Sandberg, soso.« Ihre Hand hatte er immer noch nicht losgelassen. Er grinste. »Na, da haben wir aber ein Glück, dass wir so hohen Besuch bekommen. Aus der Stadt. Und nicht einmal nur aus Graz, sondern gleich aus Wien.«

Emmi schickte Severin einen hilflosen Blick, und erst als dieser endlich darauf hinwies, dass sie in einer wichtigen Angelegenheit zu ihm kämen, ließ der Bürgermeister ihre Hand endlich los. Erleichtert sank Emmi auf einen Stuhl, den ihr Fladischer zugewiesen hatte. Severin nahm an ihrer Seite Platz, und der Bürgermeister setzte sich salopp auf die Tischkante, wobei Emmi das Gefühl hatte, dass er das nur tat, um in ihrer Anwesenheit agiler und flotter zu wirken. Er blickte auf sie herab.

In diesem Moment brummte das Handy des Bürgermeisters abermals. Fladischer verdrehte die Augen. »Die geben nicht auf, aber ich heb jetzt sicher nicht ab. Ich brauch den Akku für den Entstördienst und die wirklich wichtigen Anrufe: vom Katastrophenschutz, dem Forsttechnischen Dienst, dem Feuerwehrkommandanten, der Rettungsleitstelle, dem Bauhof, dem Landeshauptmann und der Presse. Sind ja alle ganz aufgeregt.« Es war offensichtlich, dass Fladischer sich betont lässig gab und seine Rolle als Ortschef in einem von Unwetterkatastrophen heimgesuchten Ort hervorhob.

»Die Hochwasserkatastrophe fand aber größtenteils in der Nachbargemeinde statt, nicht wahr?« Aus den Augenwinkeln bemerkte Emmi, wie Severin schmunzelte.

Der Bürgermeister zog an seiner Zigarette. »Da haben Sie natürlich recht. Aber der Höllgraben befindet sich zum Teil auch auf unserem Gemeindegrund, und wir halten hier alle zusammen, wissen Sie. Es hat uns alle getroffen, was da passiert ist. Und wer muss es ausbaden?« Er deutete auf sich. »Wir Bürgermeister natürlich. Als Bürgermeister bist du Troubleshooter und Psychiater in einem. Mädchen für alles eben.« Er zwinkerte Emmi zu, als wollte er ihr zeigen, dass noch viel mehr hinter seinen Worten steckte, als er ausgesprochen hatte.

Sie hatte Mühe, einen Lachanfall zu unterdrücken.

Severin deutete auf das Handy. »Und wenn es wichtig ist?«

Fladischer warf ihm einen vernichtenden Blick zu. »Glaub mir, ich kann das beurteilen«, sagte er, ohne eine weitere Erklärung dazu abzugeben. Emmi warf er dabei einen Seitenblick zu, als verriete er ihr ein großes Geheimnis. Dann drückte Fladischer seine Zigarette in einem Aschenbecher am Tisch aus und zündete sich prompt eine neue an. »Jedenfalls«, tönte er, während er wieder Rauchkringel durch die Luft schickte, »bitte ich die Frau Reporterin um eine wohlwollende Berichterstattung. Also, noch einmal: Was kann ich für Sie tun?«

Emmi schilderte ihre Erlebnisse im Wald, berichtete von den Plastikmännern und dem seltsamen Verhalten des Jägers vor dessen Tod.

Schon nach wenigen Worten hatte sie das Gefühl, dass sich Fladischers ganze Erscheinung veränderte. Vielleicht hatte sich eine Wolke vor die Sonne geschoben, vielleicht täuschte sie sich aber auch nur. Das Gesicht des Bürgermeisters wurde jedenfalls immer dunkler. Die Rauchschwaden tanzten wild um seine Wangen, und seine Augen blitzten sie jetzt an wie die eines teuflischen Wesens in einem Märchenbuch. Überhaupt erschien er ihr zunehmend unwirklicher. Der große Kopf auf dem schmalen Körper, die kurzen Gliedmaßen und die übergroße Nase, die winzigen stechenden Augen, die abstehenden Ohren … Plötzlich kam er ihr vor wie eine modellierte Figur. Ein misslungenes Kunstwesen, das nicht angenehm anzuschauen war. Fast wäre Emmi ins Stocken geraten, doch sie schaffte es gerade noch, ihre Geschichte zu Ende zu erzählen, ohne zu fragen, was denn mit Fladischer los sei, warum er sich plötzlich so verändere.

Nachdem sie von den angeblich zu Staub zerfallenden Bäumen berichtet hatte, sprang der Ortschef auf und stellte sich mit dem Rücken zu seinen Besuchern ans Fenster. Er blickte eine Weile hinaus auf den Parkplatz vor dem Gemeindeamt, auf eine Handvoll Häuser und die sich dahinter auftürmenden Felswände des gewaltigen Bergmassivs.

»Ich habe jetzt eine ganz große Bitte an Sie, Frau Beinhart«, sagte er plötzlich sehr förmlich. Emmi meinte zudem ein Zittern in seiner Stimme wahrzunehmen. »Diese merkwürdige Geschichte von den Bäumen …« Er drehte sich um, und ihr fiel auf, dass er keine Zigarette mehr in der Hand hielt. Offenbar hatte er sie einfach auf den Boden fallen lassen, oder in der Nähe des Fensters befand sich ein weiterer Aschenbecher, den sie von ihrem Platz aus nicht sehen konnte. »Die muss unter uns bleiben.« Er wischte sich mit dem Handrücken über den Mund und fasste sich danach unters Kinn, als wollte er sich selbst erwürgen. War das etwa eine Andeutung, was er mit Emmi machen würde, sollte sie ihr Schweigen brechen? »Alle sind im Augenblick aufgebracht, da können wir eine weitere Aufregung nicht vertragen. Haben Sie das verstanden?«

»Aber –«

»Nur bis die Sache aufgeklärt ist natürlich«, unterbrach sie der Bürgermeister. »Nicht wahr, Severin, du siehst das doch genauso? Es wäre fatal, wenn man jetzt die falschen Schlüsse ziehen und eine Kettenreaktion heraufbeschwören würde. Es geht ums Wohl von Rabenwald.«

Severin räusperte sich, und Emmi erwiderte: »Aber was werden Sie denn unternehmen? Sie müssen doch etwas tun. Der Wald ist gefährlich.« Sie war aufgestanden. »Und er ist in Gefahr.«

»Gefährlich, gefährlich, papperlapapp. Gar nichts ist gefährlich. Wahrscheinlich haben wir es hier nur mit einer Form des Eschentriebsterbens zu tun. Darüber wissen wir noch viel zu wenig. Diese Pilzkrankheit kam erst zur Jahrtausendwende auf. Von Dänemark aus brach da eine regelrechte Seuche über unsere Wälder her. Und was ist passiert? Gar nichts. Durch die lichteren Wälder sind vor allem in Deutschland vermehrt Flatterulmen aufgetaucht, und der Wald hat sich wieder erholt. Was sagt uns das? Der Wald richtet sich schon wieder von selbst ein. Der ist nicht so leicht totzukriegen. Und ich habe Ihnen doch schon zu verstehen gegeben«, nun fixierte er Emmi mit einem unverhohlen feindseligen Blick, »dass ich hier alles regle. Ich werde auch in dieser Sache alles Nötige in die Wege leiten. In der Zwischenzeit – und bitte verstehen Sie das jetzt nicht falsch – halte ich es für ratsam, dass Sie Ihren Urlaub eine Zeit lang unterbrechen und wieder nach Wien zurückkehren. Zu Ihren Leuten in die Stadt. So wie die Dinge stehen, fühlen Sie sich bei uns ohnehin nicht mehr wohl. Wenn Sie möchten, ist Severin Ihnen beim Packen behilflich. Nicht wahr, Severin, das bist du doch? Bitte fahren Sie noch heute. Am besten jetzt gleich …«

»Ich mache hier keinen Urlaub.«

»Mir ist egal, wie Sie das nennen. Burn-out-Prophylaxe, Wellness, Waldbaden, mir wurscht. Ich will Sie hier nicht mehr sehen.«

Severin klopfte sich auf die Knie und machte ein hilfloses Gesicht. »Also gut. Das wär's also. Ich helf dir natürlich gern, Emmi«, sagte er und stand auf.

»Danke für die Mitarbeit, ihr könnt gehen.« Mit diesen Worten querte Bürgermeister Fladischer den Raum und setzte sich wieder an seinen Schreibtisch.

Fassungslos blieb Emmi sitzen und starrte die beiden Männer abwechselnd an. »Das glaubt ihr doch nicht im Ernst, dass ich jetzt gehe, oder? Dass ich mich vertreiben lasse?«

»Emmi …«, doch weiter kam Severin nicht.

Der Bürgermeister hatte sich erneut eine Zigarette in den Mund gesteckt und sprach aus dem Mundwinkel: »Es ist ganz im Gegenteil mein voller Ernst, Mädel.« Er blies ihr eine Rauchwolke entgegen. »Dir tut die frische Luft bei uns offenbar nicht gut. Geh nach Hause. Das Landleben ist nichts für Städter. Wir wollen euch hier nicht.«

DER SPION FÄLLT UM

Severin hatte Emmi überredet, sich auf eine Parkbank zu setzen. Sie solle sich abreagieren und das Gesagte sacken lassen und jetzt nicht Hals über Kopf nach Hause rennen und voreilige Entscheidungen treffen. Emmi hatte sich zwar gefragt, woher Severin wissen wollte, wie sie reagieren würde, er kannte sie ja kaum. Da er sich aber rührend um sie kümmerte, hatte sie ihm den Gefallen getan und sich mit ihm auf der Bank niedergelassen.

Sie saßen auf den etwas morschen Holzbrettern und beobachteten, wie ein Postbus vorüberfuhr und an der Endhaltestelle ein paar Meter weiter stehen blieb. Der Motor dampfte und zischte, dann verstummte das Fahrzeug. Die Fahrertür öffnete sich, und aus dem Wagen stieg ein schmalschultriger Mann mit einem kolossalen Bierbauch, der aussah, als hätte er einen Medizinball verschluckt.

»In Rabenwald ist Endstation?«, ätzte Emmi.

Severin nickte, wobei sein ganzer Oberkörper zu wippen schien. »Ja. Ist momentan sowieso nicht der beliebteste Ort.«

»Wenn ihr auf einen Bus wartet, könnt ihr euch das abschminken«, rief ihnen der Fahrer zu. »Die müssen zuerst einmal die Straßen sauber kriegen. Das kann dauern. Und bei der Wettervorhersage schaut es für die nächsten Tage auch nicht gut aus.«

»Uns gefällt's hier!«, rief Emmi zurück und warf Severin einen bitteren Seitenblick zu. »Die Gastfreundlichkeit ist überwältigend.«

Der Fahrer gab darauf keine Antwort, schüttelte nur den Kopf und verschwand hinter Gartenhecken und Zierkirschen.

Severins Laune hatte sich in den letzten Minuten gebessert, und Emmi fragte sich, weshalb. Der Bürgermeister hatte ihr mehr oder weniger gedroht und sie aus dem Dorf geworfen, aus lauter Panik lief Emmi mit einem Rucksack herum, der ihr dabei helfen sollte, zur Not mehrere Tage unter freiem Himmel zu verbringen, anstatt ins Auto zu steigen und zurück nach Hause zu fahren. Vor gar nicht allzu langer Zeit war sie noch im Büroturm in Wien gewesen und hatte Arbeiten erledigt, von denen sie heute nicht einmal mehr sagen konnte, worum es dabei gegangen war. Aber wenigstens hatte sie dabei nicht das Gefühl gehabt, in Gefahr zu sein. Man konnte über die Stadt sagen, was man wollte, aber in Wien hatte sie sich nie unsicher gefühlt. Niemand hatte ihr gedroht. Am Land war das anders. Binnen weniger Tage hatte sie Leichen gesehen, Menschen, die Bäume umarmten, solche, die in weißen Overalls durch den Wald liefen und etwas in Rinden oder Wurzeln injizierten. Sie hatte davon gehört, dass Bäume zu Staub zerfielen. Und dann war da noch Severin Moser. Sein Annäherungsversuch beim Zeltfest, seine anschließende Entschuldigung und jetzt seine Hilfsbereitschaft. Ziemlich viel auf einmal. Das Stadtleben war dagegen so aufregend wie ein Mittagsschlaf.

»Du weißt, dass ich hierbleiben werde. Ich will dieser Sache auf den Grund gehen«, sagte sie.

Sie schaute in die Wolken. Sie bewegten sich wieder einmal viel zu schnell. Ein Sturm schien aufzuziehen, schmutzige Haufen türmten sich über den Berggipfeln und rollten auf das Dorf zu. Ob nun auch Rabenwald zum Katastrophengebiet werden würde?

Severin blähte die Backen und machte ein Gesicht, das Emmi nicht deuten konnte – eine Mischung aus Staunen und Zweifel. »Du legst dich also allen Ernstes mit dem Bürgermeister an.«

Emmi schaute übertrieben erschrocken. »Muss ich mich jetzt fürchten? Was soll das? Willst du mich auch loswerden? Und dabei kommt mir gleich noch eine Frage: Spionierst du mir nach?«

»Wie meinst du das?«

»Genau so, wie ich es sage. Du bist immer in meiner Nähe.

Tauchst wie aus dem Nichts auf. Ich glaube nicht an Zufälle. Was wolltest du eigentlich beim Bürgermeister?«

Die gute Laune verschwand mit einem Mal aus Severins Gesicht, und er warf fast missmutig ein Kieselsteinchen, das auf der Parkbank gelegen war, in die Wiese. Schließlich schüttelte er den Kopf, als hätte er soeben einen inneren Kampf ausgefochten und verloren. »Na gut. Du willst es nicht anders. Komm mit. Ich zeig dir etwas.«

Emmi seufzte. »Warum antwortest du mir nicht?« Sie rieb sich die Oberarme, denn langsam wurde ihr kalt.

Severin war schon aufgestanden und ein paar Schritte über den Platz gelaufen, als er sich umdrehte. »Na los, komm mit. Ich wette, du wirst staunen.«

EIN »WETTER« KOMMT

Wind kam auf und kräuselte die gelb-braunen Blätter zu winzigen Windhosen, die über den Feldweg tänzelten. Die Kieselsteine knirschten unter ihren Schritten. Sie hatten einen Weg eingeschlagen, den Emmi bislang noch nie gegangen war. Einen Hohlweg, der direkt unterhalb von Rabenwald entlangführte und bald vollständig von Blattwerk bedeckt war.

»Wir müssen uns beeilen. Ein Wetter kommt.«

Emmi wollte schon zynisch erwidern, dass ein Wetter immer da sei und nicht kommen könne, erinnerte sich dann aber an die manchmal seltsame Sprache der Steirer. Wenn sie davon redeten, dass ein *Wetter* komme, dann meinten sie ein Unwetter. »Ja«, sagte sie in Erinnerung an die Ausdrucksweise ihrer Großeltern. »Es wettert gleich.«

Wie auf ein Zeichen hin vernahmen sie ein Donnergrollen. Severin blieb stehen und beobachtete den Wald. »Wir sollten uns beeilen. Schau her. Siehst du diese Baumgruppe dort?«

Emmi erkannte die weißen Rinden. »Birken, ja und?«

»Nein, das sind Fichten. Die sind praktisch von innen verkohlt. Und dort drüben, siehst du das?« Er zeigte auf zwei Bäume in unmittelbarer Nähe. »Das sind auch keine Birken, sondern Buchen.«

Emmi war irritiert.

»Was hat das zu bedeuten?«

»Der ganze Wald ist krank, Emmi. Die Bäume verfärben sich viel zu schnell, da sich ein Schädling eingenistet hat. Sie trocknen aus und zerfallen. Deshalb sind die Forscher hier. Die Gemeinde versucht, das so lange wie möglich geheim zu halten. Darum war der Fladischer so abweisend. Der Wald geht zugrunde, viel schneller, als wir befürchtet haben. Und wir wissen nicht, warum.«

»Warum erzählst du mir das?«

»Weil wir Ihre Hilfe brauchen«, vernahm Emmi plötzlich eine Stimme hinter sich. Und als sie sich umdrehte, sah sie sich »Baumlang« gegenüber. Hinter ihm standen weitere Plastikmänner.

Wieder ein Donnergrollen. Und dann setzte ein unheilvolles Rauschen ein. Regen, der durch das Astwerk prasselte und schnell näher kam.

BEI DEN PLASTIKMÄNNERN

Sie hatte die Hütte mit dem Vorhängeschloss bei ihren Erkundungsgängen bislang übersehen. Unter dem dicken Astwerk steinalter Buchen duckte sich der moosbewachsene Bretterverschlag in eine Mulde. Nur ein schmaler, kaum sichtbarer Pfad führte dorthin, und so näherten sie sich im Gänsemarsch. Vor ihr waren »Baumlang« und Severin, vier Plastikmänner liefen schweigend hinter ihr. Die weißen Overalls raschelten, die

Taschen, in denen sich Geräte wie Laptops und diverse Messinstrumente befanden, klatschten gegen die Anzüge.

Der Regen prasselte auf sie herab und wischte Emmis Ängste beiseite. Sie hatte die Wahl, entweder völlig durchnässt zu werden oder Unterschlupf in dieser Hütte zu suchen, und so ließ sie alle Vorsicht fahren.

Sie folgte den Männern durchs schlabbrig nasse Laub, wartete blinzelnd, bis »Baumlang« das Vorhängeschloss endlich geöffnet hatte, und betrat dann diese stockdunkle, aber immerhin trockene Zuflucht.

Ein Licht flammte auf, und als der Letzte von ihnen die quietschende Tür schloss, spürte Emmi die Wärme, die von den Körpern in dem kleinen Raum ausging. Und auch die Beklemmung, die sie befiel. Taschenlampen gingen an und sorgten für ein unruhiges Licht. Die Regentropfen schlugen wie Gewehrkugeln aufs Dach.

»Also gut, worum geht es?«

Sie war selbst überrascht, wie bestimmt sie klang, auch wenn ihre Stimme im Lärm des Gewitters, das nun genau über ihnen zu sein schien, kaum zu hören war.

Noch vor wenigen Minuten waren die Plastikmänner fast so etwas wie Alptraumfiguren für sie gewesen. Sie schlichen zwischen den Bäumen rund um Rabenwald umher, und Emmi konnte sich keinen Reim darauf machen, warum sie das taten. Sie hatte lediglich die Gewissheit, dass sie Böses im Schilde führten. Und nun stand sie mitten unter ihnen, in einer winzigen Hütte, auf deren Dach der Regen immer hemmungsloser trommelte.

»Also zunächst einmal tut es mir leid, dass wir keinen besseren Ort zum Reden haben. Aber fürs Wetter können wir nichts.«

Der Mann, dem sie den Spitznamen »Baumlang« gegeben hatte, stellte sich nun als Trevor vor, und es war seltsam, ihn plötzlich mit einem richtigen Vornamen zu verbinden. Wenn man genau hinhörte, konnte man seinen britischen Akzent heraushören. Seine Erscheinung war in dem warmen Lampenlicht in der Hütte zwar weniger grau und gespenstisch, seine enorme Größe bekam hier drinnen jedoch noch einmal eine ganz andere, bedrohliche Note.

Trevor also. »Gut, Trevor. Was geht hier vor?«

Severin wollte etwas sagen, doch Trevor gebot ihm mit einer Handbewegung zu schweigen. »Zunächst einmal stellen wir die Fragen, Frau Beinhart. Ich gehe davon aus, dass Severin Sie niemals hierhergebracht hätte, würde er Ihnen nicht vertrauen. Und zum anderen: Weiß Fladischer, dass Sie hier sind?«

Severin und Emmi wechselten einen Blick, doch Emmi konnte in seinen Augen nicht ablesen, was sie antworten sollte. Also blieb sie bei der Wahrheit. »Ja, aber er will, dass ich verschwinde.«

Sie hatte es bislang für unmöglich gehalten, doch ein Lächeln stahl sich in Trevors Gesicht. Auch wenn es so aussah, als verursachte es ihm Schmerzen. »Das habe ich mir fast gedacht.«

»Sie kann uns helfen«, sagte Severin plötzlich. »Und außerdem ist sie stur. Sie wäre sowieso nicht fortgegangen.«

Das Lächeln wurde breiter. »Ja«, sagte Trevor, »diesen Eindruck habe ich auch. Möchten Sie etwas trinken, Frau Beinhart?«

Mit diesen Worten drückte ihr einer der Plastikmänner eine Tasse Tee aus einer Thermoskanne in die Hand. Campingsessel wurden aufgeklappt, und so saßen sie bald inmitten von Truhen und Schachteln, die technisches Equipment zu enthalten schienen. Als Emmi sich an das spärliche Licht gewöhnt hatte, bemerkte sie im hinteren Teil der Hütte einen Tisch, auf dem sich ein Mikroskop befand, daneben ein Laptop, ein Drucker und einige Reagenzgläser. Diese Hütte war also eine kleine mobile Forschungseinrichtung. Im Grunde erzählten ihr die Plastikmänner – nach und nach brachen auch die anderen ihr unheimliches Schweigen – das Gleiche wie zuvor Severin: Im Wald gingen unheilvolle Dinge vor, die Bäume seien krank.

»Wir sind Wissenschaftler einer privaten Forschungsinstitution, die sich Forest Inc. nennt. Die Gemeinde als Waldbesitzer hat uns engagiert, um der Sache auf den Grund zu gehen. Solange wir nicht mehr wissen, soll davon nichts an die Öffentlichkeit gelangen. Deshalb war Fladischer so ungehalten, deshalb wollten wir Sie loswerden.«

Emmi erinnerte sich an ihre unheimliche Begegnung am Fenster, als Trevor plötzlich davorstand. »Heißt das, ich habe den Brief mit den Fotos euch zu verdanken?«

»Welche Fotos?«

Sie beobachtete Trevors Mimik genau und musste feststellen, dass sie Ehrlichkeit ausdrückte. Er hatte keine Ahnung, wovon sie sprach.

»Hören Sie. Wir wissen nichts von irgendwelchen Briefen mit Fotos. Wir haben Severin auf Sie angesetzt, damit er mehr über Sie herausfindet, das ist alles.«

Das tat weh. Severin warf Trevor einen entsetzten Blick zu, den aber niemand sonst im Raum zu registrieren schien.

Daher also die ständige Präsenz des angeblich so fürsorglichen Mannes. Severin war in Wahrheit gar nicht interessiert an ihr, er erfüllte nur einen Auftrag. Spätestens in diesem Moment wurde Emmi klar, dass sie mehr für diesen Mann empfand, als sie sich bislang eingestanden hatte. Ein bitterer Geschmack klebte an ihrer Zunge.

»Das Letzte, was wir jetzt gebrauchen können«, fuhr Trevor unbeirrt fort, »ist Aufmerksamkeit.«

»Nun, da kann ich aber wenig für Sie tun«, versetzte Emmi schroff. »Denn unglücklicherweise gab es im Nachbarort vor ein paar Tagen ein verheerendes Unwetter mit drei Todesopfern und danach auch noch einen Todesfall in dem Wald, in dem Ihre Gruppe unterwegs ist. Wir haben nur deshalb noch nicht darüber berichtet, weil noch nicht ausgeschlossen werden konnte, dass sich der Jäger selbst umgebracht hat. Über Selbstmorde berichten wir nämlich nicht.«

Trevor hob die Augenbrauen. »Es gibt noch etwas, das uns Sorgen bereitet. Und wir sind tatsächlich der Meinung, dass Sie uns diesbezüglich eine Hilfe sein könnten.«

»Wobei?«

»Einer von uns ist seit Stunden abgängig. Und wir müssen leider das Schlimmste befürchten.«

»Warum kommen Sie damit zu mir? Das ist doch Sache der Polizei.«

»Dort waren wir schon. Im Augenblick haben die allerdings alle Hände voll zu tun. Die Verkehrswege im Umkreis wurden allesamt in Mitleidenschaft gezogen, die Menschen hier sind auch kaum wiederzuerkennen. In der nächsten größeren Stadt, keine zehn Kilometer von hier entfernt, soll es zu Hamsterkäufen kommen. Die Leute reden von der Sintflut, der Apokalypse.«

Der Regen war indes immer lauter und stürmischer geworden. Die letzten Worte hatte Trevor fast gebrüllt. Als er sie ausgesprochen hatte, sagte für eine Minute niemand etwas, so als befürchteten alle, er hätte mit seinen Äußerungen eine dunkle Macht heraufbeschworen.

»Sie sollen nur wissen, dass wir die Guten sind, dass einer von uns fehlt und dass wir Ihre Hilfe benötigen. Vielleicht können Sie sich ein wenig umhören. Der Mann heißt Joshua Arkham.« Er reichte ihr ein Foto von dem Mann, das im Druckerausgabefach gelegen hatte.

Emmi sah darauf einen blonden Mann, vielleicht dreißig, fünfunddreißig Jahre alt, mit kurzem Haar und einem fröhlichen Lächeln hinter einem gepflegten Vollbart. Emmi hatte ihn noch nie zuvor getroffen. »Arkham«, wiederholte sie.

Die Männer musterten sie, als beobachteten sie ihre Reaktion. Das war unheimlich, und Emmi schaute zum Dach empor, so als befürchtete sie, es könnte jeden Moment dem Trommelfeuer des Platzregens nachgeben.

RAUCH

»Du musst mich nicht begleiten. Ich finde allein zurück.« Ihr Tonfall war so schroff, wie sie sich fühlte.

Severin lief hinter Emmi her und hatte Mühe, ihr zu folgen. Sie rannte über Laubteppiche und wich nicht allen Ästen und Zweigen gekonnt aus. Manchmal schmerzten die Zusammenstöße wie Peitschenhiebe.

»Emmi …«

»Lass mich.« Zum ersten Mal war sie froh, völlig durchnässt zu sein, denn vor lauter Wut hatte sich sogar Wasser in ihren Augen gesammelt.

»Emmi, bitte, du verstehst das falsch …«

Sie stoppte so abrupt, dass Severin sie beinahe umgerannt hätte.

Er federte den Aufprall ab, indem er Emmi an den Schultern packte. »Hör zu!«, rief er atemlos. »Es ist nicht so, wie es sich anhört.«

Emmi wand sich aus seinen Armen und machte zwei Schritte zurück. »Ach, ist es nicht? Na, dann bin ich ja gespannt, wie du es mir erklärst. Der Chauffeur im Höllgraben, die Einladung zum Zeltfest, der plötzliche Retter vor der Haustür, der Besuch beim Bürgermeister … Du hast mir aufgelauert, mich gezielt überwacht. Ist es nicht so? Und ich dachte …« *Emmi, reiß dich zusammen.* Ihre innere Stimme versuchte verzweifelt, sie zu beruhigen. Zu spät.

»Was dachtest du?«

»Ach, lass mich einfach in Ruhe.«

Offenbar zeigten ihre Worte diesmal Wirkung. Sie musste bestimmt geklungen haben, denn Severin gab seine Verfolgung auf, und so tastete sie sich mit tränenverschwommenem Blick durchs Unterholz, bis sie einen Hohlweg erreichte, der ihr bekannt vorkam, und zurück nach Rabenwald fand.

In der Hütte entledigte sich Emmi zunächst ihrer klatschnassen Sachen. Sie heizte den Ofen ein, stellte die Schuhe davor auf den Boden und hängte die Kleidungsstücke auf die Lehne des Stuhls, den sie ganz nah an den Ofen schob. Danach duschte sie ganz kurz bei bitterkaltem Wasser, setzte sich im Bademantel an den Küchentisch und klappte den Laptop auf, der immer noch genügend Akku hatte. Auf der Homepage ihrer Zeitung entdeckte sie ein paar Artikel über die Unwetterkatastrophe im Höllgraben. Aus ihren Berichten, die sie nach Wien geschickt hatte, waren mehrere kleinere Einheiten geworden, eine Fotoserie und ein Video waren als eigene Artikel angelegt worden. Die Bilder vom Hochwasser kamen ihr wieder in den Sinn. Und die Leichen. Sie bemerkte, wie ihre Hand über der Maus zitterte.

Und dann sah sie den großen Leitartikel, der in der Printausgabe wohl die Doppelseite füllte: »Wie die Welt bald untergeht«.

Was für ein pessimistischer Titel für einen Bericht, der zwar die Auswirkungen des Klimawandels beleuchtete, aber vor allem eine Art Abhandlung über die möglichen Ursachen des Hochwassers von Rabenwald war. *Rabenwald.* Das Unwetter hatte ja gar nicht in diesem Ort stattgefunden. Wie kamen die in Wien darauf, ihr falsche Ortsangaben in den Mund zu legen? Und erst jetzt las sie den Namen über dem Artikel. *August Schwarz.*

Das war doch … Dieser Mistkerl.

Eine Stunde später nippte Emmi an einem Thymiantee, der etwas half, den ständigen Hustenreiz zu unterbinden. Sie fasste sich an die Stirn und stellte fest, dass sie wieder heiß geworden war. Wahrscheinlich hatte sie erneut Fieber, die Erkältung blieb hartnäckig. Ihr Rücken schmerzte. Nein, sämtliche Gelenke schmerzten, und so beschloss sie, ins Bett zu gehen. Sie hatte ohnehin keine Lust mehr, diesen unheilvollen Tag in die Länge zu ziehen.

Sekunden später stand sie auch schon im Dachgeschoss, warf noch einen Blick durchs Fernrohr, durch das aber nur die finstere Silhouette des Waldes zu sehen war, und ließ sich dann bäuchlings aufs Bett fallen. Das Gewitter hatte nachgelassen, der Regen prasselte nur noch sanft aufs Dach. Er würde bald ganz aufhören. Bald.

Der Schlaf kam schnell und knipste ihr Bewusstsein aus wie ein Lichtschalter. Er ließ sie tief hinabsinken in die geheimnisvollen Sphären ihrer Träume.

Sie wusste, dass sie träumte, dennoch machte ihr der Wald unendliche Angst. Sie lief zwischen den Baumstämmen hindurch, deren Äste zornig nach ihr schlugen, und wenn sie sich nach einem von ihnen umdrehte, erkannte sie in den furchigen Borken, dass sich dort Gesichter verbargen. Ja, die Bäume hatten *Gesichter*, sie waren Wesen, die sie zornig anfunkelten. Und ihr etwas zubrüllten, das sie nicht verstand. Bloß ihren Namen hörte sie. Immer wieder. »Emmi!« Und dazwischen zerfielen die Bäume zu Staub und wirbelten Rauch auf. Erstickenden Rauch, der Emmi den Atem raubte. Wieder vernahm sie, wie jemand ihren Namen rief. Und als sie blinzelte, kamen ihr die Tränen. Sie atmete Rauch ein, doch es war nicht der Rauch aus dem Wald. Noch einmal rief jemand ihren Namen, und jetzt erst bemerkte sie, dass sie aufgewacht war.

Sie befand sich in ihrem Bett. Und tatsächlich war überall Rauch. Sie hustete. *Rauch.*

DAS FEUER

Emmi sprang auf. Sie verschluckte sich fast. Dann lief sie die Treppe hinunter, rutschte aus und stürzte zum Glück mit den Beinen voraus hinab. Der Aufprall war unsanft, und ein stechender Schmerz stieg von ihrem Knöchel hoch, doch rundherum war es so heiß, dass sie begriff, dass das nicht ihr größtes Problem war. Hier unten qualmte es noch mehr. In einer Wolke glaubte sie, einen Körper auszumachen, der auf sie zutanzte. Aber natürlich bildete sie sich das nur ein. Ihr war schwindelig, ihr Kreislauf drohte zu kippen. Wieder hörte sie, wie ihr Name gerufen wurde. Das war Severin. Er tauchte aus dem Rauch auf wie ein Gespenst. »Es gab einen Kampf! Er hat mich erwischt.«

Emmi versuchte zu verstehen, was Severin ihr da sagte, aber im Augenblick war kein Platz für lange Unterhaltungen. Ihr

Gehirn schickte ihr lediglich Alarmsignale, so schnell wie möglich das Weite zu suchen. *Raus!*

Emmi sah, wie Severin sich ihr näherte. Seine Augen waren weit aufgerissen. Sie suchte nach der Tür. Verfehlte die Klinke. Die Welt rutschte aus ihrem Blickfeld. Sie fiel. Er fing sie auf. Emmi erkannte, dass Severin blutete. Eine große Platzwunde war die Ursache, als hätte ihm ein Kriegsbeil den Kopf gespalten. Es sah beängstigend aus.

Plötzlich wurde alles in ein unruhiges Licht getaucht, das sich in den Rauchwolken brach.

»Geht es dir gut?«

Sie konnte es nicht fassen. Der Rauch wurde immer dichter, eine Wunde klaffte an seinem Kopf, und er fragte sie, wie es ihr ging? Plötzlich lag ihre Hand auf seiner Wange. Sie wollte etwas sagen, doch ein Hustenanfall machte jedes weitere Wort unmöglich.

Severin öffnete die Tür. Im selben Moment ertönten von draußen Feuerwehrsirenen. Sie stolperten ins Freie. Emmi hustete sich die Seele aus dem Leib. Und so blieben sie nach ein paar Metern einfach im nachtfeuchten Gras liegen. Lauschten dem Brüllen ihres kratzenden Hustens und den Kommandos der Feuerwehrleute, die zwischen ihnen hin und her liefen.

DIE RETTUNG

Sie sah zu, wie die Schläuche ausgerollt wurden und die Wasserfontänen auf das Haus zuströmten. Die Feuerwehr war mit zwei Fahrzeugen gekommen, das Plärren der Sirenen tat in den Ohren weh, und Emmis Lungenflügel brannten so sehr, dass ihr speiübel wurde. Der Lärm, der Schmerz und schließlich ihr unaufhörlicher Husten ließen sie die folgenden Minuten kaum mitbekommen.

Sandbergs Häuschen war nicht besonders groß, die Flammen hatten sich deshalb rasch bis unters Dach gefressen, waren dann aber abrupt erstickt worden, sodass es nun, da die Hitze abnahm und der Rauch langsam abzog, sogar danach aussah, als könnte man hier recht rasch wieder einziehen, wenn man sich von ein paar leicht angekohlten Fensterrahmen nicht irritieren ließ. Alles halb so wild.

Doch dann sah Emmi, wie sich zwei Feuerwehrleute auf Severin stürzten und hektische Bewegungen in Richtung ihrer Kameraden machten. Einer begann mit einer Herzdruckmassage. Nach einer Minute riss er sich den Helm vom Kopf und machte weiter. Emmi erkannte ihn. Es war einer der Feuerwehrleute, die beim Zeltfest den Streit zwischen Severin und dem Kerl schlichteten, der sie angefasst hatte.

Emmi wurde klamm ums Herz. Sanitäter eilten herbei und setzten die Reanimation fort. Sie streiften Severin eine Sauerstoffmaske über und verfrachteten ihn im Laufmarsch in einen Rettungswagen, der sogleich mit einem unfassbar laut plärrenden Martinshorn davonraste.

Einer der Feuerwehrleute lief schluchzend an Emmi vorüber.

»Wird er es schaffen?«

Der Mann warf ihr einen abschätzigen Blick zu und hob ratlos die Schultern. »Der Notarzt sagt, das sei nicht sicher.«

»Und wie geht es dem anderen Mann im Haus?«, wollte sie wissen. Auch Emmi wurde nun auf eine Trage gehievt.

»Welchem anderen Mann?«

»Na, da muss doch noch einer sein. Severin hat geblutet. Er hat etwas von einem Kampf gesagt.«

»Da war kein Mann. Das Haus ist leer.«

Emmis Lider flatterten. »Was soll das heißen?«, fragte sie, doch auch ihr wurde nun eine Sauerstoffmaske übergestülpt. Sekunden später setzte sich der Wagen, in den sie geschoben worden war, ebenfalls in Bewegung. Entweder war es die Erschöpfung oder eine durch ein Medikament verursachte Ohnmacht, jedenfalls schlief sie bald darauf ein.

Eine Rauchgasvergiftung sei teuflisch, sie müsse unbedingt

untersucht werden, hörte sie noch in die ersten Nebelschwaden eines rasch aufziehenden Traums. Sie sah plötzlich Fladischers Gesicht vor sich. Er fletschte die Zähne wie ein tollwütiges Raubtier. Bläschen bildeten sich um seine Lippen, und Emmi glaubte, seine Speicheltropfen auf ihrem Gesicht zu spüren.

»Was zum Teufel machen Sie immer noch hier? Hab ich Ihnen nicht gesagt, Sie sollen verschwinden? Jetzt sehen Sie sich an, was passiert ist. Unser lieber Severin Moser. Was hat er bei Ihnen zu suchen gehabt? Warum schleichen Sie sich nicht endlich und lassen uns in Ruhe? Seit Sie hier sind, gibt es nur Unruhe im Dorf.«

Sein Schreien verebbte mit der Schwärze ihres Schlafs. Das Schaukeln des Wagens war beruhigend. Niemand sprach mehr, und einen Moment lang fühlte es sich an, als schliefe sie einfach dort weiter, wo sie durch Feuer und Kampflärm aufgeweckt worden war. Ihre Lider flatterten noch unter den letzten Bildern, die vor ihrem inneren Auge auftauchten, dann wurde alles schwarz. Rußschwarz. Nachtschwarz. Ewigschwarz.

6
DER AMOKLAUF

DER UNGEBETENE GAST

Das Piepen eines Monitors, der neben ihrem Bett montiert war, ließ Emmi aufwachen. Tageslicht strahlte durch ein Fenster herein, dessen Vorhänge jedoch so dick waren, dass man dahinter nichts erkennen konnte. Sie versuchte, den Kopf zu heben, da ihr dies aber Schmerzen verursachte, rührte sie sich ein paar Minuten nicht. Erst nach und nach setzten sich die Bilder aus ihrer Erinnerung zusammen und ergaben ein Ganzes, das sie am liebsten aus ihrem Gedächtnis verbannt hätte. Severin Moser, wie er mit der Sauerstoffmaske im Gesicht in den Rettungswagen geschoben wurde. Sie schluchzte auf.

Dieses Geräusch löste eine Bewegung an ihrem Bettende aus, die sie zuerst als Rascheln wahrnahm. Jemand schien dort zu wachen. Sie wagte nicht, den Kopf erneut zu bewegen. Die Gewissheit, nicht allein im Raum zu sein, und die Unklarheit darüber, wer derjenige war, der da an ihrem Bett saß, machten sie nervös. Sie versuchte, etwas zu sagen, doch es dauerte eine Weile, weil sich ihre Lippen wie Baumrinde anfühlten und die Zunge wie ein dicker, ausgetrockneter Schwamm.

»Wh...öm...« Mehr brachte sie nicht hervor.

Wieder das Rascheln am Bettende. Jemand richtete sich auf. Emmis Herz raste. War das wieder einer ihrer Alpträume, der sie etwas Schreckliches sehen ließ, während es ihr unmöglich war zu fliehen?

»Wer ist da?«, brachte sie endlich hervor und wunderte sich, dass ihr das plötzlich so leichtgefallen war. Es fühlte sich zwar an, als hätte sie erst vor wenigen Minuten gelernt zu sprechen, die Freude darüber, es überhaupt wieder zu können, überwog aber. »Wer ist da?«, wiederholte sie.

»Ich bin es nur«, hörte sie die Stimme und wähnte sich daher doch wieder in einem Traum. Was machte *der* hier? Woher wusste er ...?

Dann stand der Mann endlich neben ihr und tauchte in ihrem Blickfeld auf. Tatsächlich, er war es.

»August?«

»Ich hab gehört, was passiert ist, und bin sofort hierhergefahren. Zum Teufel, was machst du immer noch hier in dieser gottverlassenen Gegend?«

August Schwarz sah ehrlich besorgt aus. Einen Atemzug lang. Dann winkte er jemandem zu, und beinahe im selben Augenblick tauchte ein Kameramann hinter seinem Rücken auf. Sie kannte den Mann, es war ein Mitarbeiter der Redaktion. Das rote Lämpchen der Kamera brannte direkt neben dem Objektiv, ein Zeichen dafür, dass die Aufnahme lief.

»August …«, hauchte Emmi und wäre am liebsten wieder zurück in ihren komatösen Schlaf gefallen. Die machten jetzt tatsächlich eine Aufnahme für den Onlineauftritt. Sie traute August zu, dass das sogar ein Liveeinstieg war, um die Social-Media-Reichweite zu erhöhen.

»Meine Damen und Herren, wir befinden uns hier im Krankenhaus der Bezirkshauptstadt Steinbruck, in das Emmi Beinhart nach dem verheerenden Brand des von ihr bewohnten Hauses in den steirischen Bergen gebracht wurde. Was ihr widerfahren ist, ist ein weiteres Beispiel dafür, dass die Welt aus den Fugen gerät. Ah, sie möchte uns etwas sagen …«

Schwarz kam näher und richtete das Mikrofon auf Emmis Lippen. »Was … was möchten Sie uns mitteilen, Frau Beinhart?«

Emmi wusste nicht, woher sie plötzlich die Kraft nahm. Gerade eben war es ihr noch unmöglich gewesen, den Kopf zu bewegen, doch nun hob sich ihr Oberkörper, ihre Muskeln spannten sich, und sie versetzte Schwarz einen heftigen Faustschlag ins Gesicht.

Möglicherweise war der Schlag fester ausgefallen, als sie es vorgehabt hatte, aber er bewirkte genau das, was Emmi hatte auslösen wollen.

Schwarz kippte rücklings vom Bett, über das er sich gebeugt hatte, ging in die Knie, jammerte und brüllte und hielt sich mit beiden Händen die Nase, während zwischen seinen Fingern Blut hervorquoll.

Als eine Krankenschwester und ein Arzt den Raum betraten, benötigten sie ein paar Sekunden, um die Situation zu überblicken, dann drängten sie den jammernden Journalisten und den Kameramann mit strengen Blicken hinaus.

Das rote Lämpchen war immer noch an, und Emmi lächelte zufrieden. Was weiter mit August passierte, war ihr egal. Sie dämmerte unter einer Sauerstoffmaske, die man ihr aufs Gesicht drückte und die sicherlich noch irgendeine andere Substanz enthielt, zurück in einen unruhigen Schlaf.

IN STEINBRUCK

Die Zeit verging nicht. Die Tage schienen endlos, und nur die Routine des Krankenhausbetriebs hielt Emmi aufrecht. Das regelmäßige Essen, die Visiten.

Sie hatte zu viel von dem Brandrauch eingeatmet. Ein junger Arzt, den sie einmal sah und dann nie wieder, hatte ihren Zustand beschwichtigend abgetan und einen alten Feuerwehrspruch zitiert: »Fünf Atemzüge reichen zum Sterben. Sie haben zwei, vielleicht drei genommen. Gute Chancen also.«

Die Sauerstoffmaske, die dazu diente, die giftigen Kohlenmonoxidpartikel aus dem Blut abzuleiten und ihren Keuchhusten mit Salbutamol und anderen bronchienerweiternden Stoffen zu bekämpfen, war bald nicht mehr nötig. Nach ein paar Tagen reichte ein offenes Fenster. Die anfänglichen Kopfschmerzen verschwanden. Positiv war auch, dass sich im Laufe der Tage das Fieber gesenkt hatte und der grippale Infekt ausheilte.

Viel schlimmer waren die Biester, die ihre Gedanken heimsuchten. Denen war sie hilflos ausgeliefert. Und sie kreisten stets um ein und denselben Satz: *Die Welt gerät aus den Fugen.*

Zwischen den Untersuchungen hatte Emmi Zeit, durch die Gänge zu streifen. Die Krankenhausflure kamen ihr ungemein friedlich vor, es wurde leise gesprochen, und alles machte den Eindruck, für jede Eventualität gewappnet zu sein. Manchmal flackerte das Licht, und Emmi traute sich gar nicht zu fragen, was das zu bedeuten hatte. Sie hatte in den letzten Tagen zu viel erlebt. Ein Hochwasser, einen sterbenden Wald, Stromausfälle. Was, wenn August recht hatte mit seiner Annahme von der untergehenden Welt? Emmis Augen füllten sich mit Tränen. Was war nur los mit ihr? Warum war sie plötzlich so ein Nervenbündel? Ob das die Medikamente waren? Oder doch der Stress der letzten Tage?

Einmal kam Emmi mit einer Krankenschwester ins Gespräch. Sie trug ihr Haar kurz, war sehr blass und hatte dicke Finger. Sie hatte eine schmale Uhr am Handgelenk, und ein Ehering grub sich tief in ihre Haut. Sie faltete die Hände vor dem Bauch, wie das Politiker heutzutage gern taten, und ihr tiefer Blick ruhte auf ihr. Emmi spürte, dass dieser Frau nichts entging. Als könnte sie in die Seelen der Menschen blicken. Kein Wunder, dass Emmi rot wurde, während sie miteinander sprachen, und als sie die Rede auf den Patienten auf der Intensivstation lenkte, einen Mann namens Severin Moser, zitterten die Lider der Krankenschwester so, als löste dieser Name eine Erinnerung in ihr aus. Sie nickte, als hätte sie diese Frage erwartet, und presste die Lippen aufeinander.

Emmi wischte sich die feuchten Hände an den Oberschenkeln trocken und gab mit einer Geste zu verstehen, dass es nicht so wichtig sei, sie habe nur fragen wollen. Sie hätte schwören können, dass sich der Boden unter ihren Füßen drehte.

»Wissen Sie, ich darf Ihnen dazu eigentlich nichts sagen. Sie sind ja keine Angehörige, oder?«

Emmi versuchte, dem Blick der Krankenschwester auszuweichen, doch wohin sie auch schaute, sie folgte ihren Augen. Die Situation war unheimlich. Sie verstehe das natürlich, sagte sie. Aber … Emmi kam nicht weiter, denn plötzlich ruhte die

Hand der Schwester auf ihrem Unterarm. Sie war heiß, und von ihr ging ein Knistern aus, das Emmi die Haare zu Berge stehen ließ.

»Schon gut, ich erkundige mich nach dem Mann. Aber ich befürchte, es steht nicht gut um ihn.«

Dann drehte sie sich um und verschwand in einem der Zimmer.

War das jetzt ein Engel oder ein Dämon gewesen?

ZIMMER 141

Emmi saß am Rand ihres Bettes und versuchte, nach einem Hustenanfall wieder zur Ruhe zu kommen, als sie vom Gang her aufgebrachte Stimmen vernahm. Sie öffnete die Tür und beobachtete, wie eine Krankenschwester und ein Pfleger durch den Flur liefen und in ein Zimmer eilten, aus dem Geschrei tönte. Sie näherte sich dem Raum. Niemand beachtete sie. Die Tür stand offen, und sie sah, wie ein Patient in einem Spitalshemd, wie sie es selbst ebenfalls trug, am Boden fixiert wurde. Ein wildes, schmerzverzerrtes Gesicht wandte sich ihr zu, und sie erkannte den jungen Mann. Es war einer der Waldbader, die auch beim Zeltfest gewesen waren.

Jemand setzte ihm eine Spritze an. Der Mann stöhnte. Tränen schossen ihm aus den Augen. Er stieß Schimpfwörter hervor. Doch dann erschlaffte seine Gegenwehr allmählich. Seine Lider flatterten. Kräftige Arme hoben ihn hoch und legten ihn zurück aufs Bett. Ein Polizist stand plötzlich neben ihm. Legte ihm Handschellen an. Emmi traute ihren Augen nicht. Was ging hier vor?

»Die Menschen werden immer verrückter«, hörte sie eine Stimme dicht neben sich.

Emmi machte erschrocken einen Satz zur Seite.

Die feiste Krankenschwester mit den dicken Fingern war neben ihr aufgetaucht. Mit strengem Blick auf den dösenden Patienten sagte sie: »Es gibt immer mehr von ihnen. Sie sind der Meinung, ihr Verhalten würde etwas ändern. Sie glauben, sie seien im Recht, wenn sie Stromausfälle verursachen, Autos zerstören und Straßen blockieren. Wenn sie allen das Leben schwer machen.«

»Warum ist er hier?«

Die Krankenschwester setzte eine gleichgültige Miene auf. »Jemand hat ihn verprügelt. Krankenhausreif geschlagen, wie man so sagt. Jetzt macht der Kerl hier Radau.«

»Und der Mann, der ihn zusammengeschlagen hat?«

Jetzt schaute die Krankenschwester sie direkt an. »Der erwischt hoffentlich den nächsten dieser Typen …« Dann machte sie auf dem Absatz kehrt und verschwand in ein anderes Zimmer.

Emmi blickte den Gang entlang, der nun menschenleer war. Er kam ihr nun nicht mehr so friedlich vor. Sie fröstelte.

Der Mann lag in Zimmer 141, Emmis Zimmer hatte die Nummer 139. Sie hatte ein Mundstück verpasst bekommen, das mit einer Sauerstoffflasche auf Rollen verbunden war. Mit diesem Gerät, das ihr vorsintflutlich vorkam, spazierte sie die Gänge entlang und schaute sich gelangweilt die Bilder an den Wänden an, die von der langen Geschichte des Steinbrucker Spitals erzählten. In Wahrheit hatte sie natürlich kein Interesse an den Aufnahmen, sondern wartete darauf, dass der Polizist, der vor Raum 141 auf einem Plastiksessel saß, auf die Toilette musste. Es konnte doch nicht sein, dass er den ganzen Tag über niemals … Als es so weit war, dachte Emmi nicht lange nach. Die Räder ihres Infusionsständers wackelten aufgeregt, als sie auf die Nummer 141 zusteuerte.

Leise fiel die Tür hinter ihr ins Schloss.

In dem Bett lag der Mann, der sie jetzt mit müden Augen anschaute. Er machte ein trauriges Gesicht.

»Wenn Sie mich auch schlagen wollen, nur zu. Ich kann mich

ohnehin nicht wehren.« Er machte eine hilflose Geste mit seinen ans Bettgestell gefesselten Händen.

Emmi nahm die Atemmaske ab. »Ich will Sie nicht schlagen. Ich will nur wissen, warum Sie das alles tun, diese ganzen Vandalenakte.«

»Vandalen«, wiederholte er leise. Seine Stimme war schwach und klang, als würde er jeden Moment einschlafen. »Wissen Sie, wer die Vandalen waren? Das war eine Volksgruppe, die von Germanien bis nach Nordafrika zog. In der Zeit der Völkerwanderung. Die Leute waren verzweifelt auf der Suche nach einem Stück Land auf dieser Erde, auf dem sie sich sicher fühlen konnten.«

Emmi hatte keine Ahnung, worauf der Mann hinauswollte, und blickte zur Tür. Würde der Polizist einen Blick hineinwerfen, wenn er wieder zurückkam?

»Wir wollen uns auch nur irgendwo sicher fühlen. Aber das geht nicht, weil uns keiner zuhört. Die Menschen müssen endlich reagieren. Autos weglassen, weniger Strom verbrauchen, weniger konsumieren. Wir müssen unsere Wälder schützen und die Tierwelt auch. Reicht es nicht, was vor ein paar Tagen passiert ist, als der Bach über die Ufer getreten ist, die Häuser weggespült und diese Frau und die beiden Kinder getötet hat? Muss denn noch mehr passieren? Müssen vielleicht auch die Wälder sterben?«

Emmi reagierte alarmiert. »Was wissen Sie darüber?«

»Na, Sie waren doch auch in Rabenwald. Ich hab Sie gesehen. Und dann das Hochwasser. Da stimmt doch etwas nicht. Die Welt geht unter. Das sieht doch jeder.«

Emmi hatte nicht das Gefühl, dass sie das Gespräch weiterbrachte. »Ja«, sagte sie kraftlos, »ich war dort. Aber ist es nicht ein wenig übertrieben zu behaupten, dass das Anzeichen dafür sind, dass die Welt untergeht? Ich meine, ernsthaft: Das war ein Unwetter, wie es alle paar Jahrzehnte vorkommt, ein Unglück, aber … ach, lassen wir das.« Sie richtete sich auf, das Gespräch war für sie beendet. Sie hatte noch nicht genug Energie für solche Unterhaltungen.

Der Mann versuchte wieder, seine Arme zu heben. »Ja, gehen Sie nur. Aber glauben Sie wirklich, dass das nur Verschwörungstheorien sind? Will uns da nicht jemand kleinhalten, damit wir erst recht vor lauter Panik alles an uns raffen, was wir zu fassen kriegen?«

Emmi seufzte. »Kommt das öfter vor, dass einer von euch zusammengeschlagen wird?«

Der junge Mann biss sich auf die Unterlippe, und Emmi sah, dass ihm ein Schneidezahn fehlte. »Meine Liebe, es kommt bald der Tag, an dem alle übereinander herfallen werden. Unser letzter Akt wird Gewalt sein. Rohe Gewalt. So ist der Mensch.«

Emmi ließ die Schultern hängen. Sie wollte schon gehen, als sie noch einmal das Wort an ihn richtete. »Sind Sie aus der Gegend?«

»Ja, ich komme aus einem Nachbarort von Rabenwald. Nicht weit von hier. Aber mit den Leuten dort will ich nichts zu tun haben. Sind ja alles Jäger, Forstarbeiter und Senner. Die halten mich für verrückt.«

»Weil Sie Bäume umarmen?«

»Jaja, Sie denken genauso.«

»Nein. Ich bin aus Wien. Ich versteh Sie. Ich komme mit den Dorfbewohnern auch nicht wirklich klar. Kannten Sie die Leute, die bei dem Unwetter gestorben sind?«

»Die Zaunschirms? Na ja, kennen ist übertrieben. Ich weiß nur das, was man sich am Stammtisch so erzählt. Das waren Grazer, die immer wieder heraufgekommen sind. Die haben sich nicht sonderlich eingefügt in die Gemeinschaft. Sie sollen oft gestritten haben.«

»Worüber?«

»Das weiß ich nicht. Ich kannte sie, wie gesagt, nicht gut. Aber er ist bei der Kriminalpolizei unten in Graz, das weiß ich.«

»Und die Frau?«

»Ja, das ist seltsam. Da ist immer so ein Auto vor der Tür gestanden. Eines wie die, die jetzt plötzlich drüben in Rabenwald stehen.«

»Was für ein Auto?«

»Ein weißer Van mit der Aufschrift ›Forest Inc.‹. Ich glaube, die hat für die gearbeitet.«

Ohne das Gespräch weiterzuführen, setzte Emmi ihre Atemmaske wieder auf und rollte aus dem Zimmer. Der Polizist war noch nicht wieder zurückgekehrt, und so gelangte sie unbehelligt in ihr Zimmer zurück.

Unser letzter Akt wird Gewalt sein … Ein weißer Van mit der Aufschrift Forest Inc.

Als sie sich auf ihr Bett fallen ließ, war sie wieder atemlos.

DER PATIENT

Emmi hatte einmal gelesen, dass so etwas wie Lethargie durch Eintönigkeit tatsächlich nur in jungen Jahren vorkomme, Erwachsene seien dazu nicht mehr fähig, da sie – nicht zuletzt seit es Smartphones gab – gar keine Möglichkeit mehr hätten, *nichts* zu tun.

Nichts tun. Emmi schnaufte verächtlich. Das war ja ein Widerspruch in sich. *Nichts tun.*

Sie hatte versucht, die Monotonie mit Lesen zu unterwandern, doch in dem Bücherregal im Aufenthaltsraum gab es nur abgegriffene Bücher von Autoren, deren Werke noch zu Zeiten der Buchgemeinschaft »Donauland« populär waren. Und dann lag da noch die Zeitung, die sie durchblätterte, bis sie auf Augusts Artikel stieß.

Jeden Tag schrieb er über die Welt, die im Begriff war, unterzugehen. Sie fand seine Kommentare verstörend. Im Grunde hetzte er die Leute gegeneinander auf und riet dazu, sich in Sicherheit zu bringen. Rabenwald und der Höllgraben wurden dabei so etwas wie sinnbildhafte Orte des Untergangs. Warum ließ Sani das zu? Emmi war die Lust aufs Lesen jedenfalls rasch vergangen.

Sie hatte längst das Gefühl, gar nicht mehr im Krankenhaus sein zu müssen, doch ein weiterer Tag mit Untersuchungen wurde ihr noch in Aussicht gestellt. Durchbrochen wurde die Monotonie schließlich durch das Aufkreuzen der drallen Schwester. Emmi hatte sich in der Zwischenzeit auch ihren Namen gemerkt, sie hieß Hannah. Hannah kam ins Zimmer und spähte verschwörerisch links und rechts über ihre eigene Schulter.

»Kommen Sie schnell. Jetzt können Sie ihn besuchen.«

Emmi beschlich das Gefühl, dass sie Severin nicht mehr viel Zeit gaben. Warum sonst sollte die Schwester so etwas riskieren? Sie wollte den beiden jungen Leuten anscheinend noch ein Wiedersehen ermöglichen.

»Aber ich warne Sie«, sagte Schwester Hannah noch, als sie den Gang entlanggingen. Ihr Haar klebte am feuchten Nacken. »Er ist in einem sehr schlechten Zustand. Ehrlich gesagt, ist es ein Wunder, dass er noch lebt.«

Emmi wurde flau im Magen. Dass es so schlecht um Severin stand, hatte sie nicht gewusst.

»Ist er wach?«

»Ja, er erlangt immer wieder kurz das Bewusstsein. Normalerweise müsste er bei seinem Zustand die meiste Zeit bewusstlos sein. Er hat eine schwere Rauchgasvergiftung. Ich kann mir nicht vorstellen, dass seine Augen noch die Kraft haben, sich zu öffnen. Aber es ist, als ob er wüsste, dass es nicht mehr lange dauert, und er noch einmal alles sehen wollte. Auch wenn er wohl nicht mehr viel Schönes sehen wird. Obwohl«, die Krankenschwester schaute sich hilflos um, »auch da draußen wird es bald nicht mehr viel Schönes zu sehen geben, wenn man dem, was die Zeitungen schreiben, Glauben schenkt.«

Schon wieder dieser Pessimismus, als stünde die Welt unmittelbar vor dem Untergang. Emmi unterdrückte eine Bemerkung. Stattdessen versuchte sie, ihre ganze Aufmerksamkeit auf Severin zu lenken. Sie kannte ihn noch nicht lange und hatte doch schon viel mit ihm erlebt. Der Mann war immer noch ein großes Rätsel für sie.

Als sie vor seinem Zimmer standen, hatte Emmi einen Kloß im Hals. »Wird er mich erkennen?«

»Sie meinen, ob er seine Umgebung wahrnimmt? Ja, das tut er.« Und als wollte sie nun keine weiteren Fragen mehr beantworten, schob die Schwester Emmi durch die Tür.

Emmi machte zwei Schritte auf ein gewaltiges Bett zu und hielt dann inne. Es war so schwer zu glauben. Vor Kurzem hatten sie noch miteinander gesprochen, und jetzt lag zwischen ihr und Severin ein schier grenzenloses Schweigen.

Im Raum summte es wie in einem Bienenstock, Monitore blinkten rund um das Bett, Infusionsflaschen gaben ihre Flüssigkeiten tropfenweise durch Plastikschläuche ab. Trotzdem erkannte Emmi den bulligen Kerl mit dem wie immer etwas traurig, aber auch trotzig wirkenden Gesicht sofort, obwohl er einen Verband um den Kopf gewickelt hatte. Er schlief.

Schwester Hannah machte eine Runde ums Bett, überprüfte die Schläuche und verschwand dann lautlos aus dem Zimmer.

Emmi kam näher, nahm sich einen Stuhl und setzte sich ans Bett. Sie griff nach Severins Hand, wischte sich ein paar Tränen aus den Augen und hauchte: »Sevi, kannst du mich hören?«

Sevi. Aus irgendeinem Grund war ihr das über die Lippen gekommen. Ihre Gefühle waren verwirrend. Einerseits war sie unsagbar erleichtert, dass er am Leben war, denn Severin war ihre einzige Bezugsperson im Dorf. Und er hatte sie aus den Flammen gerettet. Andererseits hatte er von einem Kampf gesprochen, doch eine zweite Person war nicht gefunden worden. Entweder diese Person war unbemerkt entkommen, oder Severin hatte gelogen. *Aber wer hat dann das Feuer gelegt?* Emmi wusste nicht mehr, wem sie noch trauen konnte.

Er antwortete nicht auf ihre Frage.

Sie saß lange so da, und als sie endlich aufstand, ließ das scheidende Licht des dämmernden Tages die Gegenstände im Raum schon fast verschwinden. Sie griff nach der Tür, als sie noch einmal einen Blick auf Severin warf.

Er sah sie nun direkt an. Seine Augen funkelten zwischen den Verbänden in seinem Gesicht und ruhten dunkel auf ihr.

»Pass auf dich auf!«, sagte er, ehe er die Lider wieder schloss und wie zuvor in ein sanftes Schnarchen verfiel.

Emmi verließ das Zimmer ratlos.

PAUL ZAUNSCHIRM

Als Emmi doch noch am selben Tag das Krankenhaus verließ, fragte sie sich, was es mit dem Fremden auf sich hatte, von dem Severin berichtet hatte. Gab es ihn tatsächlich? Warum sollte Severin gelogen haben? Und wenn er wirklich existierte, wohin war er dann verschwunden?

Als Emmi die Straße entlanglief, rann ihr kalter Schweiß über den Rücken. Ihr Auto stand in irgendeiner Werkstatt. Ihre Freunde waren in Wien. Der einzige Ort, an dem sie sich im Augenblick in Sicherheit fühlte, war der Keller in Sandbergs Häuschen. Und zwischen ihr und diesem Haus befand sich der Wald. Sie wusste zwar, dass es markierte Wanderwege gab und dass einige davon nach Rabenwald führten, aber traute sie sich so einen langen Marsch in ihrem Zustand wirklich zu?

Sie entschied sich, einen gänzlich anderen Weg einzuschlagen. Sie ging an einem Supermarkt vorüber, aus dem die Leute mit überfüllten Einkaufswägen strömten. Sie stürmten richtiggehend zu ihren Autos und rempelten sich dabei gegenseitig um. Jemand stürzte. Eine Einkaufstasche platzte. Autos fuhren in wilder Eile davon, als wollten deren Fahrer nicht gesehen werden. Bildete sie sich das alles nur ein, oder drehten hier tatsächlich alle durch?

Emmi ging auf eine Frau zu, die am Boden lag und schluchzte. Sie half ihr auf die Beine. Was denn los sei, wollte Emmi wissen.

»Na, was wohl«, murmelte die Frau. »Wir nehmen, was wir kriegen können, bevor es nichts mehr gibt.«

Emmi blickte auf die Einkaufswägen, die an ihnen vorbeigeschoben wurden. Sie waren gefüllt mit Toilettenpapier, Kisten voller Bier und Wasserflaschen und Bergen an Lebensmitteln in Dosen. Und nicht nur das. Sie sah, dass die Scheiben des Supermarkts eingeschlagen worden waren und die Menschen über die Glassplitter hinwegkletterten, wobei Emmi sich fragte, was sie denn noch dort wollten, denn ein Blick in den Markt offenbarte leer geräumte Regale. Alles hier war aus den Fugen geraten.

Als Emmi sich wieder umdrehte, war die Frau, der sie soeben geholfen hatte, fort.

»Wen suchen Sie? Einen Lukas Wagner gibt es nicht bei uns.«

Ratlos wechselte Emmi das Standbein. Sie war nach dem Supermarkterlebnis direkt zur Polizeistation gegangen und fand sich nun einer genervt wirkenden Polizistin gegenüber.

»Sie haben es vielleicht bemerkt. Im Augenblick geht es hier drunter und drüber. Also wenn es nichts Wichtiges ist, würde ich Sie bitten, anderswo nach diesem Mann zu suchen. Wir können derzeit keine solchen Anfragen bearbeiten, ich denke, das verstehen Sie, oder?«

»Aber das kann nicht sein. Er ist Polizist. Er ermittelt in dieser Waldsache.«

»Welche Waldsache?« Die Beamtin war dabei, sich eine Jacke vom Kleiderhaken zu nehmen. Sie war offenbar im Begriff zu gehen.

»Na, der Förster Dieter Linden, der erhängt aufgefunden wurde. Sie müssen Herrn Wagner doch kennen. Ich habe ihn erst vor Kurzem getroffen.«

Die Frau begann, ihren Nasenrücken zu massieren. Sie machte dabei ein unendlich erschöpftes Gesicht. »Hören Sie. Ich hab im Moment wirklich keinen Kopf für noch mehr Probleme.«

»Sind Sie denn allein? Ist hier sonst niemand mehr?«

Die Polizistin schien Emmi nicht zugehört zu haben. Sie war wieder mit Anziehen beschäftigt.

»Sie müssen mir helfen, bitte. Ich komme gerade aus dem Krankenhaus, und ich denke, das habe ich ihm zu verdanken.

Mein Freund sagte, ein fremder Mann hätte ihn angegriffen. Und ich glaube, das war Wagner.« Hatte sie tatsächlich soeben Severin als ihren Freund bezeichnet? »Ich meine, ich verdächtige einen Polizisten. Hören Sie, was ich sage?«

Die Beamtin stieß so energisch die Luft aus, dass ihre Schultern zusammenfielen. »Also gut. Einen Augenblick bitte.« Sie machte einen Schritt zurück und rief in einen Gang hinein, den Emmi nicht sehen konnte: »Franz, kennst du einen ...?« Sie schaute wieder zu Emmi.

»Lukas Wagner«, flüsterte Emmi.

»Lukas Wagner«, rief die Polizistin. »Er soll Polizist sein und in der Sache mit dem Förster ermitteln, der sich drüben bei den Waldschraten ...« Die Polizistin drehte sich zu Emmi. »Entschuldigung, so nennen wir die hinterm Berg in Rabenwald manchmal.« Dann wandte sie sich wieder dem unsichtbaren Kollegen zu. »Weißt eh, der, der sich mit dem Kletterseil im Wald aufgehängt hat.«

Emmi verstand nicht, was die Stimme im Gang erwiderte, doch die Polizistin sagte nur: »Gleich.«

Im selben Moment kam ein untersetzter Mann in Uniform um die Ecke. Auch er schien gerade aufbrechen zu wollen. Noch einmal schilderte Emmi ihre Begegnung mit Lukas Wagner, doch auch dieser Beamte schaute sie nur ratlos an.

»Nie gehört.«

Sie konnte spüren, wie sie um einige Zentimeter schrumpfte. Sie war davon überzeugt gewesen, dass die Polizei ihr weiterhelfen würde, doch stattdessen blieb sie ratloser denn je zurück. Emmi bedankte sich leise und wandte sich ab.

Sie hatte die Tür schon erreicht, als der Polizist ihr nachrief: »Moment mal, ich erinnere mich an Sie! Sie waren bei dem Hochwasser. Ich hab Sie dort gesehen.« Er wechselte einen bedeutungsvollen Blick mit seiner Kollegin. »Das ist die Zeitungsfrau, die ...« Er unterbrach sich, offenbar war er auf der Suche nach den richtigen Worten.

»... die auf eine der Leichen, die unter dem Geröll lag, getreten ist«, vervollständigte Emmi den Satz.

Die Mundwinkel der Polizistin bebten, und Emmi konnte sehen, wie sie die groteske Szene vor ihrem inneren Auge noch einmal abspulte. »Die Zaunschirm und ihre Kinder«, hauchte die Polizistin. »Schrecklich. Ja, jetzt erinnere ich mich auch an Sie.«

Plötzlich sahen sich die beiden Beamten lange an.

»Ist der Mann, den Sie suchen, etwa so groß?« Der Polizist zeigte mit seiner Hand eine Höhe an, die seine um etwa zehn Zentimeter überstieg. »Blondes, etwas schütteres Haar? Dreitagebart? Recht sportlich? Mitte dreißig?«

»Durchaus attraktiv«, fügte die Polizistin hinzu.

Emmi machte eine unbestimmte Geste. »Ja, das kommt hin«, antwortete sie, auch wenn sie der Meinung war, dass diese Beschreibung auf viele Männer zutraf. »Aber wenn es keinen Lukas Wagner bei der Polizei gibt ...«

»Warten Sie.«

Der Mann verschwand und tauchte kurz darauf mit einer Zeitschrift der Exekutive wieder auf, die ein Foto von Wagner zeigte. Allerdings stand dort nicht »Lukas Wagner« in der Bildunterschrift, sondern »Paul Zaunschirm«.

»Ist er das?«, hakte die Polizistin nach.

Emmi nickte bestürzt. »Was hat das zu bedeuten?«

»Das fragen wir uns auch. Jedenfalls«, erwiderte die Beamtin, »ist Paul der Mann der toten Frau und Vater der beiden Kinder.«

HYSTERIE

»Mit dem Zaunschirm haben wir selten etwas zu tun, er ist ja unten in Graz bei der Fahndungsgruppe, hilft auch bei der ›Leib und Leben‹ aus, der Mordgruppe. In letzter Zeit war er aber öfters in der Gegend. Wenn Sie mich fragen, hatte er Probleme mit seiner Frau. Oder sie mit ihm. Das ist jedenfalls das, was man sich so erzählt.«

»Komm, Franz, wir müssen los.«

»Ist Ihnen sonst noch irgendetwas an ihm aufgefallen?« Emmi hatte das Gefühl, jedes Wort könnte eine Lücke schließen.

Der Polizist blies hörbar die Luft aus, als machte ihm das das Nachdenken leichter. »Was ich gehört hab, hat er mit seiner Frau gestritten, weil sie nur noch für die Arbeit lebte. Das war wohl mit ein Grund, warum sie in letzter Zeit viel heroben war.«

»Wieso, wo hat sie denn gearbeitet?«

»Ach, da ist so eine Gruppe Wissenschaftler unterwegs. Drüben in Rabenwald. Die untersuchen die Bäume. Da war sie wohl dabei. Ich glaub, sie war so etwas wie eine Expertin für Hochwasserprävention. Es ist schon eine Ironie des Schicksals, dass ausgerechnet sie ...«

Konsterniert starrte Emmi ihn an.

»Was ist? Hab ich was Falsches gesagt?«

»Hat er Ihnen etwas getan? Bedroht er Sie?«, unterbrach die plötzlich hellwache Polizistin Emmis Gedanken.

Emmi schüttelte den Kopf. »Nein, nein«, gab sie zurück und murmelte noch einige Beschwichtigungen. Sie wusste nicht, warum sie das tat, schließlich war ihr der Typ wirklich unheimlich. Andererseits hatte sie auch nichts Schwerwiegendes gegen ihn in der Hand. Außer ...

»Wissen Sie schon etwas über die beiden Männer, die bei mir drüben in Rabenwald im Haus gekämpft haben? Als es gebrannt hat?«

Die beiden Polizisten sahen einander an. »Ach, stimmt ... das waren ja auch Sie. Hören Sie, hier ist momentan die Hölle los. Zuerst die Unwetter, jetzt die verrücktspielenden Leute. Wir sind dran. Aber alles der Reihe nach.«

»Verstehe«, sagte Emmi. In Wahrheit tat sie das nicht. Warum unternahmen sie nichts? Resigniert wandte sie sich zum Gehen, hielt dann aber doch inne. »Was ist denn dort draußen los? Warum drehen die Leute so durch?«

Die Polizistin schien diese Frage zornig zu machen, denn sie stapfte an Emmi vorbei hinaus. Ihr Kollege blähte erneut die Backen. »Na ja, irgendetwas muss wieder in den Nachrichten gekommen sein, das alle so aufbringt. Sie wissen ja, wie das heutzutage ist. Es laufen überall Apokalypse-Serien, und die Leute haben seit Corona eine dünne Haut. Wenn dann noch eine ungewöhnliche Wetterlage herrscht, die Zeitungen voll mit Berichten über eine untergehende Welt sind, dann darf man sich nicht wundern, wenn plötzlich alle von Regal zu Regal rennen und alles ausräumen. Und wenn dann einer durchdreht, löst das eine Kettenreaktion aus. Das erleben wir gerade. Auch wenn es nur in Steinbruck geschieht und vielleicht noch bei euch drüben im Höllgraben oder in Rabenwald, das reicht, um uns ganz schön auf Trab zu halten.« Mit einer Handbewegung wies er Emmi an, das Büro zu verlassen. »Und das alles wegen nichts.«

»Was soll das denn heißen? Wegen der Nachrichten? Wir haben doch nur vom Unwetter im Höllgraben berichtet.«

»Ja, Sie vielleicht.« Emmi entging der spitze Unterton nicht. »Das geht schon seit Wochen so, es hört gar nicht mehr auf. Ich sag ja, im Moment reicht es schon, wenn jemand auf der Straße zu laufen beginnt. Alle sind dermaßen angespannt, es herrscht eine regelrechte Hysterie. Aber wir müssen jetzt wirklich los. Im Supermarkt, sagten Sie?«

Emmi konnte sich nicht erinnern, von ihrem Erlebnis vor dem Supermarkt berichtet zu haben. Als sie kurz darauf wieder auf der Straße war, hörte sie noch, wie das Heulen des Martinshorns am Dach des Einsatzwagens, in den die beiden Beamten gesprungen waren, langsam verklang.

Sie stand am Gehsteigrand und griff sich an die Brust. Einatmen, ausatmen. Jetzt nur keine Panikattacke. Sie blickte sich um. Lauerte er ihr auf? Lukas Wagner alias Paul Zaunschirm – oder doch ein ganz anderer? Emmi massierte sich erschöpft die Schläfen. Sie würde es herausfinden. Allein.

»ICH HABE DAS GEFÜHL, DASS ETWAS SCHRECKLICHES VORGEHT.«

»Weißt du eigentlich, was hier los ist?«

»Nein. Ich weiß nur, was *hier* los ist. Ich muss jetzt wirklich Sani sprechen.«

»Noch mal: Das geht jetzt nicht.«

Während Emmi im Postbus saß und die Wiesen vor dem Fenster vorbeiziehen sah, versuchte sie, mit der Chefredakteurin Kontakt aufzunehmen. Der Bus war bis auf sie und den Fahrer leer, und Emmi hatte in einer der hinteren Reihen Platz genommen.

»Hast du den Artikel von August nicht gelesen? Vom Unwetter, der Sintflut und dem Ende der Welt?«, wollte die Sekretärin sie abwimmeln.

Emmi stutzte. Schon wieder? Konnte ihn denn niemand bremsen?

»Bei euch muss es ja wild zugehen, so wie er es beschrieben hat.«

»Nein eigentlich nicht mehr. Das Wetter ist zwar mäßig, aber von einer Sintflut kann keine Rede mehr sein. Die Leute spielen nur verrückt.« Erst vor ein paar Minuten waren sie an einer Reihenhaussiedlung in Steinbruck vorübergefahren, in der die Bewohner ihre Fenster mit Holzbalken zunagelten, als erwarteten sie einen Zombieangriff. »Könntest du Sani wenigstens mitteilen, dass ich einer heißen Sache auf der Spur bin? Möglicherweise geht hier in Rabenwald ein Spinner um.«

Einen Moment lang war es still am anderen Ende der Leitung, und Emmi befürchtete schon, sie hätte hier im Wald keinen Empfang mehr.

Doch dann erklang die Stimme der Sekretärin erneut, diesmal ungewöhnlich besorgt. »Gib auf dich acht, Emmi. Komm lieber nach Hause, wenn es brenzlig wird. Das ist es nicht wert. Es ist nur ein Job.«

Als hätte der Busfahrer nur darauf gewartet, dass Emmi das Handy vom Ohr nahm, rief er nach hinten: »Wo wollen Sie hin?«

»Rabenwald«, rief sie zurück und wunderte sich, denn das hatte sie ja beim Einsteigen schon gesagt, als sie das Ticket bei ihm gekauft hatte.

»Alles klar. Einmal Rabenwald, die Dame. Und retour auch?«

»Nein, ich bleibe dort.«

Der Fahrer blähte die Backen. Es war nicht der, den sie mit Severin getroffen hatte, aber er gebärdete sich ähnlich. Der Rabenwald-Schmäh schien offenbar weitverbreitet zu sein.

Emmi beschloss, sich in die Reihe hinter dem Fahrer zu setzen, hatte aber alle Mühe, bei der kurvigen Straße nach vorne zu gelangen.

»Immer nur gehen, wenn der Bus steht«, zwinkerte ihr der Fahrer durch den Rückspiegel zu. Witzig, wo er doch nie stehen blieb.

Sie umfuhren einige Stellen, an denen die Straße eingebrochen war. Vor den Häusern lagen meist noch Sandsäcke, Feuerwehrautos pumpten weiterhin zahlreiche Keller aus.

»Ist irgendwie gruselig«, kommentierte der Fahrer. »Ich bin froh, dass ich in einer Wohnung im dritten Stock wohne. War's bei Ihnen auch arg?«

»Nein, gar nicht. In Rabenwald war es nicht so wild«, hielt Emmi sich bedeckt.

»Ah ja, stimmt. Das ist so abgelegen, dass nicht einmal die Unwetter hinfinden.«

Emmis Mund machte eine dünne Aufwärtskurve.

»Und? War die Verletzung schlimm?«

Irritiert schaute Emmi auf und registrierte im selben Moment, dass sie ja noch das Armband des Krankenhauses trug, außerdem hatte sie ein Pflaster an der Hand, in der die Kanüle für die Infusion gesteckt hatte. »Ach so, das. Nein, geht schon.«

Der Busfahrer schaute so häufig in den Rückspiegel, dass Emmi befürchtete, er hätte die Straße nicht ausreichend im Blick.

»Sie sind doch die … die Journalistin, oder?«

Jetzt hoben sich Emmis Augenbrauen.

»Na, Ihr Bild war in der Zeitung. Sie haben vom Unwetter berichtet.«

Emmi nickte.

Wieder die Blicke zwischen Straße und Spiegel. »Muss ein interessanter Job sein, wenn man so viel herumkommt.«

In diesem Moment flog der Waldrand an ihnen vorüber. Ein dunkles Haus drückte sich keine zweihundert Meter von der Landesstraße entfernt in einen Hügel.

»Können Sie mich hier rauslassen?«

Sekunden später stand Emmi am Straßenrand und wartete, bis sich das gluckernde Geräusch des Linienbusses entfernt hatte. Sie atmete tief durch und blickte zu dem Haus hinüber, das sich etwas außerhalb von Rabenwald befand. Das Haus von Josefa Linden. Mit seinem dunklen Holz wirkte es von hier aus wie ein von einem Maulwurf aufgeschütteter Erdhügel. Büsche umwucherten es, Kastanienbäume, ein Jägerzaun, ein Motorrad im Carport und ein rostiger Lada Taiga, ein Oldtimermodell aus den achtziger Jahren in Olivgrün, waren zu sehen. Das alles bemerkte Emmi erst beim Näherkommen, und sie wunderte sich darüber, nicht schon bei ihrem ersten Besuch darauf geachtet zu haben.

Die Hütte wuchs mit jedem Schritt aus der Mulde, und auch die Gestalt im Rollstuhl wurde jetzt immer klarer sichtbar. Sie hatte Emmi, seit diese aus dem Bus gestiegen war, fixiert, als hätte sie sie erwartet. Wieder lag das Gewehr in ihrem Schoß. Diesmal war Emmi vorbereitet. Sie winkte schon von Weitem und rief gut gelaunt: »Ich bin unbewaffnet!«

Was sie dafür erntete, kam nach ihrem ersten Aufeinandertreffen nicht unerwartet. Josefa Linden nahm das Gewehr in die Hand und befahl ihr, stehen zu bleiben.

Sosehr sich Emmi auf die schwarze Aura der »Hexe« eingestellt hatte – ja, Josefa Linden glich mit ihrer harten Mimik und der Hakennase fast klischeehaft einer Märchenhexe –, so wenig hatte diese offenbar mit Emmis Selbstvertrauen gerechnet.

»Legen Sie das Gewehr beiseite. Ich muss mit Ihnen über

Ihren Mann reden. Ich befürchte nämlich, dass er ermordet wurde und wir alle in Gefahr sind.«

Der Lauf der Langwaffe schaukelte vor Emmis Brustkorb, ehe er sich senkte. »Wie kommst du auf diesen Blödsinn?«

»Zuerst muss ich Sie etwas fragen, dann erzähle ich Ihnen alles. Aber nur ...«

»Was denn noch?«

»Wenn Sie noch etwas Suppe haben.«

Das überraschte die Hexe dann doch und verführte sie zu einer Tat, die sie sich wohl selbst nicht mehr zugetraut hatte. Sie lächelte.

Die beiden Frauen saßen bei Tisch und löffelten vorsichtig eine dampfende Nudelsuppe, auf der Schnittlauchstücke fröhlich tanzten. Immer wieder machte Josefa Linden Pausen und erzählte, was sie wusste.

»Diese Forest-Kerle sind schon seit einigen Wochen hier. Mein Mann hat die verachtet. Baumkrankheiten gibt es immer wieder: Eschentriebsterben, Rotfäule, Borkenkäfer, Fichtenpest, Tannenpocken, Kestenmasern, nenn es, wie du willst. Der Fladischer ist so ein nervöser Kerl, dass er diese Forest-Typen angeheuert hat. Könnte ja was Schlimmes sein. Nicht dass Rabenwald sein Rabenwald abhandenkommt.« Sie lachte freudlos auf. »Der Dieter hat das auch so gesehen. Dass das ein Blödsinn war. Alles nur Zeitgeist. Die Hysterie der Gegenwart. Alle drehen durch. Wegen euch. Wegen der Medien. Ist doch so.« Ihr knorriger Zeigefinger schwebte durch die Luft und kam Emmis Löffel, den sie sich gerade in den Mund schob, bedrohlich nahe.

»Die Forest-Typen waren auch der Meinung, dass er als Förster dafür verantwortlich sei, dass die von den Waldarbeitern aufgeschichteten Stämme der geschlägerten Bäume viel zu nahe an den Wasserläufen gelagert würden.« Die Alte schaute jetzt auf einen imaginären Punkt auf dem Tisch. »Und dann kam dieses verdammte Unwetter, und was glaubst du, was passiert ist? Die Stämme sind wie Munition die Wassermassen hinabgeschossen und haben alles zertrümmert und verklaust.«

»Aber das kann ja nicht der einzige Grund für die Katastrophe gewesen sein.«

»Nein, eh nicht. Aber einer davon.«

»Wissen Sie, ob Ihr Mann nach dem Unwetter mit diesen Leuten Kontakt hatte?«

»Nein, das weiß ich nicht, weil der alte Haderlump ja dauernd im Wald oder im Wirtshaus herumgehangen hat. Das hat er jetzt davon.« Sie trommelte mit den Fingern auf den Tisch. »Einmal haben die sogar hier angerufen. Ich bin rangegangen. Der Typ hat geschimpft wie ein Rohrspatz. Ach, was red ich. Der hat getobt. Und gebrüllt, das zahle er ihm heim. Das …«

Emmi starrte die Frau mit offenem Mund an. »Sagen Sie, haben Sie das schon irgendjemandem erzählt?«

»Nein.«

»Das gibt's doch nicht. War denn die Polizei inzwischen immer noch nicht hier?«

Die Alte betrachtete ihre schwieligen Hände und schüttelte kaum merklich den Kopf.

»Haben Sie schon einmal etwas von einem Joshua Arkham gehört?«

Noch einmal Kopfschütteln. »Wer soll das sein?«

»Egal. Sagen Ihnen die Namen Paul Zaunschirm oder Lukas Wagner etwas?«

Die Alte schüttelte erneut den Kopf.

»Ich habe ein ungutes Gefühl. Auch wenn ich nichts beweisen kann, befürchte ich, dass etwas Schreckliches vorgeht. Ich wurde bedroht, und ich habe den Eindruck, dass auch Ihr Mann nicht ohne Angst war.«

Josefa Lindens Unterlippe bebte. »Wenn wir jetzt so miteinander reden, klingt das gar nicht mehr so, als hätt sich der Dieter selbst aufgehängt, oder?«

Das Schweigen der beiden Frauen war Antwort genug.

»ES GEHT LOS.«

»Was hast du jetzt vor?«

Auf diese Frage konnte Emmi keine Antwort geben. Sie wollte einfach nur herausfinden, was hier vor sich ging. Die jüngsten Ereignisse und Gespräche, die Leiche im Wald, die seltsamen Plastikmänner, ihr brennendes Haus, die Fotos im Kuvert, das alles hatte ihr mehr als deutlich gemacht, dass sie in Gefahr war.

»Du solltest dich schützen.« Mit diesen Worten griff Josefa Linden in eine Schublade und zog ein Messer hervor, dessen Klinge fast so lang wie ihr Unterarm war. »Das war eines von Dieters Jagdmessern.«

»Was soll ich damit?«

»Na, dich verteidigen natürlich.«

Die Alte drückte Emmi die Waffe in die Hand. Sie fühlte sich schwer an. Und kalt. Die Klinge war matt. An der Spitze war sie leicht gebogen.

»Glaub mir. Allein wenn du das in der Hand hältst, wirkt es abschreckend.«

»Aber ich kann damit nicht umgehen.«

Josefa Linden zog die Luft scharf zwischen den Zähnen ein. »Ach was. Einmal geradeaus zustechen, und auch der Stärkste geht in die Knie.«

Emmi lachte ungläubig auf und konnte nicht fassen, welche Unterhaltung sie da soeben führten. Sie legte das Messer zurück auf die Kommode. Es musste auch ohne gehen.

»Dann nimm wenigstens den hier.«

Sie drückte Emmi einen Autoschlüssel in die Hand. »Der Wagen sieht zwar alt aus, aber er ist nicht umzubringen. Nimm ihn, solang du ihn brauchst.« Sie klopfte sich auf ihre reglosen Beine. »Ich kann sowieso nichts damit anfangen.«

Als Emmi kurz darauf in Richtung Rabenwald fuhr, warf sie einen Blick auf die Bäume entlang der Felshänge. Ihre Kronen bewegten sich, und aus der Ferne sah das aus, als würden die Bäume sie beobachten und sich aufgeregt miteinander über sie unterhalten. Sie riefen ihr zu, sie solle umkehren. Wieder zurückfahren. Ins Krankenhaus. Sie blinzelte das Trugbild fort. Kein Zweifel, sie wurde verrückt. Der ganze Stress, die grotesken Ereignisse. Alles zu viel. Und doch ging sie vom Gas.

Der Wagen stoppte. Kies spritzte am Straßenrand auf. Der Lada wendete. Und raste mit heulendem Motor zurück. Vorbei am Haus der alten Josefa Linden. Die saß im Rollstuhl und beobachtete das Manöver grimmig.

»Es geht los«, knurrte sie und begann, die Holzläden ihres Hauses zu schließen. Einen nach dem anderen, bis sie schließlich vor der Tür saß und noch einen Blick über die Wiese und den Waldrand warf.

Im nächsten Moment war sie im dunklen Inneren ihres Hauses verschwunden. Die Tür fiel krachend ins Schloss. Und der Schlüssel drehte sich zweimal.

KRANKENHAUSALARM

Emmi stellte den Lada im Parkverbot ab, aber angesichts der aktuellen Lage war nicht damit zu rechnen, dass sie deshalb einen Strafzettel bekommen würde. Die kleine Bezirkshauptstadt wirkte aufgelöst, und ihre Bewohner schienen von Stunde zu Stunde hysterischer zu werden. Alle rannten irgendwohin, auf der Straße wollte sich niemand allzu lange aufhalten.

Als Emmi durch die Krankenhausflure lief, begegnete sie wieder Hannah, der Krankenschwester, die sie bereits kannte.

»Sie sollten nicht hier sein, sondern sich zu Hause ausruhen. Außerdem weiß man im Moment nie so recht, was passiert, wenn alle so aufgeregt sind. Viele Leute haben hier am Land

Waffen, und wenn die durchdrehen … Hört man ja immer wieder.«

»Ich weiß Ihre Fürsorge wirklich sehr zu schätzen. Aber wo ist Severin Moser? Ich suche ihn, er ist nicht in seinem Zimmer.«

»Warten Sie.«

Die Schwester verschwand im Hinterzimmer des Stationsstützpunktes und kam mit einem Klemmbrett heraus. »Tut mir leid, hier geht seit dem Unwetter alles drunter und drüber. Die eine Hand weiß nicht, was die andere tut.«

Sehr beruhigend, dachte Emmi. Dies musste eines jener Krankenhäuser sein, in denen man gelegentlich einem Blinddarmpatienten das linke Bein amputierte.

»Er wurde offenbar verlegt«, fuhr die Krankenschwester fort. Sie warf einen flüchtigen Blick auf ihr Klemmbrett. »Zimmer 309, am Ende des Ganges rechts, ich begleite Sie.«

»Nicht nötig.«

Emmi machte auf dem Absatz kehrt und lief in die angegebene Richtung.

Sie riss die Tür auf und stand in einem Raum, der von weißen Vorhängen unterteilt wurde. Sie blickte durch die halb geöffneten blickdichten Plastikhäute und bemerkte, dass sämtliche Betten leer waren. Bis auf eines am Ende des Raums. Sie näherte sich und gab vor Erleichterung einen merkwürdigen Laut von sich.

Severin machte eine beschwichtigende Geste. »Alles gut. Ich bin wieder da.«

»Und du schläfst auch nicht wieder gleich ein?«

Er war blass wie das Bettzeug, und seine Lider ließen sich offenbar nur halb öffnen.

»Hast du Schmerzen?«

»Nein. Aber das ist jetzt sowieso nicht wichtig.«

Emmi saß bereits an der Bettkante und griff wie selbstverständlich nach seiner Hand. »Und ob das wichtig ist.«

Ihr Blick verschleierte sich, doch Severin Moser schien das Schimmern in ihren Augen nicht zu bemerken.

»Hör mir zu«, sagte er, »ich weiß, wer in deinem Haus war und dir etwas antun wollte.«

»Wer?«

Severin sagte etwas, doch Emmi konnte es nicht hören, denn ein wildes, aufgebrachtes Sirenengeheul hatte eingesetzt. Vom Gang her vernahm sie laute Rufe, Schritte trampelten durch den Flur, Türen wurden auf- und zugeschlagen. Ehe Emmi einen klaren Gedanken fassen konnte, flog auch die Tür zu Severins Zimmer auf.

»Wir haben einen Alarm. Alle müssen raus. Bitte gehen Sie. Sofort.« Die Schwester lief an ihr vorüber, hantierte an dem Bett, in dem Severin lag, herum und schob es dann aus dem Zimmer. Emmi blieb ihr auf den Fersen. Hektisches Treiben hatte bereits eingesetzt.

»Was ist denn passiert?«, rief Emmi.

»Ich weiß es nicht. Angeblich eine Bombendrohung. Das weiß man in Zeiten wie diesen ja nie. Helfen Sie mir mal.«

Sie hatte die Kurve mit dem Bett falsch berechnet, also mussten sie das klobige Ding noch einmal zurückschieben und die Sache neu in Angriff nehmen. Dann drückte die Schwester auf den Liftknopf.

»Und was ist, wenn der stecken bleibt?«

Die Schwester rollte mit den Augen. »Sie können ja zu Fuß gehen.«

Emmi dachte nicht daran. Sie schlüpfte ebenfalls in den Aufzug, drehte sich um und erstarrte. Am Ende des Ganges bog soeben eine Gestalt um die Ecke. Sie lief in der entgegengesetzten Richtung davon, riss an Türen und kam Sekunden später wieder aus den Räumen heraus. Als suchte sie nach etwas. Oder jemandem. Mit jedem vergeblichen Versuch schien die Gestalt zorniger zu werden. Emmi starrte auf den Mann. Und mit einem Mal – sie wusste nicht, woher sie die Gewissheit nahm – wurde ihr alles klar: Er suchte Severin. Jetzt erkannte Emmi auch, dass er eine Pistole in der Hand hielt. Sie konnte seine schweißnasse, im Schein der Neonröhren glänzende Stirn sehen. Würde der Mann jetzt den Blick heben …

Entsetzlich langsam schob sich die Lifttür zu, der Fahrstuhl setzte sich in Bewegung. Und mit klopfendem Herzen verfolgte Emmi die Zahlen am Display, wie sie sich der Null, dem Erdgeschoss, näherten. Plötzlich stoppte der Lift.

Die Krankenschwester schrak auf. Sie drückte auf die Knöpfe. »Was soll das?« Nichts geschah.

Emmis Herz sprang gegen ihren Brustkorb. Sie musste immerzu an die Gestalt denken, die die Zimmer durchsucht hatte.

Die Lifttür öffnete sich nicht. Beide Frauen fuhren mit den Fingern in den Gummifalz zwischen den Türen und zogen daran. Ohne Erfolg.

»Wir bräuchten eine Brechstange. Irgendetwas, womit wir die Tür aufzwängen können.«

Die Schwester sah sich um. Betrachtete das Bett. »Ich hab's.«

Eine Minute später hatte sie einen Teil des seitlichen Gitters aus dem Bett geschraubt. Sie drückten die Stange in die Ausbuchtung der Tür und lehnten sich dann mit aller Kraft dagegen. Durch die Hebelwirkung ließ sich die Tür bewegen. Elend langsam. Zentimeterweise.

Der Lift schien einen halben Meter unterhalb des ersten Stockwerks zum Stehen gekommen zu sein. Sie sahen Dutzende Beine vorüberlaufen. Die Hektik war hier unten noch größer.

»Sie müssen uns jetzt leider helfen, Herr Moser«, rief die Schwester. Scharlachrote Flecken säumten ihr Gesicht. Ihr Haaransatz im Nacken war feucht. »Kommen Sie.«

Während Emmi von außen zog und die Schwester von innen schob, schaffte es Severin auf allen vieren aus dem Bett und hinaus auf den Flur. Die beiden Frauen wickelten je einen seiner Arme um ihre Schultern und versuchten, ihn so behutsam wie möglich durch die Gänge zu tragen. Mosers Beine knickten immer wieder ein.

»Die Mittel wirken noch zu stark. Er kann nicht gehen. Wir brauchen einen Rollstuhl. Lange schaffen wir das nicht.«

Sie hatten das Foyer des Krankenhauses fast erreicht. Drehten sich auf der Suche nach einem geeigneten Gefährt im Kreis. Und da sahen sie den Mann mit der Pistole, er war nun ganz deutlich zu erkennen, rannte zwischen den schreienden Menschen umher, blickte immer wieder über ihre Köpfe hinweg.

Emmi spürte, wie sie blass wurde. »Zaunschirm.«

DIE FLUCHT

Als hätte er ihre dünne Stimme in all dem Trubel gehört, drehte sich Zaunschirm im selben Moment zu ihr um. Die Hand mit der Pistole streckte sich in ihre Richtung, und Emmi hielt sich nicht damit auf, darüber nachzudenken, was als Nächstes geschehen könnte.

»Los!«, kreischte sie der Schwester zu. »Wir müssen hier raus!«

Sie packten Severin, schleppten ihn in die Menschenmenge, drängten sich durch die Tür ins Freie und stolperten auf einen Polizeiwagen zu, der plötzlich vor ihnen aufgetaucht war. Die beiden Polizisten, die Emmi schon vom Revier kannte, stiegen aus dem Wagen.

»Er ist hier! Direkt hinter uns«, brüllte Emmi ihnen zu. »Er hat eine Pistole, passen Sie auf!«

Wie auf Kommando zückten die beiden Polizisten ihre Pistolen. »Wen meinen Sie, verdammt? Wer ist hinter Ihnen her?«

»Und wo ist da jemand mit einer Waffe?«, schrie die junge Polizistin.

Emmi zeigte in die Richtung, aus der sie gekommen waren. »Da vorne.« Ihre Schultern senkten sich. »Zaunschirm. Ihr Kollege. Irgendwo müsste er sein.«

Der Polizist legte beschwichtigend eine Hand auf Emmis Schulter. »Ruhen Sie sich aus. Alles wird gut. Wenn da jemand eine Waffe hat, werden wir ihn finden.«

Doch Emmi wusste, dass das nicht passieren würde. Niemand würde ihn finden.

Während sie vernahm, wie die Streifenpolizisten Verstärkung anforderten, griff sie zum Handy und rief in der Redaktion an. Sie hatte Sani eine Story versprochen – die würde sie jetzt liefern. In der Gegend rund um Rabenwald trieb sich ein Verrückter herum, und das nur wenige Tage nach dem verheerendsten Hochwasser seit Jahrzehnten. Diesmal würde sie August endgültig den Rang ablaufen.

»Hi, ich bin's, Emmi. Ist Sani zu sprechen?«

»Wer spricht bitte, und wen möchten Sie sprechen?«

Das konnte nun wirklich nicht wahr sein. Sie kam nicht einmal zum Sekretariat durch, sondern wurde von der Telefonvermittlung des Hauses abgefangen. Dort saß wahrscheinlich ein Student, der alle paar Wochen Dienst schob und weder Emmis Namen noch den der Chefredakteurin kannte.

»Ich bin Emmi Beinhart und möchte Sandrina Kovacic sprechen.«

»Kovacic«, wiederholte die Stimme am anderen Ende. »Welche Abteilung ist das?«

Emmi starrte das Handy ungläubig an und legte wieder auf. Sie würde das später erledigen, vielleicht hatte sie dann mehr Glück.

In der Zwischenzeit waren weitere Streifenwagen mit Sirenengeheul eingetroffen. Emmi fragte sich, wie lange es dauern würde, bis die schwarzen Vans der Cobra da wären.

»Geht es dir gut?«, fragte sie Severin.

Er nickte. Die Krankenschwester war verschwunden, doch er machte tatsächlich den Eindruck, als ginge es ihm besser.

»Wir müssen los«, sagte Emmi.

Severin musterte sie verwundert. »Wohin sollen wir? Die Polizei ist hier. Wir sind in Sicherheit.«

»Sind wir nicht.«

Severin, der zuvor hinter dem Polizeiwagen in die Knie gegangen war, stemmte sich hoch und blickte vorsichtig über die Motorhaube auf den Platz. Emmi tat es ihm gleich. Überall hockten verstörte Menschen hinter Büschen, Fahrzeugen und Blumentrögen aus Beton. Es schien, als rechneten sie jeden Moment mit Schüssen. Die Szene erinnerte sie an Nachrichtenberichte aus den USA, wo die Leute hemmungsloser zu ihren Waffen griffen als in Österreich. Aber hier im Idyll, mitten im Grünen? Das hatte etwas Groteskes.

»Lass uns verschwinden.« Emmi deutete auf den Lada Taiga, der in unmittelbarer Nähe parkte. Als sie Severin am Arm nahm und in Richtung des Wagens zog, folgte er ihr, ohne weitere Fragen zu stellen.

»He, bleiben Sie in Deckung, sonst …!«, rief der Polizist hinter ihnen, doch sein Satz brach in einem Würgen ab.

Emmi wandte sich um. Der Mann starrte sie an, brach zusammen und war sofort tot. Ein wildes Surren zeigte ihr an, dass eine Kugel unmittelbar neben ihnen im Asphalt einschlug.

»Severin, lauf! Los, hinters Auto!«

Von Laufen konnte zwar keine Rede sein, aber sie drängte den Verletzten geduckt auf die Beifahrerseite des Ladas, kroch auf den Fahrersitz und startete den Wagen. Eine Kugel ließ die hintere Seitenscheibe platzen. Emmi schrie auf. Sie stieg aufs Gas, raste rückwärts vom Parkplatz, legte den Vorwärtsgang ein, hörte die Reifen quietschen. Die Beifahrertür flog erst zu, als sie die Straße schon erreicht hatten.

Sie rumpelten über die Reste des vom Unwetter auf die Straße verteilten Kieses. Eine Kolonne schwarzer Vans mit getönten Scheiben kam ihnen entgegen. Emmi hoffte, sie würden Zaunschirm aufhalten. Ihn vertreiben. Ihn fangen und vernichten. Dennoch hatte sie nicht vor, anzuhalten. Sie steuerte auf den Wald zu. Auf die kleine Anhöhe. Und dann auf Rabenwald.

EIN WEITERER TODESFALL

Severin war in keiner guten Verfassung. Sein Gewicht lastete auf ihren Schultern, und sie kamen nur in kleinen Schritten voran.

Auf dem kurzen Weg vom Lada zum Haus mussten sie mehrere Pausen einlegen. Emmi blickte sich immer wieder nervös um. Was, wenn Zaunschirm jetzt auftauchte? Sie wären ihm hilflos ausgeliefert. Einen Moment lang dachte sie, am Waldrand eine Bewegung ausgemacht zu haben, und ein heißer Schreck durchfuhr sie. Doch da war nichts. Nur Bäume, die sich im Wind wiegten.

Severin hielt sich nur wackelig auf den Beinen, und sie war sich nicht einmal sicher, ob er überhaupt richtig bei Bewusstsein war. Er schwitzte, als hätte er ein Lauftraining hinter sich. Seine Haut fühlte sich kalt an. Er brauchte dringend Erholung.

Als sie das Haus endlich erreicht hatten und Emmi atemlos im Vorzimmer stand, überwältigte sie der Rauchgestank. Sollte sie Severin auf die Couch im Wohnzimmer verfrachten? Er schien seine letzten Kraftreserven aufgebraucht zu haben. Doch war es wirklich sinnvoll, hierzubleiben? Sollte Zaunschirm sie hier heimsuchen, hätten sie kaum eine Überlebenschance. Außerdem würde ihnen nach ein paar Minuten speiübel werden von dem Gestank. Nein, es war unmöglich, hier zu übernachten. Wie hatte sie nur auf diese dämliche Idee kommen können? Wieso war sie nicht einfach in die Stadt gefahren? Nach Wien?

Als ihr Blick auf die Tür zur Abstellkammer fiel, wusste sie, warum sie hier war. Ein Teil von ihr hatte es von Anfang an gewusst. »Bitte, Severin, halte durch. Wir haben es gleich geschafft.«

Severin ging in die Knie. Verzweifelt zerrte Emmi an ihm, aber der Mann war viel zu schwer.

»Bitte«, wimmerte sie, »steh auf!«

Von draußen war ein Geräusch zu vernehmen. Oder bildete sie sich das nur ein? War das ein Auto? Eine zugeschlagene Tür? Oder doch nur ein loser Fensterbalken, der sich im Wind bewegte? Wieder zog Emmi an Severin, und tatsächlich erhob sich der Riese zitternd.

»Es tut mir leid«, stöhnte er, und erneut lag sein Gewicht schwer auf Emmis Schulter. »Ich bin kein schlechter Mensch.«

Es dauerte unendlich lange, bis sie die Kammer erreicht hatten. Emmi schob das Regal zur Seite und öffnete die geheime Tür. Die Stufen dahinter waren eine Hürde, die sie fast zum Heulen brachte. Wie sollte sie es mit ihm in die Tiefe schaffen, ohne zu stürzen und sich den Hals zu brechen?

Und doch ging es irgendwie. Emmi hielt die Luft an, nahm alle Kraft zusammen, und Augenblicke später standen sie unten am Treppenabsatz, öffneten die Stahltür und betraten den Luftschutzbunker. Die Federn quietschten, als sie Severin auf das Feldbett legte.

»Es tut mir leid«, sagte er wieder, und Emmi strich ihm sanft über die Wange. Das war ein Tick von ihm, dieses Entschuldigen. Ein Tick, den sie in diesem Moment süß fand.

»Schon gut«, lächelte sie. »Wir haben es geschafft. Schlaf jetzt. Wir sind in Sicherheit.« Sie schloss die Augen und atmete erleichtert aus.

Der Summton eines Handys weckte Emmi auf. Erschrocken schaute sie sich um. War sie eingenickt? Wie lange hatte sie geschlafen? Welches Handy war das? Sie tastete ihren Körper ab. Das Telefon befand sich in ihrer Hosentasche. Schlaftrunken drückte sie auf das grüne Symbol.

»Emmi? Wo bist du?«

Es war Simon Sandberg. Seine Stimme klang besorgt. Im Hintergrund waren Geräusche zu hören, die Emmi an die Redaktion erinnerten. Läutende Telefone, Stimmengewirr.

»Simon, es tut mir alles so leid.«

»Was tut dir leid? Wie geht es dir?«

»Mir geht es gut. Ich wollte dich auch schon anrufen.«

Warum hatte sie das gesagt? Natürlich musste sie Simon berichten, was mit dem Haus passiert war. Aber es gab im Augenblick vieles, was wichtiger war. Sie wollte ihm schon erzählen, dass sie bereits versucht hatte, die Redaktion zu erreichen, doch etwas an seiner Stimme gefiel ihr nicht. Er wirkte hektisch. Das erinnerte sie an die übliche Stimmung kurz vor Redaktionsschluss. Einige liefen zu dieser Zeit genervt durch die Redaktionsräume und schnauzten jeden an, der sich ihnen in den Weg stellte, andere hämmerten auf ihre Tastaturen, als hingen von ihren Worten Menschenleben ab. Doch jetzt war es erst Vormittag, da gab es in der Regel noch keinen Grund, die Nerven zu verlieren.

»Emmi, das mit dem Haus weiß ich längst. Das ist jetzt nicht so wichtig. Wo bist du?«

»Na, hier im Dorf, wo sonst? Hör mal, ich muss dir etwas sagen ...«

»Moment mal. Heißt das etwa, du weißt es noch gar nicht?«

»Was denn? Was weiß ich noch nicht?« Emmi war alarmiert. »Simon, sag mir sofort, was los ist!«

Sandberg schien sich in einen ruhigeren Raum zurückzuziehen. Die Hintergrundgeräusche erstarben.

»Bist du im Haus?«

»Ja, aber jetzt sag mir doch endlich ...«

»Nicht jetzt«, unterbrach er sie, und seine Stimme klang so gepresst, dass sie spüren konnte, wie schwer es ihm fiel, nicht zu brüllen. »Geh sofort hinunter in den Keller.«

»Da bin ich schon. Aber was soll das? Simon, du machst mir Angst.«

»Emmi, hör mir jetzt genau zu.«

Sie hielt den Atem an.

»August ist tot.«

PANIKATTACKE

Was kümmerte es sie? August war gemein zu ihr gewesen. Er hatte sie nie geliebt. Er hatte immer nur versucht, seine Eitelkeit zu befriedigen, und sie im Krankenhaus nur deshalb besucht, um eine Geschichte daraus zu machen. Außerdem hatte er während der vergangenen Woche die Story vom Unwetter rund um Rabenwald – *ihre* Story – gekapert. Er hatte reißerisch berichtet, dabei auch in Betracht gezogen, dass die Leute selbst an ihrem Unglück schuld seien, weil sie so nah am Bachufer gebaut hätten, hatte kontroversiell formuliert und auf diese Weise gekonnt die Massen angesprochen. Die Leserzahlen waren gestiegen, und obwohl Emmi die ersten Berichte nach dem Unwetter geschrieben hatte, war es *sein* Name, der bald wieder in aller Munde gewesen war. Er hatte es also wieder einmal geschafft, sich mit ausgefahrenen Ellbogen ins Rampenlicht zu schreiben. Dennoch wurde ihr augenblicklich heiß und kalt zugleich. Ob er etwa an den Folgen des Faustschlags …? Nein, das war absurd. August war nicht nur ein Arsch, sondern auch robust gewesen, er hatte viel Sport getrieben. So ein Haken einer geschwächten jungen Frau hatte bestenfalls sein Ego verletzt. Wahrscheinlich war das sogar der Grund gewesen, warum er sich so vehement auf ihre Story gestürzt hatte. Nein, es musste etwas anderes gewesen sein. Aber egal. Er war ihr egal.

Warum dann dieser Schmerz?

Emmi kauerte auf dem Betonboden dieses seltsamen Kellers zwischen Regalreihen voller ewig haltbarer Lebensmittel und Dinge, die sie wahrscheinlich monatelang hier unten überleben lassen würden, sollte die Welt dort oben zugrunde gehen. Gewissermaßen war dieser Ort der sicherste, den sie sich wünschen konnte. Ihre Arche. Und doch musste sie hier raus. Die Wände drohten auf sie zu stürzen.

»Emmi, Emmi«, vernahm sie wieder die eindringliche Stimme Sandbergs durchs Handy. »Bleib da. Verlier jetzt nicht die Nerven. Siehst du die Schubladen unterhalb des Schreibtisches?«

Ein Schreibtisch? Wo zum Teufel sollte hier ein Schreibtisch sein? Da bemerkte sie ein Brett, das mit einem Haken an der Wand fixiert war. Löste man den Haken, ließ es sich aufklappen, ein Tischbein spreizte sich ab, und voilà, ein Schreibtisch. Und zwei Schubladen. Sie öffnete die erste.

»Nimm die rote Packung heraus«, rief Sandberg. »Schluck eine Pille. Sofort. Emmi, hörst du? Tu es. Jetzt!«

Der Raum drehte sich, und ihr Herz pulsierte so sehr, dass sie spüren konnte, wie sich ihr Gaumenzäpfchen bewegte. Ihre Lippen bebten, und ihre Wangen vibrierten. Sie fingerte wie ferngesteuert nach der Schreibtischschublade, folgte, ohne es bewusst wahrzunehmen, Sandbergs Anweisungen.

»Emmi. Die Pille. Nimm die Pille.«

In der nächsten Sekunde – vielleicht waren auch Minuten vergangen, sie hatte jegliches Zeitgefühl verloren – hatte sie die Pille geschluckt.

Sie lag auf dem Rücken. Severins rechter Arm war vom Notbett gerutscht. Er sah aus wie – tot.

Erst langsam schoben sich die verzerrten Proportionen ihrer Umgebung wieder in den Normalzustand. Emmis Herzschlag normalisierte sich. Die Panikattacke war vorüber, und sie erinnerte sich wieder an das, was Sandberg gesagt hatte, kurz bevor sie die Nerven verloren hatte: »Wir haben ihn in seinem Büro gefunden. Er hing dort an einem Kletterseil, an einem Haken an der Decke.«

In diesem Moment hatten ihre Knie nachgegeben, und sie war zu Boden gesackt.

»Herrgott, Emmi, du hast mir Angst gemacht«, sagte Sandberg jetzt. »Reiß dich bitte zusammen. Hier läuft alles aus dem Ruder.«

Sandberg schilderte, dass die Redaktionsräume gerade auf den Kopf gestellt wurden. Die Polizei sei im Haus, an jeder Ecke stünden Kolleginnen und Kollegen, die weinten. »Eine von den jungen Aspirantinnen hat ihn entdeckt …«

»Hängt er denn immer noch dort?«, hauchte Emmi.

»Lass das, Emmi.«

»Sag es mir, Simon. Hängt er noch?«

Sie vernahm ein tiefes, verzweifeltes Zittern in Sandbergs Stimme. »Nein. Er wurde ja gleich in der Früh gefunden. Seine Leiche wird gerade abtransportiert. Jetzt wird ermittelt. Jeder wird befragt. Das reinste Chaos.«

»Und was wird da ermittelt? Könnte es nicht Selbstmord gewesen sein?« Auch wenn sie es ausgesprochen hatte, glaubte

Emmi selbst nicht daran. Die Antwort schockierte sie dann aber doch.

»Nein. Es gibt ein Video.«

»Was für ein Video?«

»Angeblich ist darauf jemand zu sehen, der mit einem Seil in Augusts Büro geht.«

»Was? Wer?«

»Emmi, ich weiß auch nicht mehr.«

Sie biss sich in die Hand, um einen neuerlichen Weinkrampf zu verhindern. Aufgehängt. So wie auch der Jäger im Wald gefunden worden war. Und was hatte die Polizistin neulich gesagt? *Mit einem Kletterseil.*

»Emmi, da ist noch etwas.«

Sandberg brauchte offenbar Zeit, um die richtigen Worte zu finden, denn erst nach einer sekundenlangen Pause sprach er weiter. »Zuerst muss ich wissen: Bist du allein?«

»Ja«, log sie. Niemand sollte wissen, dass sie Severin in Sicherheit gebracht hatte und mit ihm im Keller war. Nicht einmal Sandberg. Zuerst musste sich die Lage beruhigen, redete sie sich ein.

»Und niemand weiß, wo du bist?«

»Nein. Und jetzt hör du mir mal zu. Es gab eine Schießerei im Krankenhaus. Wir sind im letzten Moment entkommen.« Sie weinte. »Simon, ich hab Angst.«

Am anderen Ende der Leitung war es lange ruhig, bevor Sandberg fragte: »Wen meinst du mit ›wir‹? Mit wem bist du im Keller?«

»Was? Mit niemandem, ich hab doch gesagt, ich bin allein hier.«

»Du hast gesagt: *Wir* sind im letzten Moment entkommen. Emmi, raus mit der Sprache!«

Sie drehte sich um und blickte auf das Notbett. Severin lag nicht mehr dort. Er saß. Und schaute sie an.

Die Hand, mit der Emmi das Handy ans Ohr drückte, zitterte.

»Wer ist es?«, vernahm sie Sandbergs Stimme wie von ferne.

»Gott sei Dank, Sevi, es geht dir besser«, sagte sie.
Severin war blass, und seine Augenringe waren dunkelgrau.
»Es tut mir leid«, flüsterte er. Wann würde er endlich damit aufhören, sich zu entschuldigen?
»Severin ist bei dir?«
Emmi hatte Mühe, sich auf Sandberg zu konzentrieren. »Ja. Er hat mich beschützt, als jemand das Haus abfackeln wollte. Ich hab ihn gerettet, als derjenige bewaffnet ins Krankenhaus eindrang. Simon, ich glaube, Paul Zaunschirm verfolgt uns. Der Mann von der im Unwetter verstorbenen Frau, der Vater der beiden toten Kinder. Ich glaube, er dreht durch.«
»Emmi, was redest du da? Was ist das für eine irre Geschichte?«
Ihr Blick verschleierte sich. Verdammte Tränen.
»Es tut mir leid«, wiederholte Severin.
Es war zum Verrücktwerden. Er hatte einen echten Entschuldigungstick.
»Ich bin schuld an alldem«, fuhr Severin fort. »Er ist wegen mir hier. Er will mich, verstehst du? Und er will dich, weil du mich kennst.«
Fassungslos schaute Emmi Severin an. Was sollte das heißen?
Ihre Hand mit dem Handy sank zu Boden. Sie hörte Sandberg noch einmal ihren Namen rufen, ehe sie ihn wegdrückte.
Severin legte den Kopf in den Nacken und schaute auf die weiß getünchte Decke. »Er will sich rächen. Weil seine Frau und Kinder gestorben sind. An den Forest-Leuten, an der Gemeinde, an den Medien und an mir. Vor allem an mir.«
»Aber«, Emmi versuchte, einen klaren Gedanken zu fassen, »warum denn an dir?«
»Was weiß ich. Wahrscheinlich, weil ich für die Forest-Leute und die Gemeinde arbeite. Er gibt allen die Schuld an dem Unglück. Und weil ich immer in deiner Nähe bin. Und du bist Journalistin. Und mit den Medien will er auch abrechnen. Er dreht eben völlig durch.«
Kaum hatte er ausgesprochen, hörte Emmi ein Rumpeln im

Haus. Und dann eine Stimme, die ihr durch Mark und Bein ging. »Kommt raus! Ich weiß, dass ihr da seid!«

Beide erkannten diese Stimme sofort. Zaunschirm hatte sie gefunden.

GEBETE AN DIE BÄUME

Emmis Gedanken rotierten.

Auch in Severins Gesicht war die Aufregung sichtbar. »Emmi, du musst hier fort. Geh durch die Hintertür.«

Emmi warf einen Blick auf die zweite Stahltür.

»Der Gang führt unter dem Garten hindurch bis zur Hütte. Von dort rennst du in den Wald.«

»Und was wird aus dir?« Sie flüsterten, doch ihre Stimmen kamen Emmi unerträglich laut vor.

»Mach dir um mich keine Sorgen. Er findet mich nicht. Jetzt geh schon. Bitte.«

»Aber wenn er dich nicht findet, dann wird er mich doch auch nicht …«

»Emmi, bitte. Geh jetzt.«

Die Verzweiflung in seiner Stimme war nicht zu überhören.

Fieberhaft ging Emmi die letzte halbe Stunde noch einmal durch. Sie waren in den Keller gegangen, und sie hatte mit Sandberg telefoniert. Die Panikattacke, die Tablette. Hatte sie den geheimen Zugang oben hinter sich geschlossen?

Sie biss sich auf die Unterlippe und schnappte sich den Rucksack.

»Geh«, zischte Severin noch einmal.

Noch einmal blickte sie Severin in die Augen.

»Wer war der andere Mann, mit dem du gekämpft hast? Wer hat das Feuer gelegt?«

»Na, was glaubst du wohl? Ich war's nicht. Ich bin kein

schlechter Mensch, Emmi. Ich wollte dich immer nur beschützen«, sagte er. Sein Gesicht bekam dabei rote Flecken. »Ich erklär dir später alles. Aber jetzt lauf bitte los.«

Sie rannte den Gang entlang, der unter dem Garten hindurch zum Schuppen führte. Als sie unter der Hütte ankam, kletterte sie die Leiter hoch. Die Luke öffnete sie nur zentimeterweise. Was, wenn Zaunschirm ihr hier auflauerte?

Sie unterdrückte den Gedanken an all die Toten der letzten Zeit und blinzelte zornig eine Träne weg. Es brachte sie in Rage, ständig so weinerlich zu sein. Reiß dich zusammen, feuerte sie sich innerlich an.

In der Hütte war niemand. Vorsichtig spähte sie zum Haus hinüber, das keine zwanzig Meter entfernt war. Hinter den rußgeschwärzten Fenstern bewegte sich ein Schatten. Offenbar hatte Emmi die geheime Tür wieder geschlossen, denn er ging ziellos im Haus auf und ab und schien sie nicht bemerkt zu haben.

Sie schnappte nach Luft. *Reiß dich zusammen!*

Emmi sah, wie Zaunschirm sich nun dem offenen Fenster näherte, schielte mit einem Auge durch den Spalt zwischen Hüttentür und Bretterwand hinüber und … hätte fast aufgeschrien. Er spähte in den Garten. Wie hatte er es nur geschafft, vorbei an dem Polizeiaufgebot rund ums Krankenhaus hierherzukommen?

Doch es bestand kein Zweifel. Der Mann, der mittlerweile landesweit gesucht werden musste – immerhin hatte er sich heute zum Amokläufer gemacht –, stand in Sandbergs Haus.

Sie gab sich zwei, drei Atemzüge, ehe sie wieder wagte, einen Blick zwischen den Brettern der Hütte hindurchzuwerfen. Zaunschirm war jetzt aus ihrem Blickfeld verschwunden. Vielleicht war er die Treppen hochgestiegen und suchte sie im oberen Geschoss. Er konnte aber auch aus dem Haus gelaufen sein und sie im Schuppen aufspüren. Dann wäre sie geliefert. Es blieb also keine Zeit für lange Überlegungen.

Sie fasste sich ein Herz und stürzte aus dem Gartenhäuschen. Mit zwei, drei Schritten hatte sie die Seitenwand erreicht. Weitere drei Schritte, und sie stand an der Rückseite, wo sie vom Haus aus nicht zu sehen war. Sie kletterte über den Gartenzaun, wobei sie sich ein Hosenbein an einem hervorstehenden Nagel aufriss. Das Reißen des Stoffes erschien ihr ohrenbetäubend. Sie stolperte, rappelte sich hoch und rannte durch das Gras.

Wenn Zaunschirm jetzt zur Hütte ginge, sie durchsuchte und sie schließlich umrundete, wovon auszugehen war – wie lange würde er dann brauchen, um sie zu bemerken? Eine Minute? Zwei? Emmi legte einen Zahn zu und rannte noch schneller, dennoch kam der Waldrand nur quälend langsam näher.

War er ein guter Schütze? Konnte er sie auf eine Entfernung von fünfzig, sechzig Metern mit seiner Pistole erwischen? Würde er ihr in den Rücken schießen?

Dass ihr die Beine gehorchten, war fast ein Wunder, denn sie spürte sie vor Aufregung kaum noch. Sie wusste auch nicht, ob sie beim Laufen wimmernde Geräusche von sich gab. Wie in einem Alptraum glaubte sie, kaum voranzukommen, während das Böse sich ihr mit großen Schritten näherte. Ihr Herz schlug noch wilder als bei der Panikattacke zuvor. Als sie endlich das Dickicht am Waldrand erreicht hatte, sprang sie durch Disteln und Sträucher hindurch, zog sich dabei an Händen und Wangen Schnittwunden zu und ließ sich dann auf den Bauch fallen. Heftig keuchend starrte sie durch das dichte Gestrüpp zurück zum Haus.

Zaunschirm kam tatsächlich gerade aus der Gartenhütte. Er drehte sich um und suchte die Wiese ab. Sie duckte sich tiefer ins Unterholz. Er schaute eine Zeit lang in ihre Richtung. Emmi hielt den Atem an. Wenn er sie jetzt entdeckte und loslief, wäre sie zu schwach, um noch einmal wegzurennen. Doch er entdeckte sie nicht, jedenfalls wandte er sich ab und streifte durch den Garten. Er schien es nicht eilig zu haben.

Emmi legte sich auf den Rücken und atmete kurz durch. Sie gab sich ein paar Minuten, um sich zu erholen, ehe sie einige Meter weiterkroch, sich schließlich aufrichtete und ihren Weg fortsetzte. Sie wusste nicht, wohin sie gehen sollte, aber eines war sicher: Sie musste tiefer in den Wald hinein, vielleicht hatte sie das Glück, den Overall-Typen zu begegnen. Auch wenn ihre Rolle eine höchst dubiose war, bei ihnen wäre sie vorläufig in Sicherheit.

Emmi stapfte querfeldein durch hüfthohe kratzende und pieksende Sträucher. Sie bahnte sich einen Weg durch Dornen und Stacheln, sprang über einen kleinen Abhang und ließ sich immer wieder ins Laub fallen. Pochenden Herzens rappelte sie sich wieder auf, wandte sich um und spähte durch das Gestrüpp zum Haus. Nichts. Niemand, der ihr folgte. Kein verräterisches Knacken von Ästen oder Rascheln von Laub in ihrer Nähe. Aber sie musste dennoch weiter, viel tiefer hinein in den Wald. Die Gefahr, hier entdeckt zu werden, war zu groß. Und so nahm sie die Beine neuerlich in die Hand und eilte durchs Unterholz, wobei sie es vermied, die ausgetrampelten Wege zu betreten. Sie beschloss, Sandberg anzurufen, sobald sie sich einigermaßen in Sicherheit fühlte. Im Laufen blickte sich Emmi immer wieder um und flüsterte Stoßgebete. Ihre Worte waren nicht an eine Gottheit gerichtet, sondern an die Bäume um sie herum. Sie bat sie um Schutz.

Es verging eine gute Stunde, in der sie einen ansehnlichen Abstand zwischen sich und das Dorf brachte. Dann fuhr ihr der Schock neuerlich in die Glieder. Sie ging in die Knie. Diesmal weinte sie nicht. Sie starrte nur. Denn das Waldstück vor ihr war einem gewaltigen Haufen Holzstaub gewichen. Vor ihr befand sich nur noch eine Lichtung. Oder, besser gesagt, ein riesiger Friedhof der Bäume.

AUF DEM FRIEDHOF DER BÄUME

Inmitten der toten Riesen sank Emmi mit jedem Schritt bis zu den Knien ein. Sie bewegte sich zitternd durch die Lichtung und beobachtete das andauernde Sterben ringsum. Vor ihren Augen löste sich der Wald auf. Baum um Baum zerbröselte zu Staub, und nur der Umstand, dass sie hier tief in den Bergen war, konnte der Grund dafür sein, dass deswegen nicht schon alle Welt in Panik geraten war. Sie lief über das gewaltige Gräberfeld und stellte fest, dass Bäume jeder Art von dem Plötzlich-zu-Staub-Zerfallen betroffen waren. Auch kleinere Sträucher und das Buschwerk zerfielen. Die Szene war so unwirklich, dass Emmi der Vernichtung hinterhereilte wie einer dieser Gaffer bei den Hinrichtungen längst vergangener Tage. Baum um Baum verschwand. Sie starrte die Bäume an und hörte die Stimme erst, als sie ganz in der Nähe war.

»Ich habe gesagt, Sie sollen stehen bleiben. Sofort!«

Wie vom Blitz getroffen hielt Emmi inne und wandte sich um. Zwei tief in den Höhlen liegende stecknadelkopfgroße Augen funkelten sie an. Und eine Stimme, kalt wie Schnee, ließ sie erstarren.

»Ich habe Ihnen doch gesagt, Sie sollen sich fernhalten. Unsere Gegend ein für alle Mal verlassen.«

Emmi schaute den Bürgermeister ungläubig an und zeigte auf die Bäume.

»Ja und? Was geht Sie das an?«, tobte Fladischer.

»Was mich …? Der Wald stirbt!«

»Was Sie nicht sagen. Ich verrate Ihnen jetzt einmal was: Der stirbt schon lange. Schon seit Jahren. Was glauben Sie denn, warum wir die Wissenschaftler geholt haben? Wir kümmern uns darum. Wir haben alles im Griff, das ist *unsere* Sache.«

»Im Griff.« Emmi war so aufgebracht, dass sie kaum Luft bekam. »So nennen Sie das also? Der Wald ist kaputt, ein Unwetter tobt, Leute werden umgebracht, und ein Verrückter rennt herum und erschießt Menschen. Das nennen Sie ›im Griff‹?«

Hinter dem Bürgermeister tauchten nun weitere Personen auf. Es handelte sich um Trevor und die Männer in den weißen Overalls.

Trevor breitete beschwichtigend die Arme aus. »Schauen Sie,

auch wir haben Verluste zu beklagen. Wir suchen immer noch nach unserem Kollegen.«

Fladischer schien die Geduld zu verlieren. Hektisch streckte er Emmi die Hand entgegen. »Kommen Sie. Wir unterhalten uns. Wir wollen nur nicht, dass Sie etwas ausplaudern, wofür die Welt noch nicht bereit ist.«

Emmi machte einen Schritt zurück. »Aber wenn der Wald stirbt, dann sterben auch die Tiere. Und wir Menschen. Das müssen die Leute doch erfahren!«

Der Bürgermeister lachte auf, es war ein kurzes, hustendes Lachen. »Genau deshalb sollten wir ja reden. Nicht dass jetzt plötzlich alle wie die wilden Hennen durch die Gegend rennen und das Ende der Welt verkünden. Dafür hat Ihre Zeitung in letzter Zeit ja schon reichlich gesorgt. Das gäbe nur noch mehr unnötige Panik.«

»Aber –«

»Nix ›aber‹. Damit ist jetzt Schluss.« Er winkte sie energisch zu sich. »Mach uns keine Scherereien, Mädel, und komm endlich her.«

Emmi bemerkte, wie die Männer die Abstände zwischen sich vergrößerten und versuchten, sie einzukreisen. Wie ein Rudel Wölfe. Ihre Gesichter waren grau und ausdruckslos. Sie stolperte rückwärts und spürte, wie der Boden unter ihren Füßen abschüssig wurde. »Und dass ein verrückter Mörder umgeht? Das kümmert Sie gar nicht?«

»Jaja, jetzt haben wir auch noch einen Mörder unter uns, das wird ja immer schöner.«

»Der Zaunschirm … er dreht durch …«

»Ich dreh gleich durch, wenn du nicht augenblicklich stehen bleibst!«

In diesem Moment zerfiel ein Baum direkt neben dem Bürgermeister zu Staub. Er schrie auf, machte einen Satz zur Seite und warf sich auf den Boden. Das zerbröselnde Holz prasselte auf ihn und die Männer in den Overalls nieder. Als sie sich wieder gesammelt hatten, war Emmi verschwunden.

Sie hatte keine Sekunde überlegt, kehrtgemacht und stob jetzt durch Laub und Staub, sprang in einen Hohlweg und rannte in wildem Tempo durch den Wald. Ihre Stoßgebete waren erhört worden. Der Wald hatte sie gerettet, und jetzt, so hoffte sie, würde er die Spuren hinter ihr verwischen, ihr Keuchen und ihr wildes Schnaufen ersticken und sie in seinem dichten Geflecht untertauchen lassen. Sie lief diesmal tatsächlich, bis die Sonne unterging und rund um sie herum alles in tiefem Schwarz versank. Irgendwann ließ sie sich fallen. Sie durchstöberte die wenigen Dinge, die sie im Rucksack trug, legte sich auf den Boden, hüllte sich in den Regenponcho, der wenigstens ein bisschen Wärme bot, kaute an einem Müsliriegel und schlief dabei ein.

WALDDÄMONEN

Ein Geräusch in der Nähe hatte Emmi geweckt. Es war deutlich gewesen. Ein Schnaufen.

Jetzt knackte ein Zweig.

Sie öffnete die Augen und wischte sich übers Gesicht, doch es blieb dabei: Sie sah praktisch nichts. Der Morgen graute, doch sie lag in einem Nebelmeer, das sie den Wald nur schemenhaft wahrnehmen ließ. Sie wagte kaum zu atmen. Wieder brach ein Ast. Das Geräusch war näher gekommen.

Vorsichtig hob Emmi den Kopf und versuchte, so ruhig wie möglich zu atmen. Immer wenn sie aufgeregt war, pumpte ihr Herz so gewaltig, dass sie kaum noch etwas hörte. Sie faltete den Poncho zusammen und klemmte ihn in die Rucksackriemen. Dabei hielt sie – so gut es ging – nach allen Seiten Ausschau und lauschte. Nichts.

Langsam richtete sie sich auf. Der angebrochene Müsliriegel fiel so lautlos ins Moos, als hätte jemand den Ton abgedreht. Jetzt erst bemerkte sie die allumfassende Stille, die sie umgab.

Kein morgendliches Geschrei der Vögel, kein Weltenlärm. Nur schauriges Schweigen – und das unheimliche Knacken von Ästen.

Und plötzlich setzte ein ohrenbetäubendes Röhren ein. Ein gewaltiger Hirsch baute sich vor ihr auf, stieß ein gellendes, hundeähnliches Bellen aus und sprang in entgegengesetzter Richtung davon. Jedenfalls nahm Emmi das an, denn sie rannte selbst weg, bis ihre Beine sie kaum noch trugen und sie keine Luft mehr bekam. So schnell war sie noch nie wach gewesen. Irgendwann ging sie erschöpft zu Boden und musste hysterisch kichern. Ihre Hände zitterten. Ihr ganzer Körper zitterte. Ein Glück, dass der Hirsch nur erschrocken war und sich nicht bedroht gefühlt hatte. Womöglich hätte er sie sonst über den Haufen gerannt.

Es dauerte eine Weile, bis Emmi wieder in einen langsamen Marsch verfallen war, und sie war froh, dass es endlich auch einmal ein wenig bergab ging. Sie drehte sich, inspizierte den Wald und fand, dass er mittlerweile dunkler, regelrecht düster geworden war. Der Bodennebel, der immer noch bis auf Hüfthöhe alles verschlang, machte es schwierig, nicht zu stolpern. Dennoch schaffte sie es, ihre Beine so zu heben, dass ihr nichts passierte. Die unheimliche Stille hielt immer noch an. Kein Blätterrauschen. Nichts.

Sie blickte sich erneut um und spürte mit einem Mal, dass sie nicht allein war. Etwas war ganz in ihrer Nähe, und es war nicht der Hirsch von vorhin. Etwas anderes beobachtete sie. *Jemand* anderes.

In diesem Moment gelangte sie zu einem Waldweg, sprang einige Meter über einen Abhang und hatte damit auch die Nebelsuppe verlassen. Sogleich verfiel sie in einen Laufschritt, versuchte, so gleichmäßig wie möglich zu atmen, um kein Seitenstechen zu bekommen. Immer wieder schaute sie sich um. Ihr Herz flatterte. Es fühlte sich an, als würde jemand näher kommen, doch da war nichts.

Sie rannte trotzdem schneller.

Vor sich machte sie plötzlich eine Lichtung aus. Das Morgenlicht schimmerte zwischen den Bäumen hindurch und erschien ihr wie das übernatürlich irisierende Licht auf Kirchengemälden. Sie konnte fühlen, wie nah das, was sie verfolgte, schon war.

Sie rannte noch schneller.

Mit einem kurzen hysterischen Schrei sprang Emmi auf die Lichtung und hielt erst inne, als sie ein paar Meter in die Wiese gelaufen war. Sie stellte fest, dass sie tatsächlich den Waldrand erreicht hatte. Sie wusste nicht, wo sie sich befand. Langsam drehte sie sich um und betrachtete die Bäume, die sich finster vor ihr aufreihten. Wie eine Armee standen sie da, und Emmi ahnte, dass im Gebüsch jemand lauerte. Keine zehn Pferde würden sie wieder zurück in diesen Wald bringen. Gerade noch hatte er sie beschützt, doch jetzt machte er ihr Angst. Er hetzte seine Dämonen auf sie.

AN EINEM BEKANNTEN ORT

Emmi erreichte einen schmalen, brüchigen Weg, der bald in eine breitere Straße mündete. Zur Mittagszeit kam sie sogar in eine größere Siedlung. Es war seltsam, aber sie hatte das Gefühl, schon mal hier gewesen zu sein. Und nach den ersten Häusern, an denen sie vorüberlief, war sie schließlich ganz sicher, vor gar nicht langer Zeit hier im Regen gelaufen zu sein. Sie war wieder im Höllgraben.

Nun, da sie nach dem mühsamen Weg durch den Wald in diese Gegend gekommen war, fand sie es befremdlich, dass hier Häuser zwischen den Wäldern auftauchten, die wie verwunschene Märchenburgen anmuteten. Einen verwirrenden Gedanken lang bildete Emmi sich ein, dass sie allein war und nur sie diesen Ort sehen konnte.

»Was machen Sie hier? Sie sollten unverzüglich nach Hause gehen.«

Emmi fuhr herum und blickte in das vermummte Gesicht eines schwer bewaffneten Polizisten im Kampfanzug. Hinter ihm befand sich eine Art Panzerwagen, der im Schritttempo über die menschenleere Straße rollte. Unweit von ihnen stand ein Mann mit Kopfhörern auf einem Feld. Er bediente eine gewaltige Fernbedienung, die er sich um die Schultern gebunden hatte. Ein Surren in der Luft machte deutlich, womit er hantierte. Es war eine Drohne. Emmi war hier alles andere als allein.

»Hören Sie. Bitte verlassen Sie die Straße. Wir wollen den Amokläufer Paul Zaunschirm finden. Aber wenn hier ständig Leute herumlaufen und potenzielle Ziele abgeben, erschwert uns das die Arbeit.«

Sie blickte sich um und kam sich mit einem Mal unglaublich dämlich vor. Was machte sie hier? Warum rannte sie durch den Höllgraben, anstatt im sicheren Keller von Sandberg zu warten?

»Ich weiß, wo der Mann ist, den Sie suchen.«

Der Polizist neigte den Kopf. Als Emmi ihm in knappen Worten schilderte, dass sie ihn zuletzt in Rabenwald gesehen hatte, wurde er hektisch. Funksprüche knarzten durchs Tal. Der Panzerwagen machte kehrt und nahm Fahrt auf.

»Sie bleiben hier und bringen sich in Sicherheit, versprochen?«, rief der Polizist noch, als er in den Wagen sprang.

Während Emmi darauf wartete, dass die Polizeieinheit verschwand, bemerkte sie ein Fahrrad am Straßenrand. Sie hatte so etwas noch nie gemacht, ein Fahrrad gestohlen. Aber es lag hier herum, und sie hatte einfach keine Kraft mehr zu gehen. Wo wollte sie eigentlich hin? Etwas hatte sie schon die ganze Zeit über angezogen, sie spürte es noch immer. Sie musste tiefer in den Höllgraben. Immer tiefer. Bis an sein Ende. Bis zu Zaunschirms Haus.

Emmi blickte sich um. Ein paar Häuser standen hier schweigend still. Die Reste des Unwetters nagten weiterhin an der Umgebung, umgestürzte Bäume und mit einer dicken Lehmschicht überzogene Wiesen erzählten vom über die Ufer getretenen Bach. Es wirkte alles schrecklich verlassen und einsam. Sie stieg auf und radelte los.

Ein pfeifender Wind, der schwarze Rauchwolken mit sich schleppte, kam auf. Offenbar brannte es in der Nähe. Ein Polizeiwagen mit heulenden Sirenen näherte sich wie aus dem Nichts, fuhr hupend an ihr vorüber und verschwand dann um die nächste Biegung. Der Wind ließ die Bäume sprechen. Vom Waldrand her begleiteten sie Emmi mit ihrem Wispern und Rauschen, als wollten sie sie davon abhalten, weiterzufahren. Da fielen Schüsse.

Zwei kurz aufeinanderfolgende, harte Geräusche. Emmi blieb stehen und spähte einen Waldweg entlang, der von der Straße abzweigte. Zwischen den Bäumen waren die Umrisse eines Blockhauses zu sehen. Es war Paul Zaunschirms Haus.

Ein traditionelles Gatter umgab das Grundstück, ein Polizeiwagen parkte schräg davor in der Einfahrt. Das sich drehende Blaulicht sendete sein immer wiederkehrendes Signal durch die Baumreihen. Emmi stand wie gebannt auf der Straße und beobachtete die Szene. Was machte dieser Polizeiwagen hier, wo doch alle umgedreht und sich auf den Weg nach Rabenwald gemacht hatten? In diesem Moment näherte sich eine Polizistin auf dem Boden kriechend dem Streifenwagen. Emmi sah zunächst nur ihre Arme, dann auch ihren Oberkörper und den Kopf. Sie trug keine Kappe mehr, das zuvor wohl adrett zurückgekämmte Haar hing ihr in wirren Strähnen ins Gesicht.

Da tauchte eine Gestalt über der Polizistin auf und hielt ihr ein Gewehr an den Kopf. Emmi schaute nicht hin. Wieder ein Knall. Sie wollte schreien, steckte sich aber gerade noch rechtzeitig ihre Fingerknöchel in den Mund. Dann stieg sie auf das Fahrrad und trat mit zittrigen Beinen so fest in die Pedale, wie ihre Muskeln es erlaubten. Die Straße führte sie wieder zurück. Sie erkannte nun auch die Stelle unweit des Hauses, an der sich das Holz der Klamm aufgestaut hatte. Hier hatten sich Zaunschirms Frau und seine Kinder verheddert. Hier waren sie gestorben.

Emmi versuchte, noch schneller voranzukommen. Im Rucksack hatte sie die Schreckschusspistole verstaut. Hätte sie eine Möglichkeit gehabt, die Polizistin damit zu retten? Hätte sie es nicht wenigstens versuchen sollen? Die Häuser rasten an ihr vorüber. Sie wimmerte und wischte sich Tränen aus dem Gesicht. Sie bog in einen Waldweg ab und fuhr immer weiter, bis sie nicht mehr konnte. Sie blieb stehen, ließ das Rad ins Gebüsch fallen und legte sich ins Laub. Immer wieder blitzte das Bild vor ihrem inneren Auge auf, wie die Polizistin am Boden kroch und der letzte Schuss gefallen war. Sie presste die Augen zusammen. Was geschah hier?

Als sie wieder zu Atem gekommen war, hob sie langsam den Kopf. Der Wind brauste nun härter und heulte auf. Sie richtete sich auf und erkannte, dass sie nicht allein war. Paul Zaunschirm war nur wenige Meter von ihr entfernt.

AUF LEBEN UND TOD

Er hatte sie noch nicht bemerkt, wandte ihr den Rücken zu. Emmi kroch den Straßengraben bis zu einer Biegung entlang und hechtete dann einmal mehr ins Dickicht des Waldes.

Wieder nahm sie die Beine in die Hand. Das Rascheln der Blätter war ohrenbetäubend, doch da der Wind so aufbrausend war, hörte Zaunschirm sie vielleicht gar nicht.

»Emmi, ich bitte dich. Was soll das?«

Zaunschirms Stimme ging ihr durch Mark und Bein. Sie kam aus dem Tritt. Stolperte. Ein Schmerz jagte ihr durch den Knöchel. Die kleine Verletzung, die sie sich beim Feuer im Haus zugezogen hatte, flammte wieder auf.

Zaunschirm lächelte. »So bleib doch stehen. Ich wusste, dass dich der Wald irgendwann hergeben würde. Die Geduld hat sich ausgezahlt, also hör auf, davonzulaufen.«

Zaunschirm kam näher und breitete jetzt die Arme aus, als ob er sie herzlich begrüßen wollte.

Ihre Finger tasteten unsicher nach dem Rucksack. Dieses verdammte Zittern. Sie kramte nach der Schreckschusspistole. Zaunschirm war schon fast bei ihr. Sie spürte die Pistole in ihrer Hand. Zerrte sie heraus. Und richtete sie im letzten Moment auf ihn. »Bleib stehen!«

Zaunschirm stoppte. Er taxierte sie. »Du wirst nicht schießen.« Doch sein Gesicht verriet Zweifel.

Emmi merkte genau, dass er sich sachte auf sie zubewegte. »Rühr dich nicht vom Fleck, hab ich gesagt. Du wirst vom ganzen Land gesucht. Niemand wird mich anklagen, wenn ich dich erschieße.«

Er blieb erst stehen, nachdem er einen weiteren Schritt auf sie zugemacht hatte. Das Ganze kam ihr vor wie beim Kinderspiel »Wer hat Angst vorm schwarzen Mann?«.

Er grinste. Erst jetzt fiel ihr auf, dass er schweißgebadet war. Seine Augen waren gerötet.

»Schon gut, schon gut«, sagte er. »Aber erklär mir bitte, was das soll. Warum bist du auf deren Seite? Du hättest schon lange weg sein können.« Er sagte das so beiläufig, als blickte er in den Lauf einer Spielzeugwaffe. Sie spürte, dass er sie nicht ernst nahm.

»Warum verfolgst du mich?« Emmis Stimme hatte anfangs hart und entschlossen geklungen, doch ihre Spannung schien nachzulassen. Sie hasste sich dafür, konnte aber nichts dagegen tun. Sie streckte die Waffe nun mit beiden Händen von sich. Sie zitterte noch immer. Dieses verdammte Ding wurde langsam schwer.

»Leg die Waffe weg, Emmi.«

»Ich will jetzt auf der Stelle eine Antwort.«

Zaunschirm schüttelte den Kopf und senkte ihn dann langsam. Er gab sich keine Mühe zu verbergen, was er von ihr dachte. Er hielt sie ganz offensichtlich für dämlich.

»Und was ist mit Severin? Was willst du von ihm?«

Jetzt setzte er ein beinahe unverschämtes Grinsen auf. »Lebt der Kerl etwa noch?« Diesmal schien Zaunschirm wirklich überrascht zu sein.

Emmis Knöchel schmerzte. Die Waffe in ihrer Hand wurde schwerer und schwerer. Sie wechselte das Standbein, blickte kurz auf ihren Fuß hinab und sah den Schatten, der auf sie zustürzte, viel zu spät. Zaunschirm hatte diesen einen Moment der Schwäche ausgenutzt und packte ihre Arme. Es dauerte keine zwei Sekunden, bis ihr die Waffe aus den Fingern glitt und zu Boden fiel.

Emmi trat nach ihm, traf sein Bein, doch im nächsten Moment holte Zaunschirm aus und verpasste ihr eine schallende Ohrfeige. Ihr Kopf dröhnte, sie schmeckte Blut, schwankte. Völlig geschockt von seinem Angriff, war sie einige Sekunden wie betäubt. Zaunschirm fasste sie am Hals und drückte zu. Sie schlug nach ihm, versuchte, mit den Fingern seine Augen zu erreichen, doch er schob sie weg, und sie verlor den Halt unter den Füßen.

Alles verschwamm vor ihren Augen, ihre Lider flatterten. Da ließ er sie los, verpasste ihr eine weitere Ohrfeige und zerrte sie schließlich hinter sich her. Emmi wehrte sich wieder, versuchte, nach ihm zu schlagen, zu treten, doch es half alles nichts. Er war zu stark.

Als sie seinen Wagen erreicht hatten, öffnete Zaunschirm den Kofferraum mit einer Hand. Als Emmi sah, was sich darin befand, wäre sie beinahe in die Knie gegangen. Es war die Leiche eines Mannes in einem weißen Overall.

»Darf ich vorstellen, Joshua Arkham, besser bekannt als Arschloch. Evas früherer Vorgesetzter bei Forest Inc. Ihr werdet beide nebeneinander im Wald hängen.«

Emmi hielt sich die Hand vor den Mund und wimmerte. Sie wollte sich wegdrehen, doch Zaunschirm packte ihren Nacken und drückte sie ganz nah an die Leiche.

»Nein, schau nur hin!«, brüllte er. »Diese Sau hat Eva abgewiesen. Nicht nur einmal. Mehrmals. Er hat ihre Expertise nicht hören wollen, wollte nicht akzeptieren, dass sie recht hatte. Der Bach hätte gesäubert werden müssen. Die Siloballen an den

Wiesen, das geschlagene Holz, das alles haben sie viel zu nahe am Bach gelagert. Und niemand wollte Eva glauben, dass der Bach bei einem Unwetter zu einer tödlichen Gefahr werden würde.«

Emmi verstand kein Wort von dem, was er sagte. Sie schluchzte. Und merkte erst nach einer Weile, dass er sie losgelassen hatte und sie betrachtete.

»Schau dich an, wie du dastehst und mit den Nerven fertig bist. Zutiefst erschüttert. Traumatisiert vom nahen Tod. Bla, bla, bla, das kannst du sicher besser beschreiben, du Schmierfink. Und das Schlimme ist, du glaubst diese Lügen auch noch. Du glaubst, dass ich deshalb alle umbringe, wegen des reißenden Flusses und der Holzstämme am Wasser.« Er lachte hart und trocken auf. »Das ist übrigens auch der Grund, warum dieser August sterben musste. Weil er auch nur Lügen geschrieben hat. Weil ich es nicht mehr ertragen kann, dass ständig so ein Mist erzählt wird.«

Emmi suchte hastig nach einem Ausweg. Was erzählte er da? Er war es, der August umgebracht hatte? Den Jäger etwa auch? Sie schaute wieder in den Kofferraum. Auf der Leiche lag eine Seilrolle. Ein buntes Kletterseil. Und mit einem Mal traf sie die Erkenntnis wie der Blitz – sie war einem Serienmörder ausgeliefert. Wie sollte sie diesem Verrückten nur entkommen?

»Dass Eva und meine Kinder bei dem verdammten Unwetter gestorben sind, war eine himmelschreiende Ungerechtigkeit«, brüllte Zaunschirm jetzt, und seine Augen füllten sich mit Zornestränen. »Eine ungeheure Gemeinheit! Und dass sie überhaupt noch hier war, daran war Arschloch Arkham schuld. Weißt du eigentlich, was in diesem Wald vorgeht? Hast du dich einmal gefragt, warum die Bastarde mit den weißen Overalls hier herumrennen? Und warum man so wenig über sie weiß? Sie haben dir bestimmt gesagt, dass sie einem geheimnisvollen Pilz auf der Spur sind und Gegenmittel ausprobieren, nicht wahr?«

Emmi schaute ihn fragend an. Ihre Tränen waren mittlerweile getrocknet, doch nun durchfuhr sie ein Zittern, das einem ordentlichen Schüttelfrost glich. Ihr Gegenüber interpretierte das wohl als Nicken.

»Dachte ich es mir doch. Die Wahrheit ist, dass hier kein einziger Baum krank ist. Nein. Die sind alle kerngesund. Einige wenige hatten eine seltsame Krankheit, aber das stellte sich bald als nicht weiter schlimm heraus. Die Forest-Leute wurden aber trotzdem gerufen, und sie machen sich die Situation zunutze. Sie machen die Bäume weiter krank und schauen dann, was passiert. Die testen irgendwelche Chemikalien. Und weil sie das ausgerechnet hier tun, mitten in einem vollkommen gesunden Ökosystem, im Paradies sozusagen, hat sich Eva dagegen aufgelehnt und protestiert. Sie wurde rausgeworfen, nachdem sie erkannt hatte, was hier wirklich vor sich geht. Doch sie ist geblieben, um einen Bericht darüber zu schreiben. Sie wollte das alles aufdecken.«

Zaunschirm griff nach dem Kletterseil.

»Ich weiß ganz genau, dass mich die Kollegen bald erwischen werden. Die haben das ganze Programm hochgefahren. Aber diese Wälder sind riesig, und vielleicht schaffe ich es noch vorher, mich bei all jenen zu rächen, die den Tod meiner Familie auf dem Gewissen haben. Und du gehörst leider dazu.«

Emmi war nahe dran, zu verzweifeln. »Aber warum denn?«, wimmerte sie. »Die falschen Berichte, die hat doch August geschrieben, und den haben Sie ja schon umgebracht. Ich habe nichts damit zu tun.«

»Aber du bist ganz eng mit Moser!«, brüllte er. »Die ganze Zeit bist du mit ihm zusammen.« Er machte einen Schritt auf sie zu. »Und der ist der Schlimmste von allen, die rechte Hand des Teufels. Der paktiert mit den Forest-Leuten, mit der Gemeinde und mit den Medien.«

Sie schaute ihn flehentlich an, wollte etwas sagen, brachte jedoch keinen Ton heraus. Was hatte das zu bedeuten? Was sollte das heißen, *die rechte Hand des Teufels*?

In Zaunschirms Gesicht stand die nackte Wut geschrieben. »Ich räume auf, verstehst du«, knurrte er. »Ich mache sauber.« Er grinste. »Und weil du Dreck bist, musst auch du fort. Dreck mit schmutzigen Gedanken. Und schmutzigen Freunden.« Er hielt inne. »Es ist wirklich schade um dich, aber wer sich mit dem Bösen einlässt, muss die Konsequenzen tragen.«

Er nahm das Seil, wollte es offenbar um Emmis Hals schnüren. In diesem Moment schwoll ein Schnaufen an, das in ein Zischen und Pfeifen überging, ehe eine gewaltige Tanne am Wegesrand direkt auf den Wagen kippte und noch im Fallen zu Staub zerfiel. Rindenreste und Späne prasselten auf die beiden nieder, und Zaunschirm ließ Emmi los, um sein Gesicht zu bedecken.

Emmi wusste, dass das ihre letzte Chance war. Sie griff nach einem Stein und schleuderte ihn aus unmittelbarer Nähe in Zaunschirms Gesicht. Er schrie auf, stolperte rücklings und stürzte zu Boden. Emmi sprang unter der Staubwolke des sterbenden Baumes hervor und rannte um ihr Leben. Drei, vier Schritte, dann schlug sie sich das Knie an einem Felsen auf. Der Schmerz war entsetzlich. Sie kroch auf allen vieren. Plötzlich sah sie die Schreckschusspistole, die sie vorher fallen gelassen hatte, bekam sie zu fassen, drehte sich um und erschrak, denn Zaunschirm stand wieder über ihr. Was war er nur für ein Monster? Seine Augen blitzten hinter einem Blutrinnsal hervor, das ihm von einer offenen Wunde an der Stirn über die Nase tropfte. Er trug immer noch seinen in dieser Umgebung so unpassenden Anzug. Sogar die Krawatte hatte er noch umgebunden. Er grinste sie an, brüllte und griff nach ihr. Da hob sie die Pistole und drückte ab.

ENDE DER FLUCHT

Äste peitschten ihr ins Gesicht.

Sie weinte tränenlos, rutschte in taunasse, glitschige Mulden und kletterte wieder aus ihnen hervor, strauchelte Hohlwege entlang, achtete nicht darauf, dass ihr die Dornen und das Gestrüpp die Haut aufrissen. Es schien, als hielte der Wald Gericht über sie. Zuletzt hatte er ihr zweimal das Leben gerettet, doch nun schien er sie zu bestrafen. Sie hatte wohl zu lange gewartet, die Zeichen missachtet, jetzt bekam sie zu spüren, was es hieß, wegzuschauen.

Immer wieder sank sie in die Reste toter Bäume ein, die bereits riesige Lücken in den Wald geschnitten hatten und den Blick auf einen glasklaren Himmel freigaben. Einige Baumstummel wiesen noch Teile jener bizarren Markierungen auf, die sie bereits am ersten Tag entdeckt hatte. Sie spürte die Kälte auf ihrer Haut, oder war es die nackte Angst, die sie zum Zittern brachte?

Sie wusste nicht, wie stark die Wirkung der Reizgasmunition aus der Schreckschusspistole war, wenn man sie aus unmittelbarer Nähe abfeuerte, hoffte aber, dass ihr genug Zeit blieb, um Zaunschirm endgültig zu entkommen. Dieser Mann war zu allem fähig. Er würde sie ermorden, wie er auch die anderen ermordet hatte. Sein Rachefeldzug kannte anscheinend keine Grenzen, und der unendliche Wald bot ihm den nötigen Schutz, um so lange unentdeckt zu bleiben, bis er seine Wut und seine Trauer mit roher Gewalt kompensiert hatte.

Der Weg, den Emmi einschlug, führte nun steil bergab, und sie war sich sicher, die Gegend wiederzuerkennen. In wenigen Minuten müsste sie den Waldrand erreicht haben, hinter dem sich Rabenwald mit Sandbergs Blockhaus befand. Dort würde sie die Polizei antreffen, die sie ja dorthin gelotst hatte. Dann würde alles gut werden.

Und wenn die Cobra-Leute schon wieder weg waren? Dann würde sie sich im Keller einsperren und darauf hoffen, dass Zaunschirm bald gefasst wurde. Gemeinsam mit Severin.

Das ist der Schlimmste von allen. Was hatte Zaunschirm damit nur gemeint?

Eine tiefe Verzweiflung überkam Emmi. Egal, was sie machte, es war immer falsch. Wieder dieses schreckliche Wimmern, das sie nicht stoppen konnte. Sie lief vor einer Bestie davon. Stürzte sie sich dabei etwa direkt in die Arme einer weiteren?

Ausgerechnet jetzt setzte das Seitenstechen ein. Der Schmerz grub sich tief in ihren Leib. Sie blieb stehen, krümmte sich, hielt den Atem an. Sie hatte kaum noch Puste. *Hinsetzen. Hinlegen. Ausruhen.* Wenn sie das nur könnte. Nur ein paar Minuten. Sie schaute hoch. Und erstarrte. Zwischen den Bäumen war das Monster wieder aufgetaucht.

Wie ein Wesen aus einer anderen Welt glitt Zaunschirm zwischen den Bäumen hervor, fixierte sie mit stierem Blick. Blutbäche quollen aus den Wunden, die sie ihm mit dem Stein und der Pistole zugefügt hatte. Er bewegte sich so gleichmäßig, dass sie sofort wusste: Nichts und niemand würde ihn aufhalten, bis er sie gefasst und aufgehängt hätte.

Emmi wimmerte, die Verzweiflung lähmte sie beinahe. Mit letzter Kraft richtete sie sich auf und stolperte weiter. Schluchzend und zornig, weil der Schmerz in ihr nicht aufhören wollte. Sie presste eine Hand an die Seite, streckte die andere aus, um Zweige abzuwehren, doch mit jedem Schritt schwand die Hoffnung, es noch rechtzeitig ins Dorf zu schaffen. Sie versuchte, um Hilfe zu schreien, doch sie hatte keine Kraft mehr. Ihre Lunge brannte, dazu das Seitenstechen, die Tränen. Dieser Teufel kam ihr immer näher, und schon spürte sie seinen heißen Atem im Nacken.

Ein brutaler Schlag zwischen die Schulterblätter streckte sie nieder. Sie stürzte kopfüber in ein dichtes Geflecht aus Wurzeln und Gebüsch. Als sie wieder aufstehen wollte, drückte sie ein Gewicht auf den Boden, dem sie nichts entgegenzusetzen hatte. Hier war ihre Flucht endgültig zu Ende.

EMMIS ENDE

Emmi lag benommen auf dem Waldboden und spuckte Tannennadeln aus. Sie fragte sich, wie es sein konnte, dass sie eine ganze Handvoll Waldboden im Mund hatte. Alle möglichen Gedanken gingen ihr durch den Kopf, nein, sie schossen im Schnelldurchlauf durch ihr Gehirn und ließen sie kaum einen klaren Gedanken fassen.

Zaunschirms Knie drückte schmerzhaft gegen ihre Wirbelsäule, und sie war überzeugt davon, dass er imstande war, sie zu zerbrechen. Sie einfach auseinanderzureißen. So unendlich überlegen war er ihr im Augenblick. Und so vollkommen empathielos, dass ihn nicht einmal ihr herzzerreißendes Wimmern und Flehen erreichten.

Emmis Schmerzen schienen ihm nichts auszumachen. Dieser Mann war ein Psychopath. Und einmal mehr fragte sie sich, wie es sein konnte, dass sie sich in eine derart fiese Lage gebracht hatte. Warum hatte sie nicht schon vor langer Zeit ihre Sachen gepackt und war abgehauen? Wie dumm sie doch gewesen war. Wie naiv. Sie hatte nur die spannende Story gesehen und die Gefahr dabei nicht bemerkt.

Mit einem Auge versuchte sie, etwas von ihrer Umgebung wahrzunehmen, blickte aber nur in Astwerk und Laub. Das andere Auge ließ sie geschlossen. Es pochte und schmerzte. Zaunschirm musste ihr eine ernsthafte Verletzung zugefügt haben. Auch der Bauchschmerz flammte wieder auf, und da sie ihren linken Arm kaum bewegen konnte, nahm sie an, dass er gebrochen war. Sie fühlte dort ausnahmsweise keinen Schmerz, aber ein Hindernis. Als stünde ein Knochen dem Schultergelenk im Weg.

Jetzt zog Zaunschirm das bunte Bergsteigerseil von seiner Schulter und ließ dessen Ende vor Emmis Gesicht fallen. Sie spuckte aus, Speichel, wohl auch Blut, jedenfalls fühlte es sich so an. Oder war das nur der Geschmack der eiskalten, splitterfasernackten Angst, die sie durchfuhr?

Mit dem gesunden Arm versuchte sie, ihren Schmerzen zu trotzen und sich aufzurichten. Sie hatte nur einen Gedanken: Sie musste hier weg. Doch ehe sie diesen Wunsch in die Tat umsetzen konnte, hatte Zaunschirm sie schon auf den Rücken gedreht.

Emmis Blick fiel auf die Baumkronen über ihr. Gewaltige Riesen, die sie anstarrten und nichts unternahmen. Diese dämlichen Bäume schauten dabei zu, wie sich zu ihren Wurzeln ein Ungeheuer austobte. Ein Ungeheuer in Gestalt eines Polizisten.

Eine grobe Hand hob ihr Kinn an, und im nächsten Moment legte sich die Schlinge um ihren Hals. Zaunschirm sagte nichts. Stattdessen richtete er sich auf, die Schlinge um ihren Hals zog sich erbarmungslos zu. Ihre rechte Hand tastete nach dem Seil, ihr Kopf drohte zu platzen. Ihre Zunge schwoll an. Zaunschirm riss an ihr. Zerrte sie hoch und immer höher. Alles tat ihr weh. Die Luft blieb ihr weg. Die Schlinge zog sich immer erbarmungsloser um ihren Hals. Sie wurde weiter hochgehoben. Ihr Hals konnte das Gewicht ihres Körpers unmöglich halten. Die Zehen verloren den Halt. Sie hing in der Luft. Ihre Beine zappelten.

Ihre Hand hörte auf, nach der Schlinge zu greifen. Ihre Augen rollten. Blickten auf die Bäume. Sahen, wie sie verschwanden. Wieso halfen sie ihr nicht? Sie hatte alles gesehen, wollte sie doch beschützen. Und jetzt? Jetzt ließ der Wald sie einfach sterben. Sie bemerkte noch, wie es Nacht wurde. Ewige Nacht.

7
WALDESTOD

»VERGESSEN SIE UNS.«

Von der Finsternis stürzte Emmi ins Licht. Und blickte dem Teufel ins Antlitz. Trevor, den sie insgeheim »Baumlang« nannte, der hagere Kerl mit dem Totenmaskengesicht, stand über ihr und sah sie aus harten Augen an. Der Schmerz im Hals hatte nachgelassen, aber er war nicht vollständig verebbt. Sie brachte keinen Ton heraus.

Trevor verschwand wieder aus ihrem Blickfeld, und als Emmi den Kopf hob, sah sie, wie zwei Plastikmänner mit Zaunschirm rangen. Sie wälzten sich in einem erbarmungslosen Kampf am Boden. Trevor kam hinzu, griff nach einem Ast und zerschmetterte diesen auf Zaunschirms Kopf. Zu dritt schafften sie es schließlich, den Polizisten zu fixieren. Einer von ihnen schlang das Seil, mit dem Emmi gerade eben noch aufgehängt worden war, um Zaunschirms Körper und band ihn damit an einen Baum. Kraftlos sank Zaunschirms Kopf schließlich auf seine Brust. Er weinte, tobte, ein Speichelfaden hing ihm von der Lippe. Er keuchte schwer, bis er schließlich schluchzend zusammenbrach. Es war vorbei.

»Warum?«, brüllte einer der Plastikmänner und holte Zaunschirm mit einer Ohrfeige zurück in die Wirklichkeit. »Warum haben Sie das gemacht?«

Zaunschirm versuchte, sich zu befreien, fletschte dabei die Zähne, bis ihm der Speichel in Schaumkronen aus den Mundwinkeln quoll. Noch einmal schlug ihm der Mann ins Gesicht. Er funkelte ihn an.

»Sie hat nicht begriffen, wer ihr seid.«

»Was soll das heißen?«

Aus einer Wunde an seiner Wange tropfte Blut. Zaunschirm richtete seinen Blick auf Emmi und sah dabei geradezu diabolisch aus. »Die Göre hat nichts verstanden. Ihr habt meine Frau umgebracht. Ihr bringt sie alle um. Ihr manipuliert alle …«

Nun verlor Trevor die Nerven. Noch einmal schlug er dem Mann ins Gesicht.

Jetzt sah es so aus, als fehlte Zaunschirm auch ein Zahn. Sein hässliches Grinsen wurde dennoch breiter. »Ihr habt die Bäume vergiftet. Der Wald stirbt.«

Die Plastikmänner umringten ihn. Sie standen mit zu Fäusten geballten Händen da, breitbeinig und mindestens so schwer atmend wie Zaunschirm. Trevor schien zu überlegen, was er als Nächstes tun sollte.

Emmi, die alles wie von weiter Ferne beobachtete und Mühe hatte, bei Bewusstsein zu bleiben, glaubte für einen Augenblick, Zeugin eines Lynchmords zu werden. Vor ihrem inneren Auge sah sie, wie sie auf Zaunschirm eindroschen, bis der sein Leben aushauchte. Aber so war es nicht. Nichts dergleichen passierte.

»Wegen euch!«, brüllte Zaunschirm jetzt, rasend vor Schmerz und Zorn. »Wegen euch sind sie alle tot!«

»Was für ein Schwachsinn«, hörte Emmi jetzt plötzlich Fladischer. Er befand sich außerhalb ihres Sichtfeldes. »Schafft den Idioten fort. Und kümmert euch um diese Journalistin. Ich will nicht noch mehr Tote in meinem Wald.«

Trevor stellte sich vor den Bürgermeister, er wirkte noch immer unentschlossen.

»Was ist? Muss ich es noch einmal sagen?«

»Aber … Wir können doch nicht …«

»Nix aber. Es ist vorbei mit dem Töten. Es ist vorbei mit allem.«

Was war das für eine merkwürdige Unterhaltung? Oder bildete Emmi sich das alles nur ein? Ihr wurde schlecht. Sie bekam nur wenig Luft. Als es plötzlich still wurde, führte Emmi das darauf zurück, dass ihre Kräfte endgültig versagten. Sie kämpfte gegen eine Ohnmacht an.

Fladischer tauchte vor ihr auf und musterte sie. Seine Lippen formten einmal mehr die Maßregelungen, die sie von ihm schon kannte. »Ich habe Ihnen doch gesagt, Sie sollen verschwinden. Aber Sie wollten ja nicht auf mich hören. Das haben Sie jetzt davon.«

Konnte das sein Ernst sein? War das alles, was er in diesem

Moment zu sagen hatte? Sie wollte etwas erwidern, brachte aber nur ein Krächzen heraus.

Trevor löste Fladischer ab. Er lächelte, doch seine Augen wirkten bedrohlich. »Sie hatten Glück, dass wir immer noch in der Nähe waren.«

Dann zog er seinen Overall aus. »Wir haben weiter oben ein Auto gefunden. So sind wir auf Ihre Spur gekommen. Wir haben Kampflärm gehört und Sie Gott sei Dank noch rechtzeitig entdeckt. Im Auto haben wir die Leiche gesehen.« Er wischte sich nervös über den Mund. »Es handelt sich um unseren Kollegen Joshua. Wir glauben, dass Zaunschirm auch für das Baumsterben verantwortlich ist«, seine Augen fixierten sie, »und Sie sollten das auch glauben.«

Die Worte des Mannes ergaben für Emmi keinen Sinn. Die Leute in den Overalls waren es doch, die die Bäume mit ihren Spritzen zerstörten.

Nicht nur Trevor hatte seinen Anzug ausgezogen. Auch die anderen standen nun in ganz normaler Straßenkleidung im Dickicht.

»Wer sind Sie?«, hauchte Emmi, wobei jedes Wort schmerzte.

»Pst«, machte Trevor, »nicht sprechen. Machen Sie es gut und – vergessen Sie uns.«

Im nächsten Moment war sie von Sanitätern umringt. Und schon wieder wurde ihr eine Sauerstoffmaske übers Gesicht gestülpt.

MÖRDERIN

Der Fernsehapparat des Krankenzimmers lief ununterbrochen.

In den Nachrichten wurde von den Gewalttaten in Rabenwald berichtet. Ein Foto von Zaunschirm war am rechten Bildschirmrand zu sehen, im Hintergrund der Wald. Und schließlich wurde auch ein Bild von Emmi gezeigt, eines, das sie selbst nie ausgewählt hätte. Sie sah darauf verschreckt aus. Jedenfalls nicht sehr vorteilhaft.

Der Beitrag schloss mit der grausigen Szene, die Emmi selbst erlebt hatte. Ein Mann hatte zwei Polizisten angeschossen. Ob es sich um die beiden Beamten handelte, die Emmi erst unlängst auf dem Revier zu Zaunschirm alias Wagner befragt hatte und die sie vor dem Krankenhaus getroffen hatte?

»Das war ich«, hörte sie plötzlich eine Stimme neben sich und fuhr herum. Sie war ständig bei Untersuchungen wegen ihrer gebrochenen Schulter und der in Mitleidenschaft gezogenen Luftröhre gewesen und hatte gar nicht bemerkt, dass die Person in dem Bett neben ihr aufgewacht war. Sie hob die Hand und zeigte mit dem Finger auf den Monitor. »Der Mistkerl.«

Emmi schaute zwischen dem Bildschirm und der Frau im Bett hin und her und konnte nicht fassen, was sie sah. Das war die Polizistin, mit der sie sich im Präsidium unterhalten hatte.

»Aber …«

Als könnte sie ihre Gedanken lesen, beantwortete die Polizistin ihre unausgesprochene Frage. »Schon gut, Sie konnten es ja nicht wissen. Ich bin ja rundherum einbandagiert.« Und als ob sie Emmis nächste Frage schon erahnte, sprach sie weiter: »Wir haben ihn in seinem Haus aufgespürt und fühlten uns sicher, weil die Kollegen jeden Moment eintreffen sollten. Da ist er ausgerastet. Ich glaube, er hat den Franz erschossen. Wissen Sie etwas darüber? Ist mein Kollege … ist er tot?«

Emmi spürte, wie sie zu schwitzen begann. Sie hob ratlos die Schultern.

Die Polizistin fuhr fort: »Keine Ahnung, warum er mich nicht umgebracht hat. Er hat an mir vorbeigeschossen, mir eine verpasst und ist davon, ehe ich wieder zu mir gekommen bin. Ich glaube, er wurde von irgendetwas abgelenkt.« Die Frau fixierte Emmi aus rot unterlaufenen Augen. Um ihr Bett herum waren Minicomputer aufgereiht wie ein Schulchor.

»Sie sind es wirklich. Die Polizistin aus der Dienststelle«, murmelte Emmi und wusste nicht, woher sie die Kraft nahm, überhaupt etwas zu sagen. Ihretwegen hatten die beiden Polizisten in Zaunschirms Haus keine Rückendeckung erhalten. Ihretwegen hatte die Verstärkung, die sie getroffen hatte, ja kehrtgemacht und war nach Rabenwald gerast. Sie hatte den Tod eines Polizisten und die schweren Verletzungen dieser Frau zu verantworten. Sie war eine … Mörderin. »Es tut mir leid«, sagte sie. Tränen schossen ihr in die Augen. »Zaunschirm hätte mich beinahe am nächsten Baum aufgehängt, wenn nicht im letzten Augenblick Hilfe gekommen wäre.«

Die Augen der Polizistin lugten hinter den dicken Verbänden hervor. Sie blinzelten nicht.

Das Schweigen zwischen ihnen wurde erst beendet, als eine Krankenschwester und ein Arzt mit lautlosen Schritten hereinschwebten, gefolgt von zwei Typen, deren Schuhwerk quietschte wie ungeölte Scharniere. Sie gaben sich als Mitarbeiter der Kriminalpolizei zu erkennen.

Während die Messgeräte kontrolliert und Tests mit der Polizistin durchgeführt wurden, stellten die beiden Männer ihr Fragen. Zuerst hörte Emmi noch zu, doch nach und nach verlor sie den Faden. Sie verfiel in einen leichten Schlummer, im Hintergrund vermengten sich die Stimmen aus dem Fernsehgerät mit jenen der Menschen im Raum zu einer mysteriösen Kakofonie. Die Wirklichkeit verblasste, und Emmi hätte schließlich nicht mehr sagen können, was Traum und was real war. In ihr hallte immer wieder nur ein schmerzender Gedanke wider, der sich zu einem gebrüllten Wort in einem unruhigen Alptraum verdichtete: *Mörderin.*

ABLENKUNGSVERSUCHE

Es dauerte eine Weile, doch nach und nach ordnete sich die Welt wieder, als wäre sie ein Tetris-Spiel. Anfangs war noch unklar, ob Emmi operiert werden musste. Medizinische Fachausdrücke schwirrten durch ihre Gedanken und verursachten immer wieder Anfälle von Herzrasen. Es war nicht sicher, ob man ihre Luftröhre mittels Ballonaufdehnung minimalinvasiv behandeln konnte, sogar von einer offenen Operation war die Rede, mit einer temporären Trachealkanüle in der Luftröhre. Allein beim Gedanken daran bekam Emmi einen Würgereiz. Sie konnte all diese Begriffe aber bald wieder vergessen, denn nichts davon war letztlich nötig.

In der Zeit zwischen den Untersuchungen bekam sie viel Besuch.

Den Anfang machte ihre Mutter. Schüchtern trat sie ins Zimmer, und als sie an ihrer Bettkante stand und nach ihrer Hand griff, liefen dicke Tränen über ihre Wangen. Emmi wusste nicht, wo sie mit ihrer Erzählung anfangen sollte. Sie überlegte ein paar Sekunden, da unterbrach ihre Mutter sie und begann zu schildern, wie es *ihr* in den letzten Tagen ergangen war. Während sie sprach, fühlte sich Emmi in die Tage ihrer Kindheit zurückversetzt, als ihre Mutter oft stundenlang an ihrem Bett gesessen war, ihr Lieder vorgesungen oder Geschichten vorgelesen hatte, bis sie endlich eingeschlafen war. Diesmal schlief sie nicht ein, sie hörte ihrer Mutter nur dankbar zu, während sie von Vorkommnissen erzählte, die nichts mit Mord und Totschlag zu tun hatten.

Laura war die Nächste, und da auch sie Emmi kaum zu Wort kommen ließ und die meiste Zeit selbst redete, hegte Emmi die Vermutung, dass die Ärzte ihren Besuchern eingeimpft hatten, selbst das Wort zu ergreifen und Emmi so weit wie möglich am Sprechen zu hindern, um ihre Stimmbänder zu schonen. Ihre Freundin war bei der Arbeit gewesen – sie war Assistentin in einem Labor in der Wiener Innenstadt –, als die Meldung mit den Schilderungen aus Rabenwald im Radio lief. Sie habe aus dem Fenster gesehen und sich vorgestellt, wie das wäre, wenn die Wiener wie in Endzeitfilmen aufeinander losgehen würden, um einander mit allerlei Kram gefüllte Einkaufswägen aus den Händen zu reißen, die sie zuvor aus den Supermärkten gestohlen hätten. Das wären dann keine Hamsterkäufe mehr gewesen, sondern Plünderungen, meinte sie. Emmi konnte Lauras Gedankengänge sehr gut nachvollziehen, schließlich hatte sie selbst ganz ähnliche gehabt. Sie griff nach der Hand ihrer Freundin und sorgte so dafür, dass sie mit den endzeitlichen Phantasmagorien aufhörte.

»Wir Laborratten würden uns auf so was sowieso nicht einlassen und uns in unseren Büros verschanzen.«

Das brachte Emmi wieder zum Lächeln. Überhaupt schien die Taktik ihrer Besucher, sie aufheitern zu wollen, zu funktionieren – zumindest auf Umwegen. Emmis Laune besserte sich. Und ihre Selbstvorwürfe traten etwas in den Hintergrund. Jedenfalls solange jemand da war. War der Besuch aber aus der Tür, blitzten die alptraumhaften Bilder prompt wieder vor ihrem inneren Auge auf. Wie sich die Schlinge um ihren Hals fester zog und sie den Boden unter den Füßen verlor. Wie die Polizistin am Boden lag, Zaunschirm plötzlich über ihr auftauchte und schoss.

Einmal ging die Tür auf, und die beiden Kriminalbeamten waren wieder da. Diesmal steuerten sie nicht auf ihre Kollegin zu, sondern auf Emmi. Sie griffen sich zwei Stühle, stellten sie mit den Lehnen nach vorne an den Bettrand und stützten ihre Ellbogen darauf. Sie grinsten.

Emmi richtete sich umständlich im Bett auf und schaute von einem zum anderen.

»Er ist nicht tot«, sagte einer von ihnen dann endlich. »Der Kollege, Sie wissen schon. Er hat um sein Leben gekämpft, und letztlich hat er gewonnen.«

»Er ist nicht tot«, wiederholte Emmi tonlos. Sie blickte hinüber zur Polizistin, die hinter ihren Verbänden und Schläuchen nickte. Die Gesichter aller vier formten sich zu einem tränenfeuchten Lachen.

EIN UNERWARTETES GESCHENK

Einige Wochen später stand Emmi im dreizehnten Stockwerk des Büroturms der Redaktion in Wien und schaute auf den Donaukanal hinab, in dem die Morgensonne glitzerte. Der Himmel war strahlend blau. Emmi seufzte. Die Hand auf ihrer Schulter wurde schwerer, und sie wechselte das Standbein, um sich zu lösen.

Simon Sandberg blickte sie aus einem blassen Gesicht an. Er sah nicht so aus, als hätte er viel geschlafen. »Denk nicht an die Vergangenheit, denk an die Zukunft.«

»Ach, haben wir denn eine?«

Sandberg machte ein Gesicht, als sähe er Bilder vor seinem inneren Auge. »Natürlich. Wir sind zäher, als wir annehmen. Waren wir doch immer schon.« Als Emmi den Satz kommentarlos verstreichen ließ, senkte Sandberg seine Stimme. »Weißt du etwas von diesem Zaunschirm? Gibt es was Neues?«

Lukas. Paul. Ihre Erinnerung schickte ihr stroboskopartige Bilder von Bäumen, die an ihr vorüberzogen. Und von einem im Augenwinkel nur schattenhaft erscheinenden Dämon, der sie verfolgte. »Nein, nichts. Er ist bei den Einvernahmen angeblich sehr verschlossen.«

»Manche sagen, er hätte Komplizen gehabt. Glaubst du das?«

Dämonen. Vielleicht den Wald. Wer weiß. »Ich weiß es nicht. Nein, das glaube ich nicht. Ich denke, er wollte wirklich nur seine Familie rächen. Und alle, die ihm dabei im Weg standen, umbringen. Und bei seinem Amoklauf steigerte sich auch sein Hass auf die Medien zum Wahn.«

Sandberg nickte seinem Spiegelbild zu, das ihm in der Scheibe entgegenblickte. »Und das mit den Bäumen? Hat sich das geklärt?«

Emmi ließ einen Seufzer hören und schüttelte den Kopf. Sie war seit einer Woche wieder in der Stadt. Ihre äußerlichen Verletzungen hatten sich als weniger schlimm herausgestellt als befürchtet. Bis die inneren heilten, würde allerdings wohl noch viel Zeit verstreichen. Die Lage im Land hatte sich zwar beruhigt – sobald die Zeitungsberichte nachließen, verebbten auch die Aggressionen –, dennoch schien sich eine Atmosphäre des Misstrauens in den Köpfen eingenistet zu haben. Die jüngsten Ereignisse, die Hamsterkäufe und Handgreiflichkeiten, der Amoklauf des Polizisten und das Zerbröseln der Bäume hatten die Menschen verändert. Egal, was man dachte, es war falsch. Die einen behaupteten, das Ende der Welt sei nahe, die anderen hielten das für Humbug. Die kritischen Geister wurden von den Vernünftigen für dumm erklärt und umgekehrt. Wer nun vernünftig war und wer dumm, das ließ sich nicht mehr sagen. Gab es da überhaupt einen Unterschied? Was blieb, war ein unangenehmes Schweigen, das einem Abwarten gleichkam. Jedes Gespräch begann mit dem Taxieren des Gegenübers, denn es galt herauszufinden, was der andere dachte.

Was zu erledigen war, erledigte man nun eher tagsüber, in der Nacht sperrten sich die Leute ein, gingen kaum noch außer Haus. Es war, als ermüdeten die Menschen rascher, weil sie das Gefühl hatten, ständig auf der Hut sein zu müssen. Emmi hatte erfahren, dass dafür an den Wochenenden sämtliche Grünflächen innerhalb und außerhalb der Stadt dicht bevölkert waren. Die Wiener wollten die Natur genießen, solange es noch eine gab. Die Angst, dass plötzlich überall die Bäume zu Staub zerfallen könnten, ließ sich nicht einfach so wegdenken.

Auch hier in der Redaktion war nichts mehr wie früher. An Partys mit Alkoholexzessen dachte im Augenblick niemand, was an der allgemeinen Situation lag und wohl auch an August Schwarz' Abwesenheit, die noch immer nicht von allen Kollegen verarbeitet worden war.

Die »allgemeine Situation«, was für eine verharmlosende Beschreibung der Apokalypse. Und da stand Simon Sandberg nun neben ihr. Der Mann, der zu Hause seine todkranke Frau pflegte und kaum noch schlief, spendete Emmi Trost und sprach davon, dass es eine Zukunft gab. Aber was gab es denn noch für einen Trost? Und von welcher Zukunft redete er? Auf eine »Mad Max«-Variante auf einem Wüstenplaneten voller gewaltbereiter Individuen konnte sie gut verzichten.

»Deine Entscheidung, bei uns aufzuhören, ist sicher richtig, Emmi. Jeder muss das für sich selbst entscheiden, auf welche Seite er sich schlägt. So wie die Dinge stehen, ist es für dich nicht förderlich, noch mehr schlechte Nachrichten zu verbreiten. Auch wenn in uns stets das tiefe Bedürfnis steckt, die Menschen aufzuklären, sie nicht im Ungewissen zu lassen, habe ich den Eindruck, dass du denkst, wir würden mit unserer Arbeit nur noch mehr Finsternis verbreiten. Ohne es zu wollen, machen wir die Menschen zu argwöhnischen Wesen, die immer misstrauischer werden und kein Vertrauen mehr haben – weder in sich selbst noch in andere. So denkst du doch, oder?«

Woher wusste Sandberg solche Dinge? Warum sprach er einem stets aus der Seele? Emmi betrachtete ihn von der Seite. In wenigen Tagen würde er sich in die Pension verabschieden. Sie hatte aber noch etwas an ihm bemerkt: Sein dauerhaft zur Schau getragenes Lächeln war verschwunden. Bevor sie fragen konnte, sprach er weiter.

»Weißt du, mir geht es ganz ähnlich. Ich hatte eine schöne Zeit in der Redaktion, und wir haben auch viel Gutes vollbracht. Es war toll, hier zu arbeiten. Aber in mir ist ein Licht erloschen. Die Dinge sind, wie sie sind. Und ich werde auch mein Haus am Waldrand nicht mehr sehen.«

»Aber –«

»Nein, lass mich ausreden. Es ist entschieden. Wir haben keine Kinder und sind selbst in einem Alter, in einer Lage …«

Emmi sah, dass er mit seinen Gefühlen kämpfte.

»Jedenfalls … meine Frau hat nicht mehr lange zu leben. Und ich wohl auch nicht. Wenn du es möchtest, kannst du das Haus haben. Betrachte es als Geschenk.«

Emmi klappte der Mund auf. »Was? Warum? Warum ich?«

Jetzt sah Sandberg sie aus schimmernden Augen an. »Weil der Wald dich mag, sonst hätte er dich nicht verschont.«

VOM VERSCHWINDEN DER PLASTIKMÄNNER

Sie fuhren gemeinsam zurück ins Dorf. Der Himmel war glasklar. Die Klimaanlage lief auf Hochtouren. Die stummen Gesichter der majestätischen Bergwelt beobachteten sie geisterhaft.

Während sie sich den ersten Häusern von Rabenwald näherten, sprachen sie kein Wort. Überhaupt hatten sie nur wenige Worte verloren, seit sie Severin vom Krankenhaus abgeholt hatte. Als die Polizei ihn im Keller der Hütte gefunden hatte, war er alles andere als in einer guten Verfassung gewesen. Diesmal wurde er in ein Krankenhaus nach Wien gebracht – weit weg von Rabenwald und seinen Geistern.

Emmi ließ den Wagen – sie fuhr inzwischen wieder ihr kleines Stadtmodell – durch den Ort rollen. Die Witwe des Jägers saß im Rollstuhl vor ihrem Haus und verfolgte sie aus schmalen Augen, das Gewehr wie immer im Schoß bereithaltend. Doch dann – sie waren fast hinter einer Scheune verschwunden – hob die Alte die Hand zum Gruß. Emmi nickte ihr zu.

Sie parkte das Auto am Dorfplatz direkt vor dem Gemeindeamt, in dessen zweitem Stock sich wie auf Kommando ein Fenster öffnete, an dem Fladischer auftauchte.

»Sie schon wieder«, rief er ihr entgegen. Doch im nächsten Moment verzog sich sein Gesicht zu einem schiefen Grinsen, und er machte eine beschwichtigende Geste mit der Hand.

Die beiden gingen direkt zum Haus am Waldrand, das einst Simon Sandberg gehört hatte und nun in Emmi Beinharts Besitz war. Sie schlichen nebeneinanderher wie ein betagtes Ehepaar. Severins Arm war eingegipst und in eine Schlinge gehüllt, eine Platzwunde am Kopf war von einem gewaltigen Verband umwickelt, und er hinkte noch ein wenig. Als sie sich dem Haus näherten, registrierte Emmi, wie Severin ihre Hand ergriff, sie ließ es geschehen. Möglicherweise wäre sie sonst umgekippt. Oder er. Oder sie beide. So betroffen waren sie von dem Anblick.

Sie standen vor dem Eingang zum Garten, schenkten dem

Anwesen aber keine Beachtung, denn ihr Blick war starr auf den Waldrand dahinter gerichtet. Auf den Waldrand, der keiner mehr war. Anstelle der dichten Baumreihen befanden sich dort nur noch dürre Baumgruppen zwischen hellen Haufen von Holzstaub. Nahezu der gesamte Wald war fort, dahinter ragte ein kahler, felsiger Berg auf.

»Na?«, sagte Severin. In seiner Stimme lag Unsicherheit. »Liebst du unsere herrliche Landschaft immer noch?«

Emmi wäre beinahe in Tränen ausgebrochen, wenn nicht plötzlich eine kühle Brise aufgekommen und Fladischer neben ihr aufgetaucht wäre.

»Ich hab mir gedacht, dass ihr hier seid«, sagte er. »Da schaut ihr, was? Alles weg. Der gesamte Wald. Eine Menge Bäume waren krank, da haben wir ihn vorsichtshalber gerodet. Jetzt hoffen wir, dass das, was die Bäume befallen hat, sich nicht weiter ausbreiten wird. Bis alles nachgewachsen ist, leben wir nun in einer Wüste.«

»Wo sind die Plastikmänner?« Emmis Stimme klang hohl.

Fladischer machte eine unwillige Geste, so als wollte er ihre Frage wegwischen.

»Keine Ahnung. Weg.«

»Wie bitte? Was heißt *weg*?«

»Na, dass sie fort sind. Wie vom Erdboden verschluckt.«

Emmi und Severin blickten ihn mit großen Augen an.

»Was schaut ihr denn so? Davon kommen sie auch nicht wieder. Ich denke, die haben aufgegeben, sind abgehauen, untergetaucht, was weiß ich. Aber mich wundert's nicht, bei der Katastrophe. Zuerst sucht uns ein Unwetter heim, dann sterben Menschen im Wald, die Medien tauchen auf, die Polizei, das mysteriöse Baumsterben … Da würd ich mich auch verkriechen.«

»Wie kommt es eigentlich, dass ein Baum binnen Sekunden zerbröselt?«

Fladischer stemmte die Hände in die Hüften und blickte versonnen zu den Wolken empor, was wie einstudiert wirkte. »Also erstens glaube ich nicht, dass das von einem Moment auf den anderen passiert. Die Bäume hat etwas befallen, das sie schon lange krank gemacht hat. Die Forest-Leute meinten, dass eine chemische Reaktion daran schuld sei. Durch die Luftfeuchtigkeit entsteht da wohl eine Art Kettenreaktion, die den Bäumen auf der Stelle das Wasser entzieht. Breitet sich der Feuchtigkeitsentzug über das Wurzelwerk aus, kann das einen ganzen Wald töten.«

»Hm.« Severin blickte ratlos. »Aber warum ist das alles passiert? Und warum ausgerechnet hier?«

Rechts von ihm knirschte der Schotter, ein Rollstuhl rollte heran. Josefa klopfte auf das Gewehr auf ihrem Schoß. »Na, warum wohl? Da wollte jemand das Ende der Welt beschleunigen. War der Meinung, dass er seinen Beitrag dazu leistet, indem er ein bisschen Wald vernichtet. Aber eines hat er dabei vergessen: Jetzt, wo die Bäume weg sind, kann man Typen wie ihn besser sehen. Das Böse kann sich nicht mehr verstecken.«

Emmi verstand nicht, was die Alte meinte. Das Böse. *Dämonen.* Sie schauderte bei dem Gedanken daran. »Und wer hält den Wahnsinn jetzt auf?«

»Er ist schon beendet«, entgegnete Fladischer. »Aus irgendeinem Grund hat das Sterben vor ein paar Tagen von selbst aufgehört. Hinter der Bergkuppe ist alles ganz normal. Der Wald ist dort grün, dicht, unbeschadet.«

Severin steckte die gesunde Hand tief in seine Hosentasche. »Schon seltsam, oder? Die Forest-Leute sind weg, und alles ist gut. Ob unser Wald da etwa als Versuchslabor benutzt wurde?«

»Also bitte, was willst du damit sagen?«, versetzte der Bürgermeister. »Die haben nichts damit zu tun. Niemand hat etwas damit zu tun. Das Baumsterben hat schon vorher eingesetzt, sonst hätten wir die Forest-Leute ja erst gar nicht engagiert. Ich hoffe trotzdem, dass es nicht noch mehr Verrückte gibt wie diesen Polizisten.«

Emmi bedachte Severin mit einem langen Seitenblick. Sie hatte das Gefühl, er wüsste etwas oder hätte zumindest eine Ahnung.

Fladischer unterbrach das unangenehme Schweigen und versuchte es mit einem Witz. »Na ja, wenigstens kann man bei uns in nächster Zukunft niemanden mehr an einem Baum aufhängen.«

Das war derart pietätlos, dass abermals alle in betretenes Schweigen verfielen. Bis ausgerechnet Lindens Witwe zu kichern begann. Nach und nach ließen sich alle davon anstecken, zunächst Severin, dann Emmi und schließlich auch Fladischer, der in sein typisches lautes Gackern verfiel.

DIE LETZTE WAHRHEIT

Wie selbstverständlich saßen Emmi und Severin kurz darauf in dem Haus am Waldrand, jeder hatte eine Tasse Tee vor sich.

»Also gut«, sagte Emmi plötzlich. »Raus mit der Sprache: Welche Rolle spielst du bei dem Ganzen?«

Severin wollte zu einer Beschwichtigung ansetzen, doch Emmi griff nach seiner Hand. Ihre Finger sahen winzig aus auf seiner Pranke. Er erkannte offenbar, dass dies der Moment war, reinen Tisch zu machen. Er befeuchtete seine Lippen. Emmi ließ ihn nicht aus den Augen. »Ich mag es nicht, wenn du mich so ansiehst, als hätte ich was angestellt.«

»Hm, *angestellt* klingt niedlich. Du bist mir wie ein Schatten gefolgt, Severin. Seit ich hier aufgetaucht bin, bist du praktisch nicht von meiner Seite gewichen.«

»Sag mal, spinnst du? Was soll das? Ich mag dich, ich glaub, das weißt du.«

»Ja, Severin. Und ich mag dich auch. Das ist ja das Problem.«

»Wieso? Welches Problem denn?«

»Severin, du bist nicht ehrlich zu mir. Was sollte diese Andeutung vorhin bei Fladischer von wegen Versuchslabor? Und all unsere Treffen. Du kannst mir nicht weismachen, dass du immer zufällig zur Stelle warst.«

»Aber ...« Als ob ein Bann gebrochen wäre, ließ er plötzlich die Schultern hängen und schlug die Augen nieder. Seine Maske fiel. Sie hatte die Fassade dieses großen, starken Mannes tatsächlich mit einem Händedruck und einem Blick zusammenfallen lassen.

»Also gut. Ich mach es kurz und schmerzlos. Ich war für die Forest-Leute tätig. Es gab Probleme mit den Bäumen, die haben sie aber schnell gelöst. Danach haben sie den Wald tatsächlich als Versuchslabor genutzt, ein paar Chemikalien und deren Gegenmittel ausprobiert. Aber … nicht nur die Forest-Leute wollten, dass ich auf dich aufpasse.«

»Wer noch?«

»Simon.«

»Sandberg?«

»Ja.«

»Ich möchte dir nicht jedes Wort aus der Nase ziehen müssen. Findest du nicht, dass ich die Wahrheit verdient habe?«

Er räusperte sich. »Ich bin hier in Rabenwald das Mädchen für alles. Der Hausdepp, wenn du so willst. Für Sandberg hab ich auch den Hausmeister gespielt …«

»… und mein Kindermädchen.«

»Wenn du es so nennen willst. Jedenfalls hab ich auf dich achtgegeben. Dich beschützt.«

»Komm, hör auf damit. Hast du etwa auch die Fotos von der Wohnung und von mir gemacht und sie mir durch die Tür geschoben?«

Severin senkte den Kopf. »Die Fotos hab ich nicht gemacht. Sie haben mir nur das Kuvert gegeben und mich gezwungen, es dir zukommen zu lassen.«

»Wer sind *die*?«

»Die Plastikmänner, wie du sie nennst. Die wurden immer unangenehmer, sagten, sie würden dir etwas antun, wenn ich dich nicht aus dem Dorf treibe. Du warst ihnen ein Dorn im Auge. Als sie herausfanden, dass du von der Presse bist, sind sie völlig ausgeflippt.«

»Sie haben dich gezwungen, mir Angst einzujagen?«

Severin schien zu schrumpfen. »Es tut mir leid.«

Emmi nahm seinen Teebecher und stand auf. »Mir tut es auch leid.«

Er griff nach ihrem Arm und hielt sie fest. Sie schauten einander lange an, doch Emmi konnte es immer noch nicht glauben. Er war so groß und stark und gleichzeitig so unendlich klein und schwach.

»Ich wollte nur, dass du in Sicherheit bist. Dass du fliehst. Ich hab doch nichts Schlimmes getan, nur dieses verdammte Kuvert durch die Tür geschoben«, jammerte er. Seine Augen schimmerten.

Sie schüttelte den Kopf. Er kam ihr mit einem Mal erbärmlich vor. »Hättest du mir nicht einfach sagen können, ich solle gehen?«

»Wärst du denn gegangen?«

Dieser Punkt ging an ihn. Sie löste sich aus seinem Griff und trug die beiden Becher zur Anrichte.

»Und außerdem«, fügte er hinzu, »wollte ich nicht, dass du gehst.«

Sie schloss die Augen und kämpfte gegen ihre widersprüchlichen Gefühle. Einerseits war es ungemein schön, dass er das sagte, andererseits gab es noch etwas zu klären.

»Und warum hast du versucht, das Haus anzuzünden?«

»Was? Aber das war doch dieser Zaunschirm!«

»Nein, da war niemand sonst im Haus. Die Feuerwehr hat keine Spuren gefunden. Ich habe niemanden gesehen. Du hast nur vorgegeben, mit jemandem gekämpft zu haben.«

»Wie kannst du so etwas behaupten? Spinnst du?«

»Warum hast du es nicht zu Ende gebracht?«

»Emmi …«

»Tu es jetzt. Bring es zu Ende. Sag es.« Sie zitterte und wiederholte: »Sag es.«

Severin stand auf, seine weinerliche Miene war mit einem Mal verschwunden. Ein Schatten war über sein Antlitz gekrochen, und er blickte sie hart an.

»Gut. Du willst es ja nicht anders. Dann sag ich es halt. Mir ist das alles sowieso schon längst zu blöd. Du hast recht, ich hab mich erbärmlich benommen, dich ausspioniert und dir Angst gemacht. Aber ich hab dich immer beschützt, und letztlich war das dein Glück, wenn du es genau wissen willst, sonst hätte ich diesen verrückten Kerl nämlich nicht dabei beobachtet, wie er in dein Haus eingedrungen ist, um es anzuzünden. Dann ging alles sehr schnell. Ich hab die Kollegen von der Feuerwehr gerufen und bin selbst ins Haus gerannt. Es kam zum Kampf, aber der Arsch hat sich nicht überrumpeln lassen. Er hat mich fast ausgeknockt und ist dann auf und davon. Ja, Emmi, ich hab vieles falsch gemacht, aber ich hab dich auch gerettet. Das kannst du mir glauben oder auch nicht, aber es ist die Wahrheit.«

Seine Augen schimmerten, seine Schultern bebten, und er rieb sich das Gesicht. Der innere Kampf, den er mit sich austrug, war erschütternd. Emmi musterte ihn. Achtete auf jedes Detail.

»Ich hab dir Angst eingejagt. Das war blöd von mir, das weiß ich. Die ganze Sache war von Anfang an idiotisch. Aber ich konnte ja nicht wissen, dass ich …«

»Was war idiotisch? Und was heißt *von Anfang an*? Sevi, du erzählst mir jetzt alles.«

Sie hatte wieder *Sevi* gesagt. Aber egal jetzt. Da waren Zwischentöne. Sätze zwischen den Sätzen.

Severins Augenlider flatterten. Er rieb sich am Nacken. »Lassen wir das. Es ist ja alles gut ausgegangen. Der Wald wird sich erholen. Du hattest deine Story und deine Erfolgserlebnisse. Und er hatte seinen Spaß, wenn man das so sagen will.«

»Wer *er*? Welcher Spaß?« Emmi konnte fühlen, wie ihre Adern hervortraten. Sie wusste, wie schrecklich das aussah. Am Hals und an den Schläfen schwollen ihre Adern an, wenn sie zornig war. Und wenn sie sich fürchtete. Zaunschirms Bemerkung fiel ihr wieder ein. *Des Teufels rechte Hand.* Von welchem Teufel soll Severin die rechte Hand gewesen sein?

Er sah sie lange an, ehe er den Namen nannte.

ZU SPÄT

Sie saßen sich am Boden des Kellers gegenüber. Emmis Handy lag zwischen ihnen. Sie konnte Severins Schweiß riechen. Die Zeit schien stillzustehen, und die Wahrheit lag ausgebreitet zwischen ihnen wie eine unsichtbare Trennwand. Emmi hätte sie schon viel früher erkennen können, wenn sie genau hingeschaut hätte. Von Anfang an hatte hier etwas nicht gestimmt. Dieses Haus. Dieser Keller.

Simon Sandberg. Er war es, der die Bäume krank gemacht hatte, der sie vergiftet hatte. Am Ende hatte er eingesehen, wie sinnlos dieses Unterfangen war, und als das Unwetter im Höllgraben sein Unwesen trieb, sorgte er dafür, dass Emmi vor Ort recherchierte. Im Grunde hatte er wie die meisten Verbrecher reagiert. Er wollte, dass seine Tat bekannt wurde. Deshalb hatte er auf Emmi bestanden. Sie sollte ihre Story bekommen. Dass daraus ein mörderischer Alptraum werden würde, konnte er nicht wissen.

War es dieser Moment gewesen, der seine verrückte Idee gebremst hatte? Als er Emmi im Dunkeln stehen sah, abseits der ausgelassenen Party? Hatte ihm das das Herz geöffnet? Die unschuldige Reporterin, die frustriert war. Wollte er ihr und ihresgleichen doch noch eine Zukunft geben? Wo doch zu Hause am Bett seiner kranken Frau alle Hoffnung von Tag zu Tag schwand?

Ja, das ergab Sinn. Nachdem Severin ihr Simon Sandbergs Namen genannt hatte, waren sie in den Keller gelaufen und hatten die Regale genauer unter die Lupe genommen. Tatsächlich. Unmengen von Kanistern mit Chemikalien standen dort aufgereiht hinter den Konservendosen. Offenbar hatte Sandberg geplant, sich im Keller einzubunkern und abzuwarten, bis die Welt da draußen zugrunde ging. Was für ein irrwitziger Plan. Und zu welchem Zweck? *Weißt du, manchmal denke ich, es wäre einfacher, wenn wir weniger wären.* Sie erinnerte sich mit Schaudern an diesen Satz auf Augusts Party. Sie hätte genauer hinhören müssen. Severin hatte offenbar ebenfalls nichts davon geahnt.

Das Telefon vibrierte, es tanzte über den Fliesenboden. Emmi drückte sich das Handy ans Ohr. Sie lauschte. Währenddessen presste sie sich die Fingerknöchel in den Mund. Sie schloss die Augen. Bedankte sich leise. Legte auf.

»Die Cobra ist in Simons Haus eingedrungen. Aber sie haben nur noch seine Leiche gefunden. Er hat sich neben seine Frau aufs Bett gelegt und Tabletten geschluckt.« Sie machte eine Pause. »Einen Zettel haben sie auch entdeckt. Er lag am Nachttisch. Sie schicken mir ein Foto davon.«

Emmi wartete einen Augenblick, dann kam die Nachricht mit dem Anhang. Der Brief war handgeschrieben, und auch wenn Sandbergs Schrift unruhig war, war sie gut zu lesen. Da stand: *Das mit den Bäumen in Rabenwald war ich. Ich habe sie vergiftet. Mein Chemiestudium war also doch nicht ganz umsonst. Ich war verzweifelt und wütend. Warum ich das getan habe? Ich wollte diese wunderbare Welt niemandem sonst mehr gönnen und dachte, dass ich einfach die Wälder auslöschen werde, um die Menschen zu töten. Als die Krankheit meiner Frau schlimmer wurde und sie meine Hilfe brauchte, kam ich jedoch zur Einsicht und brach das Vorhaben ab. Ich kehrte zurück nach Wien. Später hat es mir leidgetan, so krude Gedanken gehabt zu haben. Trauer, Wut und Enttäuschung können aus einem Menschen ein Monster machen. Als dann aber dieses Unwetter in Rabenwald hereinbrach, kam eins zum anderen. Ich dachte, ich könnte etwas gutmachen, indem ich Sani dazu überredete, meine junge Kollegin nach Rabenwald zu schicken. Im Haus mit dem Keller war sie sicher, sollte die Welt wider Erwarten doch schneller untergehen, als von uns Medien ständig prophezeit. Ich weiß, wie dumm und gefährlich das war. Aber insgeheim habe ich mir auch gewünscht, dass Emmi Beinhart all die Antworten auf die Fragen findet, die dieser Wald birgt. Ich konnte ja nicht wissen, dass sich dort ein verrückter Mörder herumtreibt. Jedenfalls: Emmi, Severin, bitte verzeiht mir.*

Jetzt, wo ihr das wisst, macht etwas aus eurem Leben. Vielleicht macht ihr ja gemeinsam weiter. Dann hätte diese ganze Sache doch noch etwas Gutes. Und das mit den Bäumen tut mir auch leid, ich hoffe, der Wald wird sich wieder erholen. Kein Mensch allein kann schließlich die ganze Welt zerstören, nicht wahr? Ich mache Schluss … sie kommen … lebt wohl!«

Eine Minute lang sagte keiner ein Wort. Sie sahen sich um, schauten auf die Regale und dachten beide das Gleiche. Severin sprach es als Erster aus: »Scheiße. Der war ja völlig verrückt. Der wollte hier unten wirklich abwarten, während da oben die Welt unterging.«

Ja, so musste es wohl gewesen sein. Emmi hatte die ganze Zeit über im Haus eines Irren gelebt, der seinen Mitmenschen kein Glück mehr gönnte, weil ihm sein eigenes genommen worden war.

»Emmi.«

Durch ihre tränennassen Augen sah sie Severin nur verschleiert.

»Ich wollte dir nicht wehtun. Es ist alles aus den Fugen geraten. Das Unwetter, dieser Arsch, der plötzlich Leute umbrachte. Und das mit den Bäumen. Wenn ich das gewusst hätte …«

Sie wischte sich die Augen trocken und sah, dass er auch weinte. Ein friedfertiger Koloss, der sich schwach zeigte. Was hatten die letzten Wochen nur aus ihnen gemacht? Sie hatten sie verändert. Als trüge tatsächlich ein Dämon Schuld an all dem Unheil, das ihnen widerfahren war. Das war natürlich Quatsch. Aber Emmi kam es einfacher vor, an Dämonen zu glauben, die das Böse lenkten, als daran, dass die Menschen ganz von selbst böse wurden.

Severins Stimme zitterte. »Ich wollte das mit uns nicht kaputtmachen. Aber ich hatte auch Angst, dass ich wieder jemanden verliere.«

Emmi biss sich auf die Unterlippe. »Was ist geschehen, Sevi? Wen hast du verloren?«

Er blickte sie lange an, ehe er schließlich mit den Schultern zuckte, als käme es auf eine Wahrheit mehr oder weniger nicht mehr an. »Meine Freundin ist im Kreißsaal gestorben. Das Baby auch.«

Emmi starrte ihn betroffen an. »Das tut mir leid.«

Er zuckte wieder mit den Schultern. »Ist lange her. Tut aber immer noch weh.«

Minutenlang saßen sie einander gegenüber. Keiner von ihnen sagte ein Wort. Während all der Zeit hielten sie einander an den Händen.

Emmi stand schließlich auf und stieg die Treppe nach oben. In ihr purzelten die Gefühle wild durcheinander. Sie entschied aus dem Bauch heraus. Als sie oben angekommen war, drehte sie sich um und sagte: »Kommst du?«

EPILOG

Er hatte den Wetterbericht verfolgt. Er wusste nicht, warum, aber diesmal hatte er penibel darauf geachtet. Bei der Betrachtung der Symbole war ihm flau im Magen geworden. Eva hatte nicht auf seine Anrufe reagiert. In Graz war es heiter, ein paar zerrissene Fäden am Himmel. Zirruswolken. Dennoch ließ er alles liegen und stehen und sprang ins Auto. Und fuhr wie ein Verrückter nach Norden.

Je länger er auf der Autobahn war, desto stärker wurde das Gefühl, dass sich das Unwetter nur für ihn, nur über seinem Kopf zusammenbraute. Eine Finsternis, der er unter allen Umständen zuvorkommen musste. Doch nicht nur sein Herzrasen verriet ihm, dass es kein Entrinnen gab, wenn einen die Dunkelheit einmal auserwählt hatte.

Als er im Höllgraben ankam, waren die Straßen bereits überflutet. Er ließ das Auto stehen und nahm den Fußweg durch den Wald, über den er am Rand der Schlucht bis an deren Ende gelangte. Völlig durchnässt und entkräftet erreichte er das Haus. Eine dramatische Situation offenbarte sich ihm dort. Bäume lagen kreuz und quer über der Zufahrt, das Haus war schwer getroffen worden. Der Sturm tobte immer noch. Der Wind heulte wie in einem Horrorfilm. Der kleine Bach hatte sich in ein reißendes Monster verwandelt. Und dann bemerkte er den durch die Wassermassen aufgestauten Holzberg unweit des Hauses. Er kämpfte sich durch Schlamm und Geröll. Als er dichter an den Haufen gelangte, sah er sie: den verdrehten Körper seiner Frau, die ihn aus großen Pupillen anstarrte, und die zerschlagenen, zertrümmerten Reste seiner Kinder.

Vor den Augen von Paul Zaunschirm tauchten diese Bilder immer und immer wieder auf. Er wippte auf seiner Pritsche hockend vor und zurück. Sie konnten ihn befragen, sooft sie wollten, er hatte nichts mehr zu sagen.

Als er seine Familie tot im Höllgraben vorgefunden hatte, war auch etwas in ihm gestorben.

Bis ans Ende seiner Tage würden ihn diese Bilder verfolgen, und bis ans Ende seiner Tage würde er sie alle dafür hassen. Die ganze Welt.

Die Fäuste geballt, bis die Knöchel weiß wurden, wünschte er sich, auf etwas einschlagen zu können. Als würde das etwas ändern. Als würde ihm das seine Kinder und seine Frau zurückbringen.

Die Augen glasig vor Schmerz, brüllte er aus dem Fenster, das ihm durchs Zellengitter einen gerasterten, düsteren, wolkenverhangenen Himmel zeigte. »Meinetwegen soll die ganze verdammte Welt doch endlich untergehen!«

Kaum hatte er das ausgerufen, geschah etwas Merkwürdiges. Ein Sonnenstrahl zwängte sich durch die Wolkendecke, bahnte sich seinen Weg durch den Nebel und fokussierte sich auf das Fenster, vor dem Zaunschirm stand. Kaum hatte er seinen Fluch in die Welt hinausgebrüllt, streifte ihn der Sonnenstrahl wie ein mahnender Zeigefinger. Und Zaunschirm schwieg.

Anmerkung

Im Laufe der Recherche für dieses Buch sind mir einige Zitate, Daten und Fakten untergekommen. Ich füge diese hier für euch kommentarlos an.

Ich bin gespannt, ob die eine oder andere Anmerkung auch euch zum Nachdenken anregt.

Mich haben sie sehr beschäftigt.

live-counter.com/countdown-bis-zum-weltuntergang

»Ein Drittel aller Baumarten ist vom Aussterben bedroht.«

Deutschlandfunk Nova

»Und dann begann das Wirtschaftswunder und ich hab gespürt, wie der Dritte Weltkrieg ausgebrochen ist, nämlich der gegen die Natur.«

Hubert Weinzierl, Naturschutzbund Bayern, Ende der sechziger Jahre

»Weltbevölkerung am 25. März 2024: 8,171 Milliarden.«

countrymeters.info

»Fast 200 Mal wurde die Apokalypse in den vergangenen 2.000 Jahren vorhergesagt.«

dw.com

»Isaac Newton hat Anfang des 18. Jahrhunderts das Ende der Welt für das Jahr 2060 vorhergesagt.«

welt.de

»Medien zeigen die Welt oft noch schlimmer, als sie wirklich ist.«

taz, 15. Oktober 2023

»2019 entdeckten Forscher in Nordamerika, dass die Mammutbäume von oben nach unten absterben. Sie können 3.000 Jahre alt werden, doch nun wird befürchtet, dass Klimaveränderung und Borkenkäferbefall ihr rasches Ende bedeuten könnten.«

nationalgeographic.de

»Weltbevölkerung am 1. Oktober 2024: 8,224 Milliarden.«

countrymeters.info

»Eine Langzeitstudie hat jetzt erstmals bestätigt: Der menschengemachte Klimawandel ist für das massive Baumsterben in Deutschland verantwortlich. Und es wird immer schlimmer.«

Paul Jens, SWR/Tagesschau, 13. September 2023

»Zu viel Krieg, zu viele Krisen: Die Menschen sind erschöpft von schlechten Nachrichten.«

Frankfurter Allgemeine, 26. Juni 2022

»Wälder absorbieren und speichern riesige Mengen an Kohlendioxid aus der Atmosphäre und nehmen alljährlich etwa 20 Prozent der durch den Menschen verursachten Kohlenstoffemissionen aus fossilen Brennstoffen auf.«

cordis.europa.eu

»Laut einer Waldzustandserhebung im Jahr 2021 sind wegen des Klimawandels 80 Prozent der deutschen Bäume geschädigt, davon 35 Prozent stark.«

»Terra X«-Podcast

»Beim Thema Klimakrise hat der Journalismus in den vergangenen Jahrzehnten versagt.«

oekom, 2022

»Die Steiermark ist das waldreichste Bundesland Österreichs. 61,4 Prozent ihrer Fläche sind mit Wald bedeckt. Gut 850 Millionen Bäume stehen in den steirischen Wäldern, und würde man das umrechnen, würden auf jeden Steirer im Durchschnitt 700 Bäume entfallen.«

waldgeschichten.com

»Das Ende der Welt bedeutet nicht das Ende aller Welten.«

Apokalypse-Forscher Robert Folger auf www.spektrum.de

»Weltbevölkerung am 30. November 2024: 8,242 Milliarden.«

countrymeters.info

»Die Zukunft ist düster, aber der Weltuntergang bleibt wohl vorerst aus.«

spektrum.de, 14. Februar 2024

GeDANKen

Ich bin fast jeden Tag im Wald, und eines Tages kam mir der unheimliche Gedanke, was wohl wäre, wenn es ihn nicht mehr gäbe.

Als Steirer ist man umgeben von Wäldern. Kein Blickpunkt, der nicht von Bäumen gesäumt ist. Die Vorstellung, auf diesen Lebensraum verzichten zu müssen, ist erschreckend. Aus dieser Vorstellung heraus keimte die Idee für dieses Buch.

Dass ich überhaupt ein Bücherleben leben kann, ist vor allem euch zu verdanken. Dass ihr meine Bücher lest, dass ihr überhaupt Bücher lest, ist einfach nur fabelhaft. Ich danke euch von ganzem Herzen dafür!

Mein Bücherleben habe ich aber auch phantastischen Arbeitskollegen zu verdanken, die mir bei Dienstplänen entgegenkommen, Freunden, die meinetwegen Termine verschieben, und vor allem natürlich meiner Frau, die meist nicht nur erste Leserin und Lektorin ist, sondern auch Zuhörerin, denn bevor die Geschichten geschrieben werden, werden sie erzählt. Manchmal mehrmals. Danke fürs Zuhören, Kerstin. (Oder für das, was ich hin und wieder dafür halte. ☺)

Ich danke auch meinen Eltern dafür, dass sie mich zu einem Menschen erzogen haben, der die Schönheiten dieser Welt zu schätzen weiß. Ich danke Gerhard für seinen Humor, meinen Kindern dafür, dass es sie gibt, und meiner großen Familie, dass sie mich so oft Wiedersehensfreude fühlen lässt.

Und – natürlich – danke ich für jene mächtige Schöpfungsidee, die die Wälder entstehen hat lassen.

Dass sich der Emons Verlag für diesen Öko-Thriller entschieden hat, dafür ebenfalls ein herzliches Dankeschön. Es war keine leichte Geburt, denn wir alle haben dieses Thema sehr ernst genommen. Und ich bin froh, dass es wieder Julia Lorenzer war, die mit mir als Lektorin eine Reise in den tiefen, tiefen Wald gemacht hat. Ein großes Danke auch an Stefanie Rahnfeld, die mir Mut gemacht hat, nicht aufzugeben.

Zum Abschluss noch eine Bitte: Ihr habt bestimmt auch einen Wald in eurer Nähe. Gebt auf ihn und auf alle Lebewesen, die darin wohnen, acht. Der Wald beobachtet euch!

Wir können zwar nicht sehen, wie er den Kopf über uns schüttelt, aber denkt immer daran: Der Wald braucht uns nicht, wir ihn aber sehr wohl.

Und nun wie immer mein Angebot, mir euer Feedback an office@robertpreis.com zu senden. Ich schreibe gern zurück.

Also dann: Danke fürs Lesen und schlaft trotzdem gut!

Die Bücher von Robert Preis im Überblick

Alle Krimis sind auch als eBook erhältlich.

Krimis mit Armin Trost

Der Tod ist ein Spieler aus Graz
ISBN 978-3-7408-1334-5

Graz im Dunkeln
ISBN 978-3-95451-180-8

Die Geister von Graz
ISBN 978-3-95451-446-5

Der Engel von Graz
ISBN 978-3-95451-722-0

Grazer Wut
ISBN 978-3-7408-0204-2

Der Tod tanzt in Graz
ISBN 978-3-7408-0672-9

Der Fall des Grazer Königs
ISBN 978-3-7408-1142-6

Grazer Hexenjagd
ISBN 978-3-7408-1656-8

Die rauen Nächte von Graz
ISBN 978-3-7408-2218-7

Historischer Roman

Gottes Plagen
ISBN 978-3-7408-1945-3

111-Orte-Reihe

111 Orte in der Steiermark, die man gesehen haben muss
ISBN 978-3-7408-2115-9

111 schaurige Orte in der Steiermark, die man gesehen haben muss
ISBN 978-3-7408-2543-0